續
續

이상의 시
괴델의 수

김학은 · 이지연 지음

보고사

봉정 이지영 박사

속속편의 사연

1. 이 책은 제1의 저자가 쓴 『이상의 시 괴델의 수』(이하 전편)와 『續 이상의 시 괴델의 수』(이하 속편)에 이어 세 번째 연작으로 제2 저자와의 공저이다. 〈전편〉을 상재한 후 출판사에서 나머지 시들도 되도록 빨리 해독하기를 권고하였다. 지인들도 해독의 열쇠가 공개되었으니 관심 있는 사람들이 나머지를 해독하기 전에 먼저 해독하라고 독려하였다. 이에 부응하여 〈속편〉을 서둘러 출간하였다.

ϕ. 〈전편〉의 출간과 동시에 『동아일보』가 거의 한 면을 할애하여 소개하였다.[2014년 2월 19일자] 이 기회를 빌려 다시 한 번 『동아일보』와 권재형 기자에게 감사를 표한다. 〈속편〉이 〈전편〉에 이어 출간되고 거의 2년이 지나도록 한국 국문학계나 문단에서 아무 반응이 없었던 것과는 대조적이었다.

2. 양자역학을 개척한 막스 프랑크는 논문 발표 후 기성학계로부터 반응이 없자 그들에게서 기대를 접고 자라나는 새로운 젊은 세대로부터 희망을 보았다. 그런 점에서 연세대학교 수학과에 초청되어 교수들과 대학원생들에게 〈전편〉의 내용을 소개하는 기회를 가졌음을 기쁘고 고맙게 생각한다. 수학자들의 조언은 매우 유익한 것이었다. 이때, 〈전편〉에서 추천의 글을 써준 연세대학교의 허경진 교수

에 이어서, 국문학계에서 유일하게 격려해 준 사람이 있었으니 숭실대학교의 남정욱 교수이다. 그에게 특별한 감사를 드린다. 느리지만 꾸준히 독자들이 찾는다는 출판사의 보고도 커다란 위안이 되었다.

e. 첫 번째 반응을 보인 것은 대한민국 학술원이다. 〈전편〉을 「2015년 우수학술도서」로 선정한 것이다. 이에 대해 사의를 표한다. 그럼에도 한국 국문학계와 문단에서는 여전히 침묵이었다. 오히려 『동아일보』의 소개에 이어 간헐적으로 관심을 보인 것은 일반 독자들이었다. 어느 시인은 〈전편〉의 독후감으로 자신의 시도 보내왔다.

3. 두 번째 반응이 나타난 것이 이 책의 제2저자에게서였다. 그는 제1저자가 〈전편〉과 〈속편〉에서 해독하지 못하고 남긴 몇 편의 시를 해독하는 데 필요한 단서에 영감을 주었다. 당시 제1저자는 여러 권의 책을 한꺼번에 집필하던 가운데 눈을 혹사하여 시각에 문제가 생겼다. 수년 전 제1저자는 오른쪽 망막의 천공과 파열로 실명의 위기까지 간 적이 있었는데 수술로 간신히 회복되었다. 이번에는 왼쪽 망막에 비슷한 증세가 나타난 것이다. 이상의 나머지 시를 혼자 해독한다는 것이 엄두가 나지 않았다. 그럼에도 제2저자가 제공한 암시가 제1저자를 자극하였고 함께 상의하며 해독을 계속할 수 있게 된 것은 다행이었다.

π. 제2저자의 암시 가운데 제1저자가 〈속편〉에서 놓친 부분도 포함된다. 함께 상의하는 가운데 제1저자는 이상이 수수께끼처럼 표

현한 69가 은하, 특히 〈전편〉에서 소개한 파슨스가 관측한 소용돌이 은하 M51의 모습을 닮았다는 영감을 제2저자로부터 받았다. 확인한 결과 현대 천문학자들이 소용돌이 은하를 ꩜로 표현하고 있음을 알았다. 이상의 69의 기원이 바로 M51에 있는바 이 책의 뒤표지를 장식한 모습이다. 이 모습이 본 〈속속편〉에서 가장 어려운 시를 해독하는 실마리가 되었다.[이 책 97쪽 참조] 이 같은 그의 기여와 지적소유권을 인정한 제1저자가 국내외 전례에 따라 공저를 수차 권유하였고 제2저자가 이 제의를 받아들여 『續續 이상의 시와 괴델의 수』(이하 속속편)를 공저로 상재하게 되었다.[1]

4. 〈전편〉과 〈속편〉은 이상 원고의 한문을 그대로 표기하여 많은 한글세대 독자들이 읽는 데 어려움을 호소하였다. 이상의 원문에 충실하게 따른 대가였다. 그러나 〈속속편〉은 제2저자의 의견을 따라서 현대어로 표기되었다.

5. 이로써 세 권의 연작이 이상의 시를 거의 모두 해독하였다. 여기에 추가하여 미해독 상태였던 4편의 소설도 해독하였다. 이 소설은 여러 번 해설되었지만 해독된 적은 없다. 이 책에서 밝혀지지만 이 4편의 소설은 〈전편〉과 〈속편〉과 〈속속편〉에서 해독한 시를 소설로

---

1) 빅뱅을 최초로 인식한 물리학자 가운데 하나인 가모프Gamov가 그의 제자 알퍼Alpher의 박사학위 논문을 지도하던 가운데 발견한 내용을 동료 물리학자 베타Bethe와 상의하여 유명한 알파-베타-감마논문$\alpha\beta\gamma$ paper이 탄생한 예가 있다. 노벨경제학상을 프리드만Friedman에게 안겨준 저서가 통계자료를 정리해준 슈바르츠Schwarz와 공저로 발표된 것도 또 다른 예이다. 이만열·옥성득의 공저도 이 예에 속한다. 이 예에 윤석범·김학은의 공저도 추가된다. 지적소유권의 존중이기 때문이다.

확장한 것이기에 시의 해독과 함께 실을 수 있는 명분이 섰다. 〈전편〉과 〈속편〉과 〈속속편〉을 종합하면 110수의 시와 6편의 소설이 해독되었다.

6. 〈속속편〉은 괴델의 불완전성과 거의 관련이 없다. 그러나 괴델의 불완전성 정리가 발표되던 무렵 하이젠베르크의 불확정성 이론이 등장하였다. 두 이론은 내용을 달리하지만 한 가지 공통점은 인간 인식의 한계를 증명하였다는 점이다. 배중률the law of excluded middle 로 판단할 수 없는 부분의 발견이다. 〈속속편〉은 이상이 괴델의 불완전성 정리에 이어 하이젠베르크의 불확정성으로 그의 글이 배중률에서 벗어났음을 보여주는 단서를 제시한다. 이러한 점에서 〈속속편〉에서도 〈속편〉과 〈전편〉의 제목을 그대로 사용하였다. 세 권의 연작을 하나의 흐름으로 보면 이 제목이 가장 합당하다고 생각한다.

7. 〈전편〉과 〈속편〉에 이어 이번에도 보고사가 출판을 감당하였다. 계속해서 완성도 높은 훌륭한 책을 만들어준 데 대하여 깊은 감사를 표한다.

2016년 5월
김학은·이지연 적음

추기 : 이 책의 세 번째 교정을 마쳤을 때 연세대학교의 윤덕진 교수가 〈전편〉과 〈속편〉에 대한 고견을 주었다. 첫 번째 전문적 평론이었다고 생각된다. 그에 대해 사의를 표한다.

차례

속속편의 사연 ··· 5
해독작품 순서 ··· 10

[전편] 제1장 1931년
        제2장 시와 수
        제3장 필과 철
        제4장 골과 편
[속편] 제5장 암실
        제6장 독창성
        제7장 저항
        [부록] 休業과 事情

머리말 ·· 11

제8장 특징 ······································· 19

제9장 비밀 ······································· 113

참고문헌 ··· 301
찾아보기 ··· 303

해독작품 순서

KL93. 얼굴 ···················· 23

KL94. 자화상 ···················· 28

KL95. 위치 ···················· 30

KL96. 오스카 와일드 ···················· 36

KL97. 월원등일랑 ···················· 41

KL98. 하이드 씨 ···················· 43

KL99. 지비 ···················· 46

KL100. 봉별기 ···················· 51

KL101. 무제(기 이) ···················· 55

KL102. I WED A TOY BRIDE ···················· 57

KL103. 추구 ···················· 61

KL104. 단장 ···················· 63

KL105. 각혈의 아침 ···················· 66

KL106. 월상 ···················· 71

KL107. 무제 ···················· 75

KL108. 공포의 성채 ···················· 77

KL109. 황의 기 작품 제2번 ···················· 85

KL110. 슬픈 이야기 ···················· 99

KL111. 절벽 ···················· 103

KL112. 불행의 실천 ···················· 106

KL113. 지주회시 ···················· 118

KL114. 날개 ···················· 165

KL115. 종생기 ···················· 222

KL116. 실화 ···················· 274

머리말

　돌이켜보면 이 책의 〈전편〉은 이상이 파슨스 천체망원경을 그림엽서에서 보고 영감을 얻어 1931년에 일어난 세기적 천문현상과 수학혁명에 대하여 쓴 시 46수의 해독이었다. 〈전편〉은 해독의 증거를 무려 15개나 충분히 제시하였고 〈속편〉도 그 후에 찾아낸 또 하나의 결정적인 증거를 보여주었지만 그밖에 이상이 스스로 자서 自書한 두 편의 기록을 여기에 추가할 수 있다.

　따뜻하고 밝은 들창을 볼 적마다 – 닭 – 개 – 소는 이야기로만 – 그리고 그림엽서.[1]

　나는 닭도 보았다. 또 개도 보았다. 또 소이야기도 들었다. 또 외국서 섬 그림도 보았다. 그러나 나는 너희들에게 이 행운의 열쇠를 빌려주려고는 않는다. 내가 아니면 – 보아라 좀 오래 걸렸느냐 – 이런 것을 만들어 놓을 수는 없다.[2]

---

1) 『지주회시』
2) 「불행의 실천」

이 별개의 독립된 두 글에서 일대일로 상응하는 대상을 보면 "그림엽서"란 "외국서 섬 그림"이다.[원문에는 '거림'. 자세한 해독은 107쪽을 참조] 이상은 외국에 나간 적이 없다. 당시 일본은 외국이 아니었다. 한글의 아일랜드는 영어로는 섬island도 되고 국가Ireland도 된다. 뒤집어 말하면 본문에서 섬 = 아일랜드Island = 아일랜드Ireland = 외국을 연상할 수 있다. 이것이 "외국서 섬"의 정체이다. 이상이 아일랜드의 파슨스 천체망원경의 그림엽서를 보았다는 추가적인 증거이다. 그림엽서는 실제로 존재하였다. 〈전편〉에서 해독한 시 「흥행물천사」가 기록한 대로 "원색사진판 그림엽서를 산다."가 그것이다. 윗글에서 "보았다"라는 표현은 그 내용이다.

계속해서 위의 문장을 뜯어보면, 파슨스 천체망원경의 눈구멍eyepiece의 "밝은 들창"으로 보는 하늘의 "닭"은 이상의 표현에 의하면 하늘을 나는 닭 − 飛닭이, 곧 비둘기이니 밤하늘의 비둘기별자리이다.[〈전편〉에서 해독한 『오감도 詩第十二號』 참조] 그 근처에 있는 하늘의 "개"는 큰개별자리인데 여기에 속하는 시리우스가 이상 자신이다.[〈전편〉에서 해독한 「詩第二號」 참조] 큰개별자리의 위에는 사냥개별자리가 자리 잡고 있고 그 옆에 "소" 곧 황소별자리가 사냥꾼인 오리온별자리와 한바탕 싸움을 벌일 자세이다. 전편에서 해독한 파슨스의 괴물천체망원경으로 파슨스가 관측한 소용돌이 은하 M51이 사냥개자리에 속한다.

종합하면 밤하늘에서 사냥꾼 오리온이 큰개와 사냥개를 데리고 황소를 잡을 기세이다. "외국서 섬 그림" 곧 "그림엽서"가 파슨스 천체망원경의 모습을 담은 엽서였다. 그 엽서에 망원경은 있어서 그림으로 보았지만 "닭, 개, 소" 곧 비둘기별자리, 큰개별자리, 황소별자리는 그림에 없기에 "이야기로만 들었다." 이것이 〈전편〉 46수의 탄생의 모태가 된 것이다. 또한 이것은 이 책의 뒤에서 해독할 소설 『날개』의 배경도 된다.

이어서 이상은 상술한 내용, 곧 46편 시의 탄생이 자신이 아니었다면 불가능했다고 말하고 있다. 지난 80년의 세월 동안 이상의 시를 해독 못 한 것이 그 증거이다. 연무 같은 암호의 안개에 가렸기에 "내가 아니면 — 이런 것을 만들어 놓을 수는 없다."는 표현이 그것이다. 이어서 이 귀중한 소재의 해독의 열쇠를 함부로 가르쳐 줄 수 없기에 "나는 너희들에게 이 행운의 열쇠를 빌려주려고는 않는다."라고 딱 잡아뗀다. 단언컨대 이것을 해독하는 데 오래 걸릴 것이라고 자신한다. "보아라 좀 오래 걸렸느냐." 이상의 예언대로 80년이란 오랜 세월이 지나 해독된 것이 이 책의 〈전편〉이다.

〈속편〉은 이상이 관심을 바꾸어 일제에 저항하지만 폐결핵으로 침몰하는 자신의 모습을 그린 46편 글의 해독이었다. 이상은 이것도 손수 자서自書하였다.[3]

1. 한 달 — 맹렬한 절뚝발이의 세월 — 그동안에 나는 나의 성격의 서막을 닫아버렸다.
2. 두 달 — 발이 마저 들어왔다. 호흡은 깨끼저고리처럼 찰싹 안팎이 달라붙었다. 탄도를 잃지 않은 질풍이 가리키는 대로 곧

---

3) 「불행의 실천」

잘 가는 황금과 같은 절정의 세월이었다. 그동안에 나는 나의
성격을 서랍 같은 그릇에다 담아버렸다. 성격은 간데 온데가
없어졌다.

3. 석 달 - 그러나 겨울이 왔다. 그러나 장판이 카스텔라 빛으로
타들어왔다. 얄팍한 요 한 겹을 통해서 올라오는 온기는 가히
비밀을 그슬을 만하다. 나는 마지막으로 나의 특징까지 내어놓
았다. [원문에는 숫자 1, 2, 3이 없음]

이 글은 이상이 성천에서 한 달간 요양하며 쓴 글인데 2번과 3
번은 한 달 이후의 기록이므로 여기서 달은 달력상의 달이 아님을
알 수 있다. 자신의 일생을 순서대로 요약한 것임은 아래의 해독이
보충한다.

본문의 1번에 '절뚝발이'는 프리즘△이 만드는 스펙트럼임이 〈전
편〉의 해독에서 밝혀졌다. 긴 파장의 빨주노와 짧은 파장의 파남보
를 갖고 있는 스펙트럼은 다리의 길이가 다른 '절뚝발이'이다. 그래
서 ▽=BOITEUX와 △=BOITEUSE이다.[〈전편〉의 시 「BOITEUX BOITEUSE」
를 참조] 여기에 더하여 이상은 두 개의 프리즘을 합친 상자(△+▽=ㅁ)를
자신이라고 밝혔다.[〈전편〉의 시 「선에 관한 각서 7」 참조] 스펙트럼을 발하는
별에 대해서 〈전편〉에 수록된 초기 시를 맹렬히 썼다. 그래서 "맹렬
한 세월"이다. 대단하다고 생각했던 이러한 초기 시가 "굉장한 창작"
이라고 믿었고 "근본적인 문제"를 다루었다고 자부하였다. 그런데
아니었다. 깨닫고 보니 "그때에 나는 과연 한때의 참혹한 걸인이었
다." 별에 대해서 흥미를 잃자 "내게는 별이 시상의 대상도 아니다."
그래서 "나의 성격의 서막을 닫아버렸다." 더 이상 별에 대해서 시를

쓰지 않기로 한 것이다. 따라서 1번은 이상의 초기 시 46편[서막]에 대한 심정을 회고한 것이고 이것이 〈전편〉에 해당한다.

2번은 〈속편〉에 수록된 46편의 시의 내용이다. 시로써 일제에 "저항"을 해보지만 곧 불치의 폐결핵에 걸려 "침몰"한 내용이다. 이상은 폐를 "구두"라고 표현하였다.[〈속편〉의 시 「구두」를 참조] 정확하게 구두밑창의 모습이다. 본문 2번에 "호흡은 안팎이 달라붙었다"라는 말은 폐결핵에 감염되었음을 의미한다. 이것을 "저 구두는 내가 (이제부터) 신습니다. 모든 원망의 언어는 다 (이제부터) 내 발에 기록해 주십시오."라고 표현하였다.[〈속편〉의 시 「구두」를 참조] 두 발바닥의 모습이 엑스레이 사진이 보여주는 폐의 모습이다. 이것이 본문에서 "발이 마저 들어왔다"이다. 발이 "구두"에 들어왔다(신었다)는 뜻이다. 발, '절뚝발이'의 발은 짝짝이이다. 폐결핵에 걸린 이상의 폐역시 짝짝이이다. 원래 "탄도를 잃지 않은 질풍"과 같은 초심을 잃지 않은 "저항"의 시절은 "황금과 같은 절정의 세월이었다." 그런데 폐결핵으로 "침몰"할 수밖에 없게 되었다. "나의 성격을 서랍 같은 그릇에 담아 버렸기에" 그 서랍이 "성격의 서막을 닫아버린" 결과 초심의 "성격은 간데 온데가 없이" 사라져 버린 것이다.

1번 앞에 생략된 0번이 초년의 봄이라면 1번은 "맹렬"했던 여름이고 2번은 "침몰"해가는 가을이다. 마침내 3번의 "겨울이 왔다." 자신의 수명이 얼마 남지 않았다고 판단한 이상은 〈전편〉과 〈속편〉에서 드러내지 않았던 자신의 "비밀과 특징"까지 내어놓기로 결심한다. 이것이 "가히 비밀을 그슬을 만하다. 나는 마지막으로 나의 특징까지 내어놓았다."의 의미이다. 다시 말하면 자신의 내면세계이다. 그것은 시와 소설로 표현되었다. 그것이 이 책, 곧 〈속속 편〉의 내용이다. 이처럼 「불행의 실천」은 불행한 자신의 일생을 세 단계로 요약 정리한 것이고 그것이 그의 문학으로 표현되었다.

제8장

특징

제8장

특징

　이 장의 내용은 앞서 머리말에서 소개된 이상의 자서自書를 이어받아 모두 이상의 1인칭 독백 형식의 자서로 짜여졌다. 여기서 암시한 대로 나[이상]의 '특징과 비밀'은 무엇인가. 그 가운데 먼저 나의 '특징'은 무엇인가. 나에게 따라다녔던 질문이었다. 그것을 나는 '이상한 가역반응'으로 요약하였다. 그러나 사람들은 나를 오해하였다. 술 먹고 계집질하는 괴상한 천재시인으로 추앙하였다. 이건 나의 '특징'이 아니다.

　나의 앞은 무엇이 기다리고 있으며 나의 뒤는 무엇을 거쳐 왔는가. 앞모습이 후손이라면 뒷모습은 조상이다. 나는 후손이 없다. 대신 조상에 대하여 나는 시「문벌」,「육친」,「육친의 장」을 썼다. 그러나 여전히 나는 누군가. 내가 가지고 있는 이 얼굴의 정체는 무엇인가. 내가 만일 부활하여 세상에 재등장한다면 제일 먼저 부닥치는 문제가 나의 신원의 정체성이다. 아무도 나를 해독하지 못한 탓이다. 일찍이 나는 외쳤다. "사람은 절망하라. 사람은 탄생하라."[전편 「선에 관한 각서 2」 참조] 나는 절망 끝에 요절할 줄 예감했으니 나의 외침대로 부활[탄생]하기를 바랐다.

그러나 부활한다 한들 나 스스로 나를 증명하기가 거의 불가능하다. 이 문제는 이미 나의 여러 작품을 괴델의 불완전성 정리로 해독함으로써 해결한 바 있다. 〈속편〉의 『지도의 암실』이 그에 대한 이해도를 높인 작품이다. 연작인 『오감도』의 「시제육호」에서 "너, 너구나, 너지, 너다, 아니다, 너로구나.", "내가 두 필을 아아는 것은 내가 두 필을 아알지 못하는 것이니라."도 마찬가지이다. 또 「선에 관한 각서 5」에서 상대성 원리로 설명한 바도 있다. "사람은 전등형의 체조의 기술을 습득하라, 불연이라면 사람은 과거의 파편을 여하히 할 것인가." 〈속편〉이 해독했듯이 부활할 때 온전한 '전등형'이어야지 한 조각이라도 '파편'이 되어 없어지면 안 된다.

나는 매우 한미한 집안에서 태어났다. 3살 무렵 큰댁에 양자로 입적되었다. 자라면서 집안을 아무리 둘러보아도 나는 돌연변이이다. 게다가 "나는 사랑을 받아본 기억도 없다." 그러니 나의 배경에 대하여 생각하지 않을 수 없다. 배경은 글자 그대로 뒷모습이다. 조상의 모습에서 현재의 나의 모습을 유추하기가 힘들다. 거꾸로 나의 모습에서 조상의 모습을 추적하기도 어렵다. "어쩌면 이렇게도 번쩍임도 여유도 없는 빈상스런 전통일까." 나의 초기 사진을 보면 웃는 모습이 없다. "피골이 상접. 아야야. 아야아야. 웃어야 할 터인데 근육이 없다. 울래야 근육이 없다. 나는 형해다. 나─ 라는 정체는 누가 잉크 짓는 약으로 지워버렸다. 나는 오직 내 ─ 흔적일 따름이다." 나는 누구인가. 나의 뒷모습(흔적)은 무엇인가. 앞서 조상의 모습을 나의 "뒷모습"이라고 말했다.

그런데 "뒷모습"을 제대로 유추하기가 쉽지 않다. 족보를 드러다 보아도 알 수 없다. 조상을 분칠하려는 유혹도 여기에 있다. 역사의 왜곡. 역사의 진상은 입이 없기 때문이다. 그래서 뒷모습은 왜곡된 모습 곧 왜상歪像, anamorphosis이다. 가장 간단한 예는 시각을 다투며 달리는 구급차 ambulance의 앞면에 거꾸로 쓴 ecnalubma이다. 앞서 달리는 차가 후사경으로 "뒷모습"이 구급차임을 빨리 인지하도록 철자를 거꾸로 쓴다. 다시 말하면 ambulance의 뒷모습 ecnalubma은 거울에 거꾸로 비친 모습이다. 같은 이치로 숫자를 바르게 나열한 시「진단 0:1」과 거꾸로 나열한『오감도』의「시제4호」는 이래서 태어났다.

마찬가지로 유원지에서 표면이 고르지 않은 거울과 마주쳤을 때 비쳐지는 상은 본상이 무엇인지 알아보기 어렵게 왜곡된 상이다. 시「명경」과「거울」은 이 현상을 그렸다. 복잡한 왜상으로 본상을 추측하기가 힘들다. 왜상은 진상의 왜곡이다. 지금까지 나의 진상은 왜상이 되어왔다. 그러므로 왜상에서 진상을 어떻게 찾아내느냐가 문제이다. 그 역사는 오래되었고 역사적으로 대가들은 한 번쯤 왜상을 그렸다. 최근에는 사영기하학으로 발전하였고 건축과 디자인 등 분야에 폭넓게 확산되고 있다.

나는 건축학도이다. 건축학에서 왜상은 기본이다. 내가 들은 강의만 해도 건축사, 건축구조, 제도 및 실습, 건축계획 등이다. 취미였던 회화에서도 나타나는 왜상의 대표적인 작품을 익히 알고 있다. 〈그림 8-1〉의 왼쪽 그림을 보면 두 명의 남자가 있고 발밑에 짐작할 수 없는 모습이 보인다. 오른쪽 그림의 두개골의 왜상이다. 홀바인이 그린 〈대사〉이다.

　　이 그림에 대한 해설은 구구하다. 두 남자가 남이라는 설과 형제라는 설이 있다. 얼굴은 비슷하다. 나의 해석은 간단하다. 이 정체불명의 왜상은 두 사람 가운데 누구의 조상이냐? 왼쪽 그림에서 왜상을 온전한 상태로 돌리면 나머지 본상들이 왜상이 된다. 이때 왼쪽 남자가 거의 보이지 않게 된다. 내가 보기에 이 왜상은 오른쪽 남자의 조상이다. 그래서 두 남자는 얼굴이 비슷함에도 형제가 아니다. 이것이 얼굴을 보고 조상을 추적하기 어렵다는 주장이 설득력을 갖는다.

〈그림 8-1〉 왜상

출처 : National Gallery London

왜상은 말하자면 그림의 돌연변이이다. 그러나 추적할 수 있는 형태만의 돌연변이이다. 지금 나의 얼굴이 왜상이다. 나의 본상은 무엇인가. 그 "특징"은? 추적이 가능할까. 그래서 탄생한 나의 돌연변이 얘기가 시「얼굴」이다. 근본을 모르는 정체불명의 얼굴이다.

KL93. 얼굴

출처 : 조선과 건축　　　　　　　　　　　　　　　1931년 8월 15일

배고픈얼굴을본다
반드르르한머리카락밑에어째서배고픈얼굴은있느냐
저사내는어데서왔느냐
저사내는어데서왔느냐

저사내어머니의얼굴은박색임에틀림이없겠지만만저사내아버지의얼굴은잘생겼을것임에틀림없다고함은저사내아버지는워낙은부자였던것인데저사내어머니를취한후로급작히가난든것임에틀림없다고생각되기때문이거니와참으로아해라고하는것은아버지보담도어머니를더닮는다는것은그무슨얼굴을말하는것이아니라성행을말하는것이지만저사내얼굴을보면저사내는나면서이후대체웃어본적이있었느냐고생각되리만큼험상궂은얼굴이라는점으로보아저사내는나면서이후한번도웃어본적이없었을뿐만아니라울어본적도없었으리라믿어지므로더욱더험상궂은얼굴임은즉저사내는저사내어

머니의얼굴만을보고자랐났기때문에그럴것이라고생각되지만저사
내아버지는웃기도하고하였을것임에틀림이없을것이지만대체로아
해라고하는것은곧잘무엇이나숭내내는성질이있음에도불구하구저
사내가조금도웃을줄을모르는것같은얼굴만을하고있는것으로본다
면저사내아버지는해외를방랑하여저사내가제법사람구실을하는저
사내로장성한후로도아직돌아오지아니하던것임에틀림이없다고생
각되기때문에또그렇다면저사내어머니는대체어떻게그날그날을먹
고살아왔느냐하는것이문제가될것은물론이지만어쨋든간에저사내
어머니는배고팠을것임에틀림없으므로배고픈얼굴을하였을것임에
틀림없는데귀여운외톨자식인지라저사내만은무슨일이있든간에배
고프지않도록하여서길러낸것임에틀림없을것이잠아무튼아해라고
하는것은어머니를가장의지하는것인즉어머니의얼굴만을열심으로
숭내낸것임에틀림없는것이어서그것이지금은입에다금니를박은신
분과시절이되었으면서도이젠어쩔수도없으리만큼굳어버리고만것
이나닐까고생각되는것은무리도없는일인데그것은그렇다하드라도
반드르르한머리카락밑에어째서저험상궂은배고픈얼굴은있느냐.

[해독] 일어로 쓴 이 글의 본문은 한 문장이다. 단절 없는 가문의
연결을 상징한다. 나의 친구 박태원이 1936년에 쓴 『방란장주인』
도 한 문장의 소설이다. 나는 그보다 5년 앞서 이 글을 썼다. 본문
에서 "저사내"란 나다. 그러나 약간 비틀어서 타인처럼 묘사하였
다. 이 자체가 왜상의 암시이다. 얼굴의 정체를 모르는 사람은 모

두 나이기 때문이다. 그가 부자이건 아니건. 이 글의 주인공은 어릴 때의 개인사는 모르지만 지금은 금니를 해박은 부자이다. 그리고 이 글에서 유일하게 등장하는 인물이다. 저 사내의 아버지와 어머니는 상상의 대상이다. 저 사내의 뒷모습이 확실하지 않음을 상징한다.

저 사내의 잘생긴 아버지는 부자의 몸으로 박색의 여인을 후취로 들였다. 처음부터 말이 안 된다. 잘생긴 부자가 후취로 들이는 여자는 젊은 미인이어야 한다. 저 사내의 조상의 얘기가 엇박자이다. 뒷모습을 캐기가 어려워져간다. 케익스Ceyx는 테살로니키의 왕이었다. 그는 금성 포스포로스의 아들이었다. 그의 빛나는 아름다움은 누가 보아도 그의 부친이 누구인지를 가히 짐작하게 한다. 그러나 이 글의 주인공은 누가 보아도 그렇게 유추하기 어렵다. 이제 글을 분해하여 생각해 보자. 본문은 다음과 같은 여러 문장이 하나로 연결된 문장이다. 각 문장은 주로 상상이다.

반드르르한 얼굴인데 배고픈 얼굴이다.

저 사내는 어데서 왔느냐

어머니는 박색일 것이다.

아버지는 잘생겼을 것이다.

부자 아버지가 박색의 여자를 후취로 들였을 것이다.

그 후 갑자기 가난해졌을 것이다.

아이의 성행은 어머니를 닮는다.

아이는 험상궂다.

그것은 어머니만 보고 자랐기 때문일 것이다.

아버지는 다른 성격이고 해외로 돌아다닐 것이다.

어머니의 생활은 어려웠을 것이다.

저 사내만은 잘 먹었을 것이다.

어머니의 얼굴만 보고 자랐을 것이다.

지금은 금니를 해박을 정도로 잘 산다.

자라온 배경으로 보아 예전의 행동은 굳어졌을 것이다.

반드르르한 머리카락으로 험상궂고 배고픈 얼굴이다.

나의 시대에 부자들은 머리에 포마드 기름을 발랐고 금니를 박았다. 어떤 부자는 일부러 자랑하기 위해서 멀쩡한 이에 구멍을 뚫어 금니를 해 박았다. 여기서 머리카락은 부자임을 나타내는 반드르르한 모습인데 얼굴은 가난한 사람의 배고픈 표정이다. 이 사내의 옛날 모습이 지문처럼 남은 것이다. 지문으로 저 사내의 참 모습을 유추해 본 것이지만 모든 것은 정보가 빈약한 상태에서 추정에 불과하다. 연결된 각 문장은 일관되지 못한다.

구체적으로 보면 어머니가 잘 먹었다고 하더니 배고픈 표정이라고 한다. 어머니만 보고 자랐다니 아마도 어머니의 못 먹은 얼굴을 닮았다는 뜻일 텐데 어머니는 박색일망정 험상궂은 것은 아니다. 그런데 저 아이는 험상궂다. 자식의 아버지는 해외에 돌아다닌다니 무슨 근거로? 그렇지 않다면 아이가 험상궂을 리가 없을 것인데 그것은 남편 없이 사내아이를 키우려니 남편에 대한 원망이 그 어머니 얼굴에 묻었던 탓일 게다.

오스카 와일드는 말했다. "여자는 어머니를 닮는다. 그것이 비극이다. 어떤 남자들은 그들의 어머니를 닮지 않는다. 그것이 그들의 비극이다." 그렇다면 어머니를 닮은 저 사내는 비극이 아니다. 그래서 묻는다. 저 사내는 어디에서 왔느냐. 저 사내의 진상은 무엇인가. 나아가서 나의 정체는 무엇인가. 진짜 나의 얼굴은 무엇인가. 나의 글이 증언할 수 있겠는가. 지난 80년 동안 해독이 되지 않아서 수수께끼로 남아있었다.

나의 이 얼굴로 나의 진상을 알 수 있느냐. 알 수 없다면 나의 얼굴은 왜상이냐 진상이냐. 당장 나의 자화상인 〈그림 8-3〉을 본다. 〈그림 8-2〉의 나의 실물 사진과 비교하면 나는 나로되 모습이 닮지 않았다. 이러한 나를 보고 나의 조상을 유추할 수 있겠는가.

〈그림 8-2〉 이상의 사진	〈그림 8-3〉 자화상

출처: 『2010 이상의 방 – 육필원고 · 사진전』, 38쪽(우측). 78쪽(좌측).

그래서 탄생한 것이 시「자상」이고 여기서 내가 "허방"에 빠졌다고
고백하였다.「자상」은 전편에서 이미 해독되었으니「자화상」이 다
음을 기다린다.

KL94. 자화상(습작)

출처 : 실낙원   조광 1939년 2월

　여기는 도모지 어느나라인지 분간을 할 수 없다. 거기는 태고와
전승하는 판도가 있을뿐이다. 여기는 폐허다. 피라미드와같은 코가
있다. 그구녕으로는 유구한 것이 드나들고 있다. 공기는 퇴색되지
않는다. 그것은 선조가 혹은 내전신이 호흡하던바로 그것이다. 동
공에는 창공이 응고하야 있으니 태고의 영상의 약도다. 여기는 아모
기억도전언되여 있지는않다. 문자가 달아 없어진 석비처럼 문명의
잡답한 것이 귀를 그냥지나갈뿐이다. 누구는 이것이 떼드마스크(사
면)라고 그랬다. 또누구는 떼드마스크는 도적맞았다고도 그랬다.
　죽엄은 서리와같이 나려있다. 풀이 말너버리듯이 수염은 자라
지않는채 거츠러갈뿐이다. 그리고 천기모양에 따라서 입은 커다란
소리로 외우친다 – 수류처럼.

[해독] 습작인 것으로 보아「자상」의 초고인지 모르겠다. 그러
나 나의 정체를 묻는 점에서는 습작이 더 선명하다. 이 글에서도

데스마스크란 스핑크스이다. 지혜로 스핑크스의 수수께끼를 해독
한 오이디푸스 이래 "선조가 혹은 내 전신이 호흡하던 공기는 퇴색
되지 않고 유구"한 채로 지금도 내 코 속에 드나든다. 연무에 가린
것처럼 그 밖의 것은 아무 것도 알려진 것이 없다. "기억도 없고
문자도 닳아 없어졌다." 거쳐 간 "잡다한 문명도 흔적도 없이 사라
졌다." 이것은 무엇이냐? 누구는 "데스마스크"라고 그리고 누구는
아니라고 그런다. 내가 "커다란 소리로 흐르는 물처럼" 나라고 이
름을 외쳐보아도 변하는 날씨처럼 한 목소리가 아니다. 이것이 나
의 자화상인데 과연 나는 누구냐. 나의 정체는? 나의 얼굴인가 아
니면 나의 이름인가. 얼굴을 그린 나의 초상화도 모두 다르고 나의
이름도 하나가 아니고 아호도 여럿이다.

　이 문제를 가볍게 다룬 연극이 오스카 와일드의 『진지함의 중요
성 *The Importance of Being Earnest*』이다. 지루하지만 진중한 "얼굴"이 진
지함 Earnest이냐 그에 부여한 흔한 "이름"이 진지함이냐? 연극에서
는 어느 편인가? 이 희극 farce에는 어네스트(진지함)란 이름의 젊은이
가 여럿 등장한다. 그러면 어느 어네스트가 진짜인가. 이처럼 진상
의 핵심이 나에게는 "얼굴"인 데 대하여 와일드에게는 "이름"이다.
이 극은 희극답게 재미있게 끝난다.

　소크라테스는 "아테나에 현자가 있다면 그가 소크라테스이다."
라는 델포이 신탁의 말을 들었다. 소크라테스가 보기에 자신은 현
자가 아니라고 생각하는데 그 신탁이 그렇다고 하니 그것이 의심
스러워 현자를 찾으려고 만나는 사람마다 그들이 안다고 생각하는
바를 물었다. 소크라테스는 자신이 누구인지 알고 있었는데 그들

은 자신조차 누구인지 모르고 있었다. 아무도 현자가 아니라는 결론을 얻었다. 이것이 "너 자신을 알라"의 정체이다. 신탁의 말은 아테나에는 현자가 없다는 뜻이다.

이와 비슷한 가정법을 오스카 와일드가 말했다. "지상에 진지함이 하나 있다면 그것은 예술이다." 연극에만 있다는 말인가? 이 말은 세상에는 진지함(어네스트)이 없다는 뜻이다. 그의 그 다음 말이 증언한다. "따라서 예술가는 결코 진지할 수 없는 유일한 사람이다." 스스로 신탁인 체한다. 그의 말이 계속된다. "사람들에게 진실을 말하고 싶다면 그들을 웃겨라." "웃음은 삶을 향한 원초적인 반응이다. 이제는 예술가와 범죄자에게만 남아있다." 진지함이란 애초부터 존재한 것이냐? 없다. 이것이 오스카 와일드의 답이다. 그러나 그는 진지함이 동성애를 뜻하는 진지한 은어임은 감추고 있었다. 그 결과? 다음 글이 대답한다.

KL95. 위치

출처 : 위독   조선일보 1936년 10월 8일

중요한위치에서 한성격의심술이비극을연역하고 있을즈음범위에는 타인이없었던가. 한주ㅡ분에심은외국어의관목이막돌아서서 나가버리려는동기요화물의방법이와있는의자가주저앉아서귀먹은 체할때마침내가구두처럼고사이에끵기어들어섰으니나는내책임의 맵시를어떻게해보여야하나. 애화가주석됨을따라나는슬퍼할준비

라도하노라면나는못견뎌모자를쓰고밖으로나가버렸는데웬사람하
나가여기남아내분신제출할것을잊어버리고있다.

[해독] 이 글은 오스카 와일드의 몰락을 그린 것이다. 아래에서
보듯이 나 스스로 오스카 와일드와 비슷한 운명이라고 생각한 듯
하다. 와일드는 프랑스에서 비극적인 운명을 맞았다. 나는 동경에
서 비극적인 운명을 예감한다. 그래서 오스카 와일드의 위독을 스
스로의 위독으로 대변한 연작 『위독』을 썼다. 「위치」는 그 가운데
하나이다.

오스카 와일드는 잘 알려진 대로 아일랜드 문필가로서 당대뿐
만 아니라 후세까지 이름을 남긴 사람이다. 그러나 그는 동성연애
로 유죄판결을 받고 몰락하였다. 빅토리아 시대에 동성애는 용납
되지 않았다. 그는 영국과 아일랜드에서 영구히 추방되어 파리에
서 죽었다. 이유는 달라도 동경에서 나의 처지도 이와 같다고 예감
하여 쓴 시가 「위치」이다. 지적인 풍모에 미적 감각까지 겸비한 그
의 "위치"란? 연애 사건이다.

와일드가 『진지함의 중요성』으로 작가 인생의 절정에 올라선
바로 그 순간 그의 발밑에서 몰락이 기다리고 있었다. 그 "중요한
위치"에서 그를 파멸로 끌어내린 것은 동성애(한 성격)의 재판(심술)에
서 유죄(비극)를 판결(연역)받은 것이다. 이것이 "한 성격의 심술이 비
극을 연역"한 것이다. "범위에 타인이 없었던가." 주위(범위)에서 버
나드 쇼 등 작가들(타인)의 탄원이 있었지만 소용없었다. 친구들도

둘로 갈라졌다. 와일드의 임종을 지킨 친구는 하나뿐이었다.

예술지상주의, 탐미주의, 유미주의의 대명사 오스카 와일드는 해바라기 꽃을 항상 저고리 깃 장식으로 꽂고 다녔다. 해바라기 꽃은 백합과 더불어 탐미주의의 상징이다. 그 이유가 해바라기는 꽃잎이 피보나치수열 $0, 1, 1, 2, 3, 5, 8, 13, 21, 34, \cdots$ 에 일치한다는 데 있다. 피보나치수열은 수열이 진행함에 따라 이웃한 두 수의 비율

〈그림 8-4〉 오스카 와일드의 흥망

THE JUDGE

A THING OF BEAUTY NOT A JOY FOREVER.
Rise and Fall of a "Vera" Wilde Asthete.

출처: Magazine *Punch*, September 1, 1883.

이 황금비율 ϕ=1.618…에 접근한다. 황금비율은 무한소수이다. 이
상적인 아름다움이다. 지미至美의 상징이다. 연속하여 다음 장이
해독할 이상의 네 편의 소설은 모두 황금비율을 아래에 깔고 있다.

와일드를 풍자한 당대의 만평들은 그를 해바라기 꽃으로 장식한
관목으로 표현하였다. 와일드의 몰락과 함께 관목도 퇴장하지 않을
수 없다. "한 주 분에 심은 외국어의 관목이 막 돌아서서 나가버리
는" 이유이다. 여기서 외국어란? 프랑스어이다. 와일드는『살로메』
를 동성애인과 함께 프랑스어로 썼다.

〈그림 8-4〉가 와일드의 흥망을 그린 만평이다. 왼쪽은 해바라
기와 금화로 가득 장식한 와일드이고 오른쪽은 누더기가 된 와일
드이다. 와일드의 희곡『베라Vera』가 공연에서 실패한 것이다. 누
더기 옷깃에는 해바라기 꽃이 보이지 않는다. 대신 온갖 물건이 들
어있는 가방은 "영국행" 짐표가 붙은 화물로 되었지만 해바라기 장
식은 여전하다. 만평 밑에 글. "와일드 미학의 흥망." 그 위 문구
"아름다움 영원하지 못하다."는 키츠 글의 인용이다. 내가 미문美文
을 경계하는 이유이다. 왼쪽 그림에 한 개의 백합 관목이 보인다.
이 그림이 내가 본 "한 주-분의 외국어 관목이 막 돌아서서 나가버
리는 장면"이다. 이 만평의 제목은 JUDGE이다. 곧 판결이다. 나의
표현대로 "연역"이다.

『진지함의 중요성』에는 보모가 등장한다. 그녀의 이름은 프리
즘이다. 28년 전 그녀는 빅토리아 역에서 사내아기를 유모차에 태
우고 산책하고 있었다. 그녀는 소설을 쓰고 있었는데 실수로 그 원
고를 유모차에 넣고 아기를 가방에 넣었다. 〈그림 8-5〉 참조 그리고 또

〈그림 8-5〉 가방 속의 아기와 다리 대신 바퀴 달린 의자(유모차)

출처: National Literacy Trust London

한 번의 실수로 그 가방을 빅토리아 역에 놓고 가버렸다. 그 아기
는 어느 집에 입양되어 자랐는데 이 청년의 이름이 진지함Earnest이
다. 28년 동안 아무도 몰랐다. 빅토리아 역의 "화물의 방식"(가방)이
마침 옆에 "와 있던 의자"(유모차)와 뒤바뀌어 "주저앉은 채" 28년 동
안 아무도 몰랐고 당사자 프리즘은 "귀먹은 체"(모르는 체)하였다. 이
것이 "화물의방법이와있는의자가주저앉아서귀먹은체할때"의 의미
이다. 이때 의자는 다리가 있는 椅子가 아니라 다리가 없는 倚子를
가리킨다. 지적한 바와 같이 다리 대신 바퀴 달린 유모차이다. 연
극은 희극으로 끝난다. 〈그림 8-5〉는 "가방 속의 아기"와 "바퀴 달
린 의자"이다. 런던의 상설전시작품이다.

제 아무리 먼 곳의 별의 비밀이라도 모두 드러내는 것이 프리즘
이다. 와일드와 진지함의 비밀이 프리즘(보모)에 의해 드러나 멀리
조선에 있는 나에게까지 알려졌다. 비슷한 운명의 두 천재. 나는
오스카 와일드의 비극을 어떻게 받아들여야 하나. 나는 일찍이 내
남동생을 "성세바스티앙"이라고 불렀다. 오스카 와일드가 몰락하
고 채택한 가명이 바로 "세바스티앙"이다. 미남이라는 뜻이다.

"구두점"은 문장과 문장 사이에 위치한다. 와일드의 성공일화가
한 문장에서 구두(점)으로 끝나고 몰락의 일화가 다른 문장에서 시
작되는 비극이 남의 일처럼 느껴지지 않는다. 나도 다음에 해독할
글 「오스카 와일드」에서 보듯이 동성애 기질이 있어서 구두(점) 위
치에 놓여 있기 때문에 장차 구두점 다음의 내 태도(책임의 맵시)를 어
떻게 해야 하나. "마침내가구두처럼고사이에낑기어들어섰으니나
는내책임의맵시를어떻게해보여야하나." 오스카 와일드의 몰락의
"애화가 주석됨을 따라 나는 슬퍼할 준비라도 하노라면 나는 못 견
뎌 모자를 쓰고 밖으로 나가 버렸다." 그런데 사람들은 나의 "특징"
과 성향을 모르니 "웬 사람 하나가 여기 남아 내 분신 제출할 것을
잊어버리고 있다." 그 "애화"를 슬퍼하여 준비한 글이 바로 방금 해
독한 시 「위치」이다. 그렇다면 나의 특징과 성향은 과연 무엇인가?
또 나의 "분신"이란 무엇이며 어떻게 "제출"해야 하나? 달리 말하자
면 나의 "특징"을 어떻게 "표현"해야 하나?

나는 숨김이 없는 사람이다. "비밀 하나도 없다는 것이 참 재산
없는 것보다도 더 가난하외다 그려! 나를 좀 보시지요?"[1] 나는 나
의 "특징과 비밀"까지도 적나라하게 드러낸다. 사람들이 해독을 못

해서 그렇지. 그건 내 책임이 아니다. 내가 나의 친구와 동성애 감정을 나눈 것도 글로 남겼다. 산문「오스카 와일드」가 그것이다. 오스카 와일드가 재판을 받은 것은 1895년이다. 불과 한 세대 후에 조선에서「오스카 와일드」라는 제목으로 동성애에 관한 글을 쓴다는 것은 내가 그만큼 투명한 사람이라는 증거가 아닐까? 오스카 와일드의 "위독"을 나의 "위독"으로 절감한다. 그러나 이 글에는 오스카 와일드가 등장하지 않는다는 데 글의 묘미가 있다. 나와 나의 친구만이 등장한다. 이 친구가 나의 분신이다.

KL96. 오스카 와일드

출처 : 혈서삼태   신여성 1934년 6월

내가 불러주고 싶은 이름은『욱』은 아니다. 그러나 그 이름을 욱이라고 불러두자. 1930년만 하여도 욱이 제 여형단발과 같이 한없이 순진하였고 또 욱이 예술의 길에 정진하는 태도, 열정도 역시 순진하였다. 그해에 나는 하마터면 죽을 뻔한 중병에 누웠을 때 욱은 나에게 주는 형언하기 어려운 애정으로 하여 쓸쓸한 동경생활에서 몇 개월이 못 되어 하루에도 두 장 석 장의 엽서를 마치 결혼식장에서 화동이 꽃이파리를 걸어가면서 흩뜨리는 가련함으로 나에게 날려주며 연락선 갑판 상에서 흥분하였었느니라.

---

1)「실화」

그러나 욱은 나의 병실에 나타나기 전에 그 고향 군산에서 족부에 꽤 위험한 절개수술을 받고 그 또한 고적한 병실에서 그 몰락하여가는 가정을 생각하며 그의 병세를 근심하며 끊이지 않고 그 화판 같은 엽서를 나에게 주었다.

네가 족부의 완치를 얻기도 전에 너는 너의 풀죽은 아버지를 위하여 마음에 없는 심부름을 하였으며 최후의 추수를 수호하면서 고로운 격난도 많이 하였고 그것들 기억이 오늘 네가 그때 나에게 준 엽서를 끄집어내어 볼 것까지도 없이 나에게는 새롭다. 그러나 그 추우비비거리는 몇날의 생활이 나에게서부터 그 플라토닉한 애정을 어느 다른 한 군데에다 옮기게 된 첫 원인이었는가 한다.

욱은 그후 머지아니하야 손바닥을 툭툭 털 듯이 가벼운 몸으로 화구의 잔해를 짊어지고 다시 나의 가난한 살림 속으로 또 나의 애정 속으로 기어들어오는 것 같이 하면서 섞여 들어왔다. 우리는 그 협착한 단칸방 안에 백 호나 훨씬 넘는 캔버스를 버티어 놓고 마음 가는 데까지 자유로 이 분방스러히 창작생활을 하였으며 혼연한 영의 포옹 가운데에 오히려 서로를 잇는 몰아의 경지에 놀 수 있었느니라.

그러나 욱 너도 역시 그부터 올라오는 불 같은 열정을 능히 단편단편으로 토막쳐 놓을 수 있는 냉담한 일면을 가진 영리한 서생이었다.

[해독] 시작부터 친구의 모습을 단발머리 여자로 그린다. 〈전편〉에서 해독한 시 「一九三一年(作品第一番)」의 燐이다. 燐은 밝다는 뜻

이다. 여기서는 이름과 전혀 연관이 없는 애칭을 쓴다. 그 애칭이
욱이다. 사실은 동성애에 걸맞게 노골적인 이름을 붙이고 싶지만
자제한다. "내가 불러주고 싶은 이름은『욱』은 아니다. 그러나 그
이름을 욱이라고 불러두자." 旭은 아침 해를 의미한다. 그렇다면
내가 "해바라기"라는 뜻이며 피보나치수열의 주인공이 되고 싶은
것이다. 내가 곧 이 글의 제목인 오스카 와일드이다. 시「청령」은
이렇게 시작한다. "일편단심의 해바라기- 이런꽃으로꾸며졌다는
고호의무덤은참얼마나美로울까." 나도 해바라기의 의미쯤은 안다.
일편단심.

"플라토닉형의 애정"이라고 선을 긋는 것으로 보아 이상적 애정
을 추구하는 것 같은데 그것이 황금비율이다. 그럼에도 군데군데
짙은 애정의 감정을 숨기지 않는다. "혼연한 영의 포옹 가운데에
오히려 서로를 잇는 몰아의 경지"라는 표현이 많은 것을 함축하고
있다. 그러나 마지막에 최후의 일격을 가하는 것은 자제하고 있다.
그것은 이어지는 글「관능위조」가 증언한다.[이 책에서는 생략했다.] 욱
에게 여자가 생긴 것이다. "그런 후로 나의 욱에게 대한 순정적 우
애도 어느덧 가장 문학적인 태도로 조금씩 변하여갔다. 다섯 해 세
월이 지나간 오늘 엊그제께 하마터면 나를 배반하려 들던 너를 나
는 오히려 다시 그러던 날의 순정에 가까운 우정으로 사랑하고 있
다." 친구는 결국 이상을 배반한다. 순정적 우애의 깨짐. 황금비율
우정의 종말. 그 기록이 소설『지주회시』이다. 본문의 욱의 아버지
몰락도 이 소설에 등장한다. 뒤에서 해독한다.

동성애의 배반! 이처럼 나와 욱의 동성애는 엄숙한 현실을 직시

하여 "인생보다 연극이 재미있다는 C군과 반대로 H군은 회의파 다."라며 인생과 연극을 구분하였다. 그러나 오스카 와일드는 현실 과 연극을 구분하지 못하여 몰락하였다. 그가 말했다. "세상은 무 대이다." 그렇다면 와일드에게 인생은 연극이었던가. 그에게 인생 의 엄숙함도 연극일까. 이것은 이미 와일드의 연극 『진지함의 중요 성』의 진지함이 바로 동성애 세계에서 은어로 통하는 것에서 어느 정도 예고되는 것이었다. 지금에야 그 비밀이 드러났다. 연극의 주 제가 나의 시 「얼굴」이 의미하는 바와 같이 진지함이라는 "이름"의 정체성이다. 또는 진지함이라는 이름을 가진 수많은 "얼굴"의 정체 성이다.

나는 차라리 에밀 졸라의 『자연주의 연극』을 믿는다. "나는 지 식의 모든 영역에서 진행되고 있는 진실과 경험과학을 향한 커다 란 움직임을 연극에도 미치게 하고자 한다." 내가 졸업기념 연극에 서 여자로 분장한 적이 있음을 아는가?

진지함을 비웃었던 오스카 와일드는 감옥에서 갱생의 도를 걸 었다. 마침내 그는 진지해졌다. 글 쓰는 것도 허락하지 않은 열악 한 환경에서 방대한 『옥중기』를 썼다. 그것이 완판된 것은 그의 사 후 1백 년이 지나서이다. 그에게 진지함이란 더 이상 웃음거리가 아니다. 그의 간증이다. "진실이 되고자 하는 모든 것이 하나의 훌 륭한 신앙이 될 수 있다." 진지함이 없다는 예술에서 진지함이 있 는 신앙으로 거듭났던 것이다.

나는 감옥에는 갇히지 않았지만 결핵에 갇힌 몸으로 피를 토하 는 심정에서 글을 썼다. 나의 글이 진지함이다. 나는 오스카 와일드로부터 교훈을 얻었다. 아름다움의 극치가 가져온 비극을. 그래서 와일드가 탐미주의에서 내세웠던 미문을 배격할 수 있었다. 나의 글에는 美文이 없다. 다음 장에서 해독할 『종생기』가 이를 잇는다. "미문, 미문, 애하! 미문. 미문이라는 것은 적이 조처하기 위험한 수작이니라." 글이 이어진다. "미문에 견줄 만큼 위태위태한 것이 절승에 혹사한 풍경이다. 절승에 혹사한 풍경을 미문으로 번안 모사해 놓았다면 자칫 실조 익사하기 쉬운 웅덩이나 다름없는 것이니 첨위는 아예 가까이 다가서서는 안 된다. 도스토예프스키 —나 고르키 —는 미문을 쓰는 버릇이 없는 체했고 또 황량, 아담한 경치를 취급하지 않았으되 이 의뭉스러운 어른들은 오직 미문을 쓸 듯 쓸 듯, 절승 경개는 나올 듯 나올 듯, 해만 보이고 끝끝내 아주 활짝 꼬랑지를 내보이지는 않고 그만둔 구렁이 같은 효과가 절대하여 천 년을 두고 만 년을 두고 내리내리 부질없는 위무를 바라는 중속들을 잘 속일 수 있는 것이다."

나는 오스카 와일드가 즐겼던 짧은 경구도 거절한다. 이것 역시 『종생기』가 이어받았으니 "역대의 에피그램과 경국의 철칙이 다 내에 있어서는 내 위선을 암장하는 한 스무스한 구실에 지나지 않으니 실로 나는 내 낙명의 자리에서도 임종의 합리화를 위하여 코로처럼 도색의 팔레트를 볼 수도 없거니와 톨스토이처럼 탄식해주고 싶은 쥐꼬리만 한 금언의 추억도 가지지 않고 그냥 난데없이 다리를 삐어 넘어지듯이 스르르 죽어 가리라." 지옥에 떨어질지라도. 연옥에서 헤맬지라도. 다음 글이 오스카 와일드의 몰락을 적나라하게 발가벗긴다.

KL97. 월원등일랑

출처 : 문학사상   1976년 7월

장어章魚를 처음 먹는 건 누구냐 계란을 처음 먹는 건 누구냐 어쨌
든 충분히 배가 고팠던 모양이군

돌과 돌이 맞비비어 오랜 동안엔 역시 아이가 생겨나나 보다 돌은
좋아하는 돌에게 갈 수가 없다

나의 길 앞에 하나의 패말뚝이 박혀 있다
나의 부도덕이 행형되고 있는 증거이다

나의 마음이 죽었다고 느끼자 나의 육체는 움직일 필요도 없겠다
싶었다

달이 둥그래지는 내 잔등을 흡사 묘분을 비추듯 하는 것이다

이것이 내가 참살 당한 현장의 광경이었다

(3월 22일)

[해독] 이 글은 누가 썼는지 확실하지 않다. 지금은 하도 오래
되어서 나도 모르겠다. 연습 삼아 쓴 나의 글일 수 있고 이 글의

제목처럼 월원등일랑月原橙一郎의 글일 수 있다. 나의 글이라면 마땅히 해독해야 한다. 만일 월원등일랑의 글이라도 해독해야 한다. 그이유는 그의 글을 해독하고 중요하다고 생각하여 나의 창작노트에옮겨 적었기 때문일 수 있다. 다시 말하면 어느 경우이든지 오스카와일드의 비극을 남의 일처럼 생각하지 않았다는 뜻이다. 나의 내면을 드러냈기 때문이다.

본문에서 장어, 계란, 먹는다, 돌은 동성애자들의 은어이다. 일본에서 장어章魚는 낙지를 일컫는데 발이 8개이다.(장어長魚와 다르다.)두 사람이 엉키면 팔다리가 도합 8개이고 그 은어의 의미는 "만지지 않을 수 없다."이다. 성행위를 "먹는다"라고 표현한다. 계란과돌은 "고환"을 의미한다. 이만하면 해독은 이미 마친 셈이다.

오스카 와일드는 그의 오랜 애인 알프레드 더글러스의 도움을받아 프랑스 어로 『살로메』를 썼다. 두 사람 사이에 머리(자궁)의 자식brianchild이다. 이것이 "돌과 돌이 맞비비어 오랜 동안엔 역시 아이가 생겨나나 보다."의 동성애 은어이다. 또한 "돌멩이도 새끼를까는 이야기"의 정체이다.[2] 그러나 재판을 받고 둘은 헤어지게 된다. "돌은 좋아하는 돌에게 갈 수가 없다." 와일드는 낙인이 찍혔으니 파리에서 이름도 세바스티앙으로 바꾸고 가난하게 살 수밖에없었다. 이래서 "나[와일드]의 길 앞에 하나의 패말뚝이 박혀 있다.나의 부도덕이 행형되고 있는 증거이다." 와일드의 마음은 죽었고육체는 2년 동안 감옥에 갇혔다. "나의 마음이 죽었다고 느끼자 나

---

2) 『날개』

의 육체는 움직일 필요도 없겠다 싶었다." 와일드는 사실상 묘분에 묻힌 사람이다. 감옥의 영창을 통해 비추는 "달이 둥그래지는 내 잔등을 흡사 묘분을 비추듯 하는 것이다." 모든 것으로 보아 "이것이 내가 참살당한 현장의 광경이었다."

"달(月)"이 비추는 "둥그래지는 내 잔등"은 언덕(原)의 모습이다. 여기에 "하나의 패말뚝"이 등나무(橙)라면 이 글의 제목이 될 수 있다. 그러면 月原橙의 一郎은 오스카 와일드이다.

내 안에 잠재하고 있는 특징은 동성애만이 아니다. 나는 오스카 와일드가 쓴 소설『도리안 그레이의 초상』에서 인간 내면의 이중성 삼중성을 꿰뚫어보았다. 이 소설과 거의 동시에 출간된 스티븐슨의 소설『지킬 박사와 하이드 씨』도 마찬가지이다. 지킬과 하이드가 내 안에 공존하고 있음도 숨김없이 털어놓는다. 연이어 발생하는 사건에서 하이드의 가학성을 느낀다. 그것이 「하이드 씨」라는 작품이다.

KL98. 하이드 씨

출처: 혈서삼태　　　　　　　　　　　　　신여성 1934년 6월

내가 부를 이름은 물론 소하는 아니올시다. 그러나 소하라고 부른들 어떻겠습니까. 소하! 운명에 대하연 매저키스트들에게 성욕이란 무엇이겠습니까. 성욕에게 정말 스토리가 없습니까. 태고에는 정말 인류가 장수하였겠습니까.

소하! 나에게는 내가 예술의 길을 걷는데 소위 후견인이 너무 없었습니다. 그래서 내가 일찍이 사디즘을 알았을 적에 벌써 성욕을 병발적으로 알았습니다. 이 신성한 파편이요 대타에 실례적인 자존심을 억제할만한 아무런 후견인의 감시가 전연 없었습니다.

매춘부에게 대한 사사로운 사상, 그것은 생활에서 얻는 노련에 편달되어가며 몹시 잠행적으로 진화하여 가는 것이었습니다. 그러기에 영화로 된 스티븐슨의 〈지킬 박사와 하이드 씨〉 1편이 그 가장 수단적인 데 그칠 예술적 향기 수준이 퍽 낮은 것이라고 해서 차마 옳다, 가하다 소리를 입밖에 못 내어놓는 것이 아니겠습니까. 사실에 소하의 경우를 말하지 않고 나에게는 가장 적은 지킬 박사와 훨씬 많은 하이드 씨를 소유하고 있다고 고백하고 싶습니다. 나는 물론 소하의 경우에서도 상당한 지킬 박사와 상당한 하이드를 보기는 봅니다만은 그러나 소하가 퍽 보편적인 열정을 얼른 단편으로 사사오입식 종결을 지어 버릴 수 있는 능한 수완이 있는데 반대로 나에게는 윤돈 시가에 끝없이 계속되는 안개와 같이 거기조차 콤마나 피리어드를 찍을 재주가 없습니다.

일상생활의 중압이 이 나에게 교양의 도태를 부득이하게 하고 있으니 또한 부득이 나의 빈약한 이중성격을 지킬 박사와 하이드 씨에서 하이드 씨와 하이드 씨로 이렇게 진화시키고 있습니다.

[해독] 이 글에서 소하小霞는 이름이면서 노을을 의미한다. 지킬과 하이드의 런던. 煙霧에 모습을 숨긴 거리. 지킬 박사 속에 하이

드 씨가 안개처럼 숨어있다. 노을이 지면 지킬은 하이드가 된다. 나는 하이드를 우리말로 소하라고 번역하였다.

　내 속의 또 하나의 나. 소하. "소하! 운명에 대하연 매저키스트들에게 성욕이란 무엇이겠습니까. 성욕에게 정말 스토리가 없습니까. 태고에는 정말 인류가 장수하였겠습니까." 환관은 성욕이 비틀어져 가학성 피학성이 많다. 그러나 환관은 보통사람보다 오래 산다. 성경에 보면 구약시대 사람들도 장수하였다는데 환관처럼 성욕이 없었겠습니까. 아닙니다. 그랬다면 인류는 멸종했습니다. 성욕에도 스토리가 역사가 있습니다. 성욕만큼 장수의 역사가 없습니다. 가학성, 피학성 등 온갖 종류의 서로 다른 형태의 수많은 역사입니다.

　"그래서 내가 일찍이 사디즘을 알았을 적에 벌써 성욕을 병발적으로 알았습니다." 성욕에도 스토리가 있음을 알게 된 것은 내 몸 안에 가학성을 안 뒤였습니다. 차이코프스키에게는 후견인들이 있었습니다. 그러나 그가 동성애자라는 사실이 알려지자 그들은 그에게 자살을 강요했습니다. 나에게는 후견인이 없습니다. "소하! 나에게는 내가 예술의 길을 걷는데 소위 후견인이 너무 없었습니다." 그것은 불행한 일이지만 그 대신 나 자신이나 나의 "파편"이나 나를 대신한 "대타"도 억제하고 감시하고 자살을 권할 사람도 없습니다. 이게 나라 해도 "이 신성한 파편이요 대타에 실례적인 자존심을 억제할만한 아무런 후견인의 감시가 전연 없었습니다."

　이 같은 매춘부에 대한 사사로운 생각으로 나의 가학성을 키워나갔습니다. 지킬 박사와 하이드를 평가할 형편이 못됩니다. 연이나 나의 속의 하이드가 지킬을 능가하고 그것을 사사오입으로 평가절하한다 하여도 나는 런던의 안개처럼 한 치 앞도 못 보듯이 이렇다 할 방점을 찍을 위치에 있지 못하기 때문입니다.

나의 형편을 돌아보건대 나의 이성과 교양은 후퇴를 하고 내 속에서 지킬이 하이드로 하이드는 더 하이드로 퇴화하는 것을 막을 수 있는 수단이 없습니다. 나는 이중성격자입니다.

이처럼 나는 동성애자에 이중인격자이다. 그뿐만이 아니다. 나는 기생에 얹어 사는 룸펜이다. 기둥서방이다. 나는 기생인 아내에게 기생한다. 누가 더 기생일까? 그럼에도 그녀를 질투하고 그녀가 떠날까봐 늘 안절부절이다. 그것을 적은 글이 시 「지비」이다. 여기서 지비는 종이로 만든 비석이고 비석에는 글자가 적히니 일기를 가리킨다. 자신을 증명하는 방법으로 일기의 공개보다 더 나은 방법이 있을까?

KL99. 지비

출처 : 중앙   1936년 1월

– 어디갓는지모르는안해 –

○ 지비 일

안해는 아츰이면 외출한다 그날에 해당한 한남자를 소기려가는 것이다 순서야 밧귀어도 하로에한남자이상은 대우하지안는다고 안해는말한다 오늘이야말로 정말로도라오지안으려나보다하고 내

가 완전히 절망하고나면 화장은잇고 인상은없는얼골로 안해는 형용처럼 간단히돌아온다 나는 물어보면 안해는 모도솔직히 이애기한다 나는 안해의일기에 만일 안해가나를 소기려들었을 때 함즉한 속기를 남편된자격밖에서 민첩하게대서한다

O 지비 이

　안해는 정말 조류엿든가보다 안해가 그러케 수척하고 거벼워것는데도 나르지못한 것은 그손까락에 끼기윗든 반지 때문이다 오후에는 늘 분을바를 때 벽한겹걸러서 나는 조롱을 느긴다. 얼마안가서 없어질때까지 그 파르스레한주둥이로 한번도 쌀알을 쪼으려들지 안앗다 또 가끔 미닫이를열고 창공을 처다보면서도 고흔목소리로 지저귀려드리안앗다 안해는 날를줄과죽을줄이나 알앗지 지상에 발자국을 남기지안앗다 비밀한 발은 늘보선신ㅅ고 남에게 안보이다가 어느날 정말 안해는 없서젓다 그제야 처음방안에 조분내음새가 풍기고 날개퍼득이든 상처가 도배우에 은근하다 헤트러진 깃부스러기를 쓸어모으면서 나는 세상에도 이상스러운것을어덧다 산탄 아아안해는 조류이면서 염체 닷과같은쇠를삼켯드라그리고 주저안젓섯드라 산탄은 놋슬엇고 솜털내음새도 나고 천근무게드라 아아

O 지비 삼

　이방에는 문패가업다 개는이번에는 저쪽을 향하야짓는다 조소와같이 안해의버서노은 버선이 나같은공복을표정하면서 곧걸어갈것갓다 나는 이방을 첩첩이다치고 출타한다 그제야 개는 이쪽을향하야 마즈막으로 슬프게 짓는다

[해독] 나는 정식으로 혼인하기 전에 3년간 기생 금홍이와 살았다. 나는 그녀를 아내라고 부른다. 이상한 부부였는데 그 관계를 쓴 것이 이 글이다. 연심이 그녀의 본명인데 요정에서 뭇 남성들과 술을 마신다. 함께 자기도 한다. 집에 돌아오면 나에게 그날의 얘기를 솔직하게 털어놓는다. 만일 조금이라도 속이는 기미가 보이면 나는 그것을 금방 눈치 챈다. 이것이 "나는 안해의일기에 만일 안해가나를 소기려들었을 때 함즉한속기를 남편된자격밖에서 민첩하게대서한다."의 의미이다. 지비를 연심이가 쓴다는 의미가 아니다. 연애가 직업인 그녀가 돌아오지 않을까 나는 늘 불안하다. 새라면 날아가겠지. 그러나 새는 새로되 닭이다.

닭은 새에 속하는데 12간지에서 닭의 한자는 새 유酉이다. 술을 뜻하는 한자는 주酒이고 이것은 새(닭)가 물을 마시는 모습이다. 요정에서 매일 술을 마시는 아내의 모습만으로도 그녀는 새이다. 그런데 날지 못하는 새이다. 닭이기 때문이다. 날지 못하는 비둘기(飛닭)이다. 불안한 새이지만 그런 점에서 약간 안심이다. "안해는 정말 조류엿든가보다 안해가 그러케 수척하고 거벼워젓는데도 나르지못한 것은 그손까락에 끵기윗든 반지 때문이다." 나는 연심이가 크게 멀리 날지 못하는 이유가 반지의 무게라고 추측했다. 언약의 무게?

그녀가 화장하는 모습을 보면 좁은 방이 마치 새장처럼 보인다. 그녀는 나와 함께 밥을 먹는 법이 없다. 얼마 안 있어 집을 나서서 근무지에서 먹나 보다. "얼마안가서 없어질때까지 그 파르스레한 주둥이로 한번도 쌀알을 쪼으려들지 안앗다." 요정에서 목청을 잘

뽑지만 집에서는 가끔이라도 노래하지 않는다. "또 가끔 미닫이를 열고 창공을 처다보면서도 고흔목소리로 지저귀려드리안앗다." 나는 그녀와 마지막으로 봉별할 때에야 비로소 내가 한 번도 들은 일이 없는 그녀의 노래를 들었다. "속아도 꿈결 속아도 굽이굽이 뜨내기 세상 그늘진 심정에 불질러버려라 운운."

범인이 장갑 속에 지문을 감추듯이 그녀는 버선 속에 발을 감춘다. 그녀의 발은 비밀스럽다. 행선지를 감춘다. 누구와 만나는지 알 길이 없다. 이러다 아내가 정말 없어졌다. "지상에 발자국을 남기지안앗다 비밀한 발은 늘보선신ㅅ고 남에게 안보이다가 어느날 정말 안해는 없서젓다." 연심이가 사라진 것이다.

이제와 생각해 보니 연심은 몰래 집을 나갈 채비를 한 것 같다. 지비가 되어버린 도배지 위에 몇 글자를 적어 남겨 놓았다. 연심이가 "처음방안에 조분내음새가 풍기고 날개퍼득이든 상처가 도배우에 은근하다."가 그것이다. 나는 조리 없는 그 글자들을 보면서 연심이가 여러 남자에게 시달렸음을 알았다. 기생은 뭇 사내들에게 사냥감이다. 마치 새가 사냥꾼에게 사냥감이듯. 연심이는 그동안 뭇 사내로부터 사냥총의 산탄을 많이 맞았다. "헤트러진 깃부스러기를 쓸어모으면서 나는 세상에도 이상스러운것을어덧다 산탄 아아안해는 조류이면서 염체 닷과같은쇠를삼켯드라." 하도 많은 산탄을 맞아서 마치 닻의 무게만 하였다. 연심이가 날지 못한 이유이다. 반지의 무게 때문이 아니었다. "그리고 주저안젓섯드라. 산탄은 놋슬엇고 솜털내음새도 나고 천근무게드라 아아." 그러다 천근 무게의 산탄이 모두 녹이 슬어 무게가 없어지자 깃털이 솟은 아내는 드디어 날아가 버렸다. 닭이 나르니 飛닭, 곧 앞서 언급한 대로 이상의 표현에 따르면 비둘기로 되어 날아가 버린 것이다.

닭(비둘기) 쫓던 개. 나는 개띠이다. "이방에는 문패가업다 개는이 번에는 저쪽을 향하야짓는다." 지비 같은 이 방의 문패는 원래 아내의 것이었다. 연심의 가출과 함께 문패도 지비와 함께 없어졌다. 기둥서방에 불과한 나였기 때문이다. 나는 아내가 날아감직한 방향으로 가보려 한다. 아침을 못 먹은 나의 빈 위장처럼 아내가 벗어놓은 버선도 공복이다. 나의 공복이 조급히 저쪽 방향으로 갈 것처럼 아내의 빈 버선이 나를 안내할 것 같다. "조소와같이 안해의 버서노은 버선이 나같은공복을표정하면서 곧걸어갈것갓다." 아침을 챙길 사이도 없이 나는 방문을 잠그고 아내를 찾아 나섰다. "나는 이방을 첩첩이다치고 출타한다 그제야 개는 이쪽을향하야 마즈막으로 슬프게 짓는다."

나는 한때 큰 소리쳤다. "비밀이 없다는 것은 재산 없는 것처럼 가난할 뿐만 아니라 더 불쌍하다. 情痴세계의 비밀 – 내가 남에게 간음한 비밀, 남을 내게 간음시킨 비밀, 즉 불의의 양면 – 이것을 나는 만금과 오히려 바꾸리라. 주머니에 푼돈이 없을망정 나는 천하를 놀려먹을 수 있는 실력을 가진 큰 부자일 수 있다." 기생에게 기생하는 기둥서방으로서 나의 또 다른 모습이다. 이뿐만이 아니다. 이보다 더 지독한 짓도 하였는데 『봉별기』가 그것이다. 연심이가 일심이 언니이며 금홍이라는 것이 이 글에서 밝혀진다. 제목은 글자 그대로 만나서 헤어짐 곧 회자정리이다. 이 글은 해독이 필요 없다. 다만 그 다음 시의 해독을 위해 그 일부를 본다.

KL100. 봉별기

출처 : 여성　　　　　　　　　　　　　　　　　　　　　1936년 12월

〈전략〉

게서 만난 것이 금홍이다.

"몇살인구?"

체대가 비록 풋고추만 하나 깡그라진 계집이 제법 맛이 맵다. 열여섯 살? 많아야 열아홉 살이지 하고 있자니까

"스물한 살이에요."

〈중략〉

나는 금홍이에게 노름채를 주지 않았다. 왜? 날마다 밤마다 금홍이가 내 방에 있거나 내가 금홍이 방에 있거나 했기 때문에.

그 대신 우禹라는 불란서 유학생의 유야랑을 나는 금홍이에게 권하였다. 금홍이는 내 말대로 우씨와 더불어 '독탕'에 들어갔다. 이 '독탕'이라는 것은 좀 음란한 설비였다. 나는 이 음란한 설비 문간에 나란히 벗어놓은 우씨와 금홍이 신발을 보고 언짢아하지 않았다.

나는 또 내 곁방에 와 묵고 있는 C라는 변호사에게도 금홍이를 권하였다. C는 내 열성에 감동되어 하는 수없이 금홍이 방을 범했다.

〈중략〉

금홍이가 내 아내가 되었으니까 우리 내외는 참 사랑 했다. 서로 지나간 일은 묻지 않기로 하였다. 과거라야 내 과거가 무엇 있을 까닭이 없고 말하자면 내가 금홍이 과거를 묻지 않기로 한 약속

이나 다름없다.

금홍이는 겨우 스물한 살인데 서른한 살 먹은 사람보다도 나았다. 서른한 살 먹은 사람보다도 나은 금홍이가 내 눈에는 열일곱 살 먹은 소녀로만 보이고 금홍이 눈에 마흔 살 먹은 사람으로 보인 나는 기실 스물세 살이요 게다가 주책이 좀 없어서 똑 여남은 살 먹은 아이 같다. 우리 내외는 이렇게 세상에도 없이 현란하고 아기자기하였다.

부질없는 세월이 –

1년이 지나고 8월, 여름으로는 늦고 가을로는 이른 그 북새통에 –

금홍이에게는 예전 생활에 대한 향수가 왔다.

나는 밤이나 낮이나 누워 잠만 자니까 금홍이에게 대하여 심심하다. 그래서 금홍이는 밖에 나가 심심치 않은 사람들을 만나 심심치 않게 놀고 돌아오는 –

즉 금홍이에 협착한 생활이 금홍이의 향수를 향하여 발전하고 비약하기 시작하였다는 데 지나지 않는 이야기다.

그런데 이번에는 내게 자랑을 하지 않는다. 않을 뿐만 아니라 숨기는 것이다.

이것은 금홍이로서 금홍이답지 않은 일일 밖에 없다. 숨길 것이 있나? 숨기지 않아도 좋지. 자랑을 해도 좋지.

나는 아무 말도 하지 않는다. 나는 금홍이 오락의 편의를 돕기 위하여 가끔 P군 집에 가 잤다. P군은 나를 불쌍하다고 그랬던가 싶이 지금 기억된다.

나는 또 이런 것을 생각하지 않았던 것도 아니다. 즉 남의 아내라는 것은 정조를 지켜야 하느니라고!

금홍이는 나를 나태한 생활에서 깨우치게 하기 위하여 우정 간음하였다고 나는 호의로 해석하고 싶다. 그러나 세상에 흔히 있는 아내다운 예의를 지키는 체해본 것은 금홍이로서 말하자면 천려의 일실 아닐 수 없다.

이런 실없는 정조를 간판 삼자니까 자연 나는 외출이 잦았고 금홍이 사업에 편의를 돕기 위하여 내 방까지도 개방하여주었다. 그러는 중에도 세월은 흐르는 법이다.

하루 나는 제목 없이 금홍이에게 몹시 얻어맞았다. 나는 아파서 울고 나가서 사흘을 들어오지 못했다. 너무도 금홍이가 무서웠다.

나흘 만에 와 보니까 금홍이는 때 묻은 버선을 윗목에다 벗어놓고 나가버린 뒤였다.

이렇게도 못나게 홀아비가 된 내게 몇 사람의 친구가 금홍이에 관한 불미한 가십을 가지고 와서 나를 위로하는 것이었으나 종시 나는 그런 취미를 이해할 도리가 없었다.

버스를 타고 금홍이와 남자는 멀리 과천 관악산으로 가는 것을 보았다는데 정말 그렇다면 그 사람은 내가 쫓아가서 야단이나 칠까 봐 무서워서 그런 모양이니까 퍽 겁쟁이다.

〈중략〉

금홍이가 서울에 나타났다는 이야기다. 나타났으면 나타났지 나를 왜 찾누?

〈중략〉

금홍이는 역시 초췌하다. 생활전선에서의 피로의 빛이 그 얼굴에 여실하였다.

"네눔 하나 보구져서 서울 왔지 내 서울 뭘 왔다디?"

"그러게 또 난 이렇게 널 찾아오지 않았니?"

"너 장가 갔더구나."

"얘 듣기 싫다. 그 익모초 겉은 소리."

"안 갔단 말이냐. 그럼"

"그럼"

당장에 목침이 내 면상을 향하여 날아 들어왔다. 나는 예나 다름이 없이 못나게 웃어주었다.

〈중략〉

나는 긴상에게서 금홍이의 숙소를 알아가지고 어쩔 것인가 망설였다. 숙소는 동생 일심이 집이다.

〈후략〉

[해독] 이 글의 내용이 실제였는지 아닌지. 지금에 와서 그것은 그리 중요하지 않다. 연륜이 쌓여 절절했던 감정은 바래졌다. 실제라면 나의 경험을 그대로 밝힌 것이고 아니라면 내면의 상상을 글로 옮긴 것이다. 어느 쪽이든 나는 자발적으로 오쟁이를 졌다.

이것을 마지막으로 연심(금홍)은 다시 떠났다. 이것은 처음부터 예고된 것이었다. 그럼에도 주체할 수 없는 감정은 설명할 수 없는 세계에 속하나 보다. 짧은 기간 나는 매 맞으면서도 기둥서방으로 행복했다. 아내가 첫 번째 집을 나갔을 때가 생각난다. 다시 집으로 돌아온다는 소식에 전차를 타고 귀가하는 나의 모습이 시 「무제 (기 이)」이다.

KL101. 무제(기 이)

출처 : 맥   1939년 2월

선행하는분망을실고 전차의앞창은
내투사를막는데
출분한안해의귀가를알니는 「레리오드」의 대단원이었다.

너는엇지하여 네소행을 지도에없는 지리에두고
화판떨어진 줄거리 모양으로향료와암호만을휴대하고돌아왔음이냐.

시계를보면 아모리하여도 일치하는 시일을 유인할 수 없고
내것 않인지문이 그득한네육체가 무슨 조문을 내게 구형하겠느냐

그러나이곧에출구와 입구가늘개방된 네사사로운휴게실이있으니
내가분망중에라도 네그즛말을 적은편지을 데스크우에놓아라

[해독] 집나간 아내가 돌아왔다는 소식에 허겁지겁 타고 가는(선

행하는 분망을 실고) 전차에서 급한 마음이 앞창을 뛰쳐나갈 듯 넘나보
지만 수각이 황난하여 생각도 잘 나지 않는다. (내 투사를 막는다.) 이것
이 아내의 가출의 "대단원"인데 또 가출할 것 같으니 이번 귀가가
마침표를 찍지 않을 것이다. "오고 싶으면 오고 가고 싶으면 간
다." 영어로 말하자면 피리오드PERIOD가 아니다. 가짜 피리오드이
다. 그래서 PERIOD의 철자에서 P를 R로 일부러 바꾸어 레리오드
RERIOD라고 틀리게 썼다. 반복되는Repeated 마침표Period라는 뜻이
다. 이 같은 PERIOD → RERIOD의 방식은 이 책의 〈속편〉에서 선
보인 대로 ELEVATOR → ELEVATER, PARADE → PARRADE,
DICTIONNAIRE(F) → DICTIONAIRE 등처럼 내가 일부러 철자를
즐겨 틀리게 쓰는 방법이다. 지식의 패러독스에 대한 실험이다.
연심이 같은 "정신분일자"에 대한 내 감정의 표현이다.[3] 가짜 승
강기, 가짜 행진에 이어 가짜 피리오드이다. 또 가출할 것이다.

　네가 저지른 행각을 보니 행선지도 숨기고 초췌한 모습으로 입
다물고 나타났구나. 그동안 어디서 무엇을 했는지 아무리 날짜를
맞추어보아도 알 수 없고 다른 사내의 흔적만 가득한데 오히려 나
에게 목침을 던지는 형벌(구형)을 가하느냐. 너는 네 마음대로 오고
싶으면 오고 가고 싶으면 가니(레리오드) 너로 인한 나의 마음에 번
민(분망)을 일으킨 데 대하여 거짓말이라도 좋으니 그것을 듣고 싶
구나.

---

3) 『날개』

KL102. I WED A TOY BRIDE

출처 : 34문학   1936년 10월

1 밤

작난감신부살결에서 이따금 우유내음새가 나기도 한다. 머(ㄹ)지
아니하야 아기를낳으려나보다. 촉불을끄고 나는작난감신부귀에다
대이고 꾸즈람처럼 속삭여본다.

「그대는 꼭 갓난아기와같다」고 ········

작난감신부는 어둔데도 성을내이고대답한다.

「목장까지 산보갔다왔답니다」

작난감신부는 낮에 색색이풍경을암송해갖이고온것인지도모른다.
내수첩처럼 내가슴안에서 따끈따끈하다. 이렇게 영양분내를 코로
맡기만하니까 나는 작구 수척해간다.

2 밤

작난감신부에게 내가 바늘을주면 작난감신부는 아모것이나 막찔
른다.

일력, 시집, 시계, 또 내몸 내 경험이들어앉어있음즉한곳

이것은 작난감신부마음속에 가시가 돋아있는증거다. 즉 장미꽃처럼
···············

내 거벼운무장에서 피가좀난다. 나는 이 상치기를곳이기위하야 날
만어두면 어둠속에서 싱싱한밀감을먹는다. 몸에 반지밖에갖이지
않은 작난감신부는 어둠을 커-틴 열듯하면서 나를찾는다. 얼는 나

는 들킨다. 반지가살에닿는 것을 나는 바늘로잘못알고 아파한다.
촛불을켜고 작난감신부가 밀감을찾는다.
나는 아파하지않고 모른체한다.

[해독] 먼저 제목. "내가 작난감 신부와 결혼하다." 연심을 아내
라고 불렀지만 정식 결혼한 아내가 아니다. 오다가다 만나서 동거
한다. 장난감 아내라고 불렀다. 다시 말하면 가짜 아내이다. 『이상
의 시 괴델의 수』와 『續 이상의 시 괴델의 수』에 등장한 가짜의 행
렬을 보면 목각 양, 목조 뻐꾸기, 철제 닭, 잡지의 망원경, 지구의,
사진 프리즘, 사진 망원경, 간호부인형, 가짜 국가, 자기 일장기,
가짜 승강기, 가짜 행진에 이어 앞의 시에서 소개한 가짜 피리오드
등이었다. 이 대열에 가짜 신부 곧 장난감 신부가 추가된다. 지적
패러독스의 실험이라고 앞서 말했다. 연심이가 이 실험의 일원이
다. 『이상의 시 괴델의 수』가 밝힌 대로 가짜는 모순을 일으킬 수
있고 이 모순을 해소하는 방법은 단절뿐이라는 데 나도 동의한다.
결국 연심이와 헤어졌음이 그것이다. 장난감이란 갖고 놀다가 버
리는 것이 아니더냐? 그 전말기가 시 「I WED A TOY BRIDE」이다.
영어 표현도 어색하다.

1밤. 이 시의 핵심은 "작난감신부는 낮에 색색이풍경을암송해
갖이고온것인지도모른다."에 있다. 앞서 시 「지비」에서 낮에 있었
던 일에 대해 "나는 물어보면 안해는 모도솔직히 이애기한다."와

일맥상통한다. 그렇다면 목장은 요정이고 우유는 술이다. "목장까지 산보갔다왔답니다." 목장에서 있었던 일을 꼬치꼬치 캐물으니 "작난감 신부는 어둔데도 성을 내이고 대답한다." 화내며 대답하는 그녀에게서 술 냄새가 난다. "작난감 신부 살결에서 이따금 우유 내음새가 나기도 한다."

이런 가운데 나는 글의 소재와 영감을 얻는다. 말하자면 자식 brainchild이 내 머리에 회임한 것이다. 이것이 "머(ㄹ)지아니하야 아기를낳으려나보다."의 의미이다. 여기서 멀을 머(ㄹ)라고 표기한 것이 머리를 암시한다. 이렇게 하여 그녀에게서 얻는 작품의 소재는 생생하다. 마치 "내 수첩처럼 내 가슴 안에서 따끈따끈하다." 그것이 나의 지적 자식이 된다. 그러나 "나는 밤이나 낮이나 누워 잠만" 자며 밤에는 "이렇게 영양분 내를 코로 맡기만하니까 나는 작구 수척해간다." 폐결핵 환자가 코를 혹사하니 수척해질 수밖에.

2밤. 분위기가 확 바뀐다. 바늘로 찌른다. 에로스는 금화살과 납화살 두 개의 화살을 갖고 있었다. 금화살은 사랑을 일으키고 납화살은 거절. 본문에서 등장하는 바늘은 납화살에 가깝다. 밀감이 그 암호이다. "밀감과 바늘". 『이상의 시 괴델의 수』가 해독한 시 「BOITEUX・BOITEUSE」에서 "오렌지와 대포"의 대조와 흡사하다. 바늘과 대포는 모두 철이 소재이다. 오렌지는 파장이 길고 철은 파장이 짧다. 오렌지(밀감)는 평화의 상징이고 철(바늘)은 전쟁의 상징이다. 대포를 쏘는 것처럼 바늘로 찌른다. 시작은 나였다. 낮에 있었던 일에 대하여 "만일 안해가나를 소기려들었을때함즉한속기를 남편된자격밖에서 민첩하게대서한다.” 민첩하게 다그친다.

그런데 언제부터인지 속이려 든다. “이번에는 내게 자랑을 하지 않는다. 않을 뿐만 아니라 숨기는 것이다. 이것은 금홍이로서 금홍이답지 않은 일일 밖에 없다. 숨길 것이 있나? 숨기지 않아도 좋지. 자랑을 해도 좋지.” 그래서 내가 먼저 “바늘”을 주었다.(시비. 전쟁을 걸었다.) 그것을 이어받은 아내가 이내 반격한다. “작난감 신부에게 내가 바늘을 주면 작난감 신부는 아모 것이나 막 찔른다.” 찌르는 대상이 “일력과 시계”이다. 희랍신화에서 날, 달, 해, 시를 주관하는 것은 태양신을 보좌하는 여신들이다. ‘일력과 시계’를 찌르는 것으로 보아 일심이가 질투의 여신이다. 또 시집을 찌른다. 내 경험에 대해서도 찌른다. 이것저것 가리지 않고 찌른다. 금홍이 눈에 비친 나는 그저 한없이 게으른 기둥서방에 불과하다. “3년이나 같이 살아온 이 사람은 그저 세계에서 제일 게으른 사람이라는 것밖에 모르고 그만 둔 모양이다.” 옆집 공자 몰라보는 격이니 나의 ‘시집이나 경험’ 따위는 안중에도 없다.

“이것은 작난감신부마음속에 가시가 돋아있는증거다. 즉 장미꽃처럼.” 연심은 가시(질투)가 돋아 사납다. 나는 연심에게 자주 얻어맞는다. 어느 날은 “제목 없이 금홍이에게 몹시 얻어맞았다. 나는 아파서 울고 나가서 사흘을 들어오지 못했다. 너무도 금홍이가 무서웠다.” 어떤 때는 목침도 날아온다. “당장에 목침이 내 면상을 향하여 날아 들어왔다.”

아내에게 찔린 날. “내 거벼운 무장에서 피가 좀 난다.” 그래도 “예나 다름이 없이 못나게 웃어주며” 화해를 청하는 건 나다. 파장이 긴 오렌지 곧 밀감이 평화의 상징이다. "나는 이 상치기를 곳이기 위하야 날만 어두면 어둔 속에서 싱싱한 밀감을 먹는다." 그러면 아내도 반응이 온다. 옷을 벗어서 "몸에 반지밖에 갖이지 않은 작난감 신부는 어둠을 커—틴 열듯하면서 나를 찾는다. 나는 들킨다." 그런데 "반지가 살에 닿는 것을 나는 바늘로 잘못 알고 아파한다." 여전히 아내가 무섭다. 마침내 아내가 화해를 받아준다. "촉불을 켜고 작난감 신부가 밀감을 찾는다." 나는 애써 "아파하지 않고 모른 체한다."

장난감 아내의 얘기는 계속된다. 언제부터인가 아내가 밖에서 일어난 지저분한 일을 속이려 들자 그에 대한 나름대로의 '추적'이다. 아내의 지저분한 외출과 기둥서방의 추적 사이에 기막힌 숨바꼭질. 당해보지 않은 사람은 모른다.

KL103. 추구

출처 : 위독   조선일보 1936년 10월 4일

안해를즐겁게할조건들이틈입하지못하도록나는창호를닷고밤낮으로꿈자리가사나워서나는가위를눌린다어둠속에서무슨내음새의꼬리를체포하야단서로내집내미답의흔적을추구한다. 안해는외출에서도라오면방에들어서기전에세수를한다. 닮아온여러벌표정을벗어버리는추행이다. 나는드듸어한조각독한비누를발견하고그것을내허위뒤에다살작감춰버렷다. 그리고이번꿈자리를예기한다.

[해독] 이 글은 중간부터 해독해야 한다. 지저분해지는 외출을 아내는 어떻게 감추나. 연심은 나들이에서 돌아오면 방에 들어오기 전에 비누로 세수부터 하여 외출의 흔적을 지우려 한다. 그 흔적이 얼굴에서 비누로 옮아간다. 밖에서 심하게 시달릴수록 밖에서 묻어오는 독한 흔적을 옮겨 받는 비누도 독해진다. 그 "독한 비누"를 감춘다. 그 비누에 묻은 독한 냄새를 단서로 밖에서 일어난 일을 「추구」하기 위함이다. "아내를 즐겁게 할 조건"이란 밖에서 묻어온 흔적들을 방에 남기지 않는 일이다. 그러려면 방문과 창문을 열어 환기하면 된다. 나는 냄새를 추적해야 하므로 그렇게 할 수 없다. 나갈 곳이 없는 그 냄새는 내 꿈속으로 들어와 가위에 눌린다. 오늘도 냄새가 독하게 묻은 비누를 품었으니 꿈이 어떨지는 묻지 않아도 분명하다.

이처럼 나는 동성애성향자, 이중인격자, 기둥서방이다. 지저분해진 아내조차 추궁도 제대로 못하고 오히려 못나기로 얻어맞고 사는 기둥서방. 연심에게 자발적으로 오쟁이 진 사내이다. 이것이 나의 "나의 특징"이다. 이만하면 내가 누구라는 것이 드러나지 않았는가. 아직도 나의 정체가 궁금한가. 그렇다면 나의 신원의 다른 증거를 보여줄 차례이다. "얼굴"이 증거가 아니라면 무엇으로 증거를 삼아야 하겠는가. 예수도 얼굴만 갖고는 부족하여 못 자국과 창자국 두 가지를 보여주었지만 내가 보여줄 것이 무엇이 있겠는가.

나의 신원을 증명하는 고유한 방법은 얼굴 이외에 폐결핵이다. 나는 22세 무렵 폐결핵에 걸린 것을 알았다. 이 점은 만 천하가 다 아는 일이다. 나의 이러한 처지는 이미 「●소●영●위●제●」, 「내과」,

「구두」,「가외가전」,「가구의 추위」등에서 썼다. 이것 갖고도 부족한가? 여기 또 하나의 추가적인 증거가 있다. 시 「斷章」이다. 창자가 끊어지는 아픔이 아니라 문장이 끊어지는 슬픔이다. 각혈이 토막토막 공중에서 끊어지듯이.

KL104. 단장

출처 : 문학사상   1976년 6월

실내의 조명이 시계 소리에 망거지는 소리 두 시

친구가 뜰에 들어서려 한다. 내가 말린다 십육일 밤

달빛이 파도를 일으키고 있다 바람 부는 밤을 친구는 뜰 한복판에서 익사하면서 나를 위협한다

탕 하고 내가 쏘는 일발 친구는 분쇄했다 유리처럼 (반짝이면서)

피가 도면(뜰의)을 거멓게 물들었다 그리고 방안에 범람한다 친구는 속삭인다

— 자네 정말 몸조심 해야 하네 —

나는 달을 그을리는 구름의 조각조각을 본다 그리고 그 저편으로 탈환돼 간 나의 호흡을 느꼈다.

(O)

죽음은 알몸뚱이 엽서처럼 나에게 배달된다 나는 그 제한된 답신밖엔 쓰지 못한다

(O)

양말과 양말로 감싼 발 – 여자의 – 은 비밀이다 나는 그 속에 말이 있는지 아닌지조차 의심한다

(O)

헌 레코오드 같은 기억 슬픔조차 또렷하지 않다

[해독] 본문에서 문장을 끊는 O는 달을 뜻한다. 시계가 밤 두 시를 치는데 전구 필라멘트가 끊어지는(망거지는) 소리가 들린다. 방안이 어두워지자 밖이 달빛으로 훤하다. 방안이 훤할 때에 볼 수 없었던 밖의 정경이다. 뜰 안에 들어선 달이 나를 찾아온 "친구" 같다. 그 특별한 친구는 각혈이다. 보름 다음날이다. 나는 달이 뜰 안에 들어서는 것을 막으려고 새로운 전구를 찾아 교체하려고 한다. 그런데 목에서 피가 올라온다. 밖에 찬바람이 부는 까닭이다. 그 틈에 달빛이 파도에 일렁이며 달이 난파선처럼 뜰에서 잠겼다 떴다 익사한다. 동시에 그 바람이 나의 폐를 자극(위협)한다. 드디어 일발의 탕 소리와 함께 각혈은 달을 쏘았다. 순간 달의 모습이 분쇄된다. 피가 뜰을 물들인다. 그리고 방안도 물들인다. 달이 나에게 속삭이는 듯. 몸조심하게. 달을 그을리는 구름을 보면서 저편으로 달아난 나의 호흡을 느낀다.

나는 폐결핵으로 요절할 것을 안다. 죽음이 반갑지 않은 편지처럼 배달되는데 나는 답장도 제대로 보내지 못한다. 무섭다. 염라대왕에게 답장 보내는 사람 보았나. 이승에서 저승으로 보내는 엽서는 왕복엽서가 아니다. 지옥에는 우체통도 없다. 연옥이라면 혹여

모를까.

　"양말과 양말로 감싼 발 – 여자의 – 은 비밀이다. 나는 그 속에 말이 있는지 아닌지조차 의심한다." 이것은 앞서 해독하였다. 용의주도한 범인은 범행에 장갑을 낀다. 손가락의 지문을 남기지 않기 위함이다. 양말과 양말로 감싼 발은 무엇을 감추려 하는 걸까. 행선지이다. 은밀한 곳에서 남편 몰래 다른 남자를 만나는 발가락의 족문을 감추기 위함이다. 족문이라는 것이 있다면 말이다. 나는 그 비밀스런 양말 속에 도대체 무엇이 감추어졌는지 양이 있는지 말이 있는지 그것조차 믿지 못하겠다. 이것은 앞서 해독한 「지비」에서 버선으로도 비유한바 있다. 지상에 발자국을 남기는 데 아내는 인색하였다. 연기처럼 사라지려고 나를 마른 장작삼아 밤마다 몸을 불살랐나 보다.

　나는 폐결핵으로 이렇게 고생하는데 아내에 대한 기억은 슬프기만 하다. 마치 헌 레코드판의 옛 노래를 듣는 것처럼 남의 이야기 같다. 나의 신원은 나에게만 국한하지 않고 나의 아내에 대한 기억이 중요하다. 나의 아내는 병든 나를 버리고 떠났다. 선인장의 바늘처럼 바싹 말라버린 내 모습. 이만하면 내가 누구라는 것을 증거하지 않는가.

　나의 신원에 대한 증거는 이밖에도 많다. 폐결핵에 관한 앞서 글의 연장이다. 나만의 표현 방법이 나를 증거할 수 있다. 시 「각혈의 아침」이 그 증거이다. 특히 이 시의 뒷부분은 시 「내과」와 일치한다. 이것은 이 글의 작가가 나라는 것을 증명한다.

KL105. 각혈의 아침

출처 : 문학사상   1976년 7월

사과는 깨끗하고 또 춥고 해서 사과를 먹으면 시려워진다

어째서 그렇게 냉랭한지 책상 위에서 하루 종일 색깔을 변치 아니한다 차차로 - 둘이 다 시들어 간다

먼 사람이 그대로 커다랗다 아니 가까운 사람이 그대로 자그마하다 아니 그 어느 쪽도 아니다 나는 그 어느 누구와도 알지 못하니 말이다 아니 그들의 어느 하나도 나를 알지 못하니 말이다 아니 그 어느 쪽도 아니다 (레일을 타면 전차는 어디라도 갈 수 있다)

담배 연기의 한 무더기 그 실내에서 나는 긋지 아니한 성냥을 몇 개비고 부러뜨렸다 그 실내의 연기의 한 무더기 점화되어 나만 남기고 잘도 타나보다 잉크는 축축하다 연필로 아뭏게나 시커면 면을 그리면 연분은 종이 위에 흩어진다

리코오드 고랑을 사람이 달린다 거꾸로 달리는 불행한 사람은 나 같기도 하다 멀어지는 음악소리를 바쁘게 듣고 있나보다

발을 덮는 여자구두가 가래를 밟는다 땅에서 빈곤이 묻어온다 받아서서 통념해야 할 암호 쓸쓸한 초롱불과 우체통 사람들이 수명을 거느리고 멀어져 가는 것이 보인다 그리고 나의 뱃속엔 통신이 잠겨있다

새장 속에서 지저귀는 새 나는 콧 속 털을 잡아뽑는다

밤 소란한 정적 속에서 미래에 실린 기억이 종이처럼 뒤엎어진다

하마 나로선 내 몸을 볼 수 없다 푸른 하늘이 새장 속에 있는 것같이

멀리서 가위가 손가락을 연신 연방 잘라 간다

검고 가느다란 무게가 내 눈구멍에 넘쳐 왔는데 나는 그림자와 서로 껴안는 나의 몸뚱이를 똑똑히 볼 수 있었다

알맹이까지 빨간 사과가 먹고프다는둥

피가 물들기 때문에 여읜다는 말을 듣곤 먹지 않았던 일이며 나를 놀라게 한 것은 그 종자는 이젠 심거도 나지않는다고 단정케 하는 사과 겉껍질의 빨간 색 그것이다

공기마저 얼어서 나를 못통하게 한다 뜰은 주형처럼 한 장 한 장 떠낼 수 있을 것 같다

나의 호흡에 탄환을 쏘아넣는 놈이 있다

병석에 나는 조심조심 조용히 누워 있노라니까 뜰에 바람이 불어서 무엇인가 떼굴떼굴 굴려지도 있는 그런 낌새가 보였다

별이 흔들린다 나의 기억의 순서가 흔들리듯

어릴 적 사진에서 스스로 병을 진단한다

가브리엘 천사균 (내가 가장 불세출의 그리스도라 치고)

이 살균제는 마침내 폐결핵의 혈담이었다(고?)

폐속 펭키칠한 십자가가 날이날마다 발돋음을 한다

폐속엔 요리사 천사가 있어서 때때로 소변을 본단 말이다
나에 대해 달력의 숫자는 차츰차츰 줄어든다
네온사인은 색소폰같이 야위었다
그리고 나의 정맥은 휘파람같이 야위었다

하얀 천사가 나의 폐에 가벼이 노크한다
황혼 같은 폐속에서는 고요의 물이 끓고 있다
고무전선을 끌어다가 성베드로가 도청을 한다
그리곤 세 번이나 천사를 보고 나는 모른다고 한다
그때 닭이 홰를 친다 ─ 어엇 끓는 물을 엎지르면 야단 야단 ─

봄이 와서 따스한 건 지구의 아궁이에 불을 지폈기 때문이다
모두가 끓어오른다 아지랭이처럼
나만이 사금파리 모양 남는다
나무들조차 끓어서 푸른 거품을 수두룩 뿜어내고 있는 데도

(1933년 1월 20일)

[해독] 사과는 붉다. 나의 각혈도 붉다. 대신 사과는 보기에 깨
끗하다. 그러나 이가 시리다. 사과나 각혈 그 냉랭한 기운은 변치
않지만 둘 다 제 풀에 차차 시든다. 먼 사람이 가까운 사람보다 더
가까울 수 있고 가까운 사람이 멀 수 있다. 이웃사촌이다. 지근거
리면 뭐하나. 연정이 산과 물을 넘는다고 하지 않던가. 그러나 생

각해보면 결핵균이 내부의 벽을 긁어 대는 나에게 올 사람은 없다. 그러니 먼 사람이나 가까운 사람이 따로 없다. 나는 어느 쪽도 알지 못한다. 전차를 타면 올 수 있는 거리인데도 말이다.

폐가 나쁨에도 불구하고 담배를 무더기로 피워댔다. 무료하여 성냥 부러뜨리는 일만 하고 있다. 실내가 건조한 것으로 보아 필시 화재가 있었나 보다. 모두 잘 타겠지만 나는 예외이다. 나는 타지도 않는다. 계속 각혈을 하는 것을 보면 말이다. 또 잉크를 보면 더욱 그렇다. 둘 다 액체라서 타면 증발해야 할 텐데 그대로 있는 것으로 보아 설사 다 탄다 해도 나와 잉크만은 타지 않고 남을 것이다. 실내가 건조하여 연필 가루가 종이 위로 날린다. 각혈, 잉크, 연필이 나의 가까운 친구이다.

나는 무엇이든지 거꾸로 한다. 천자문도 거꾸로 읽고 숫자도 거꾸로 쓴다. 그것은 흡사 레코드를 거꾸로 듣는 사람과 같다. 음악 소리를 앞에서 듣는 것이 아니라 뒤로 멀어져 가는 소리로 듣고 있다. 불행한 사람이다. 수명도 거꾸로 헤아리니 그것은 단축시키는 일이다.

여자의 발은 비밀스럽다. 그 행선지를 감춘다. 그 구두는 아픈 나의 가래를 밟고 내가 모르게 다른 남자를 만나러 간다. 그것은 받아써서 기억해야 할 암호이다. 우체부는 나에게 죽음을 전하는 엽서를 가지고 온다. 여기 저기 각자의 수명을 거느리고 다니며 전해주고 멀어져 간다. 내 뱃속(폐)에는 죽음의 통신이 전달된 지 오래이다.

시끄러운 밤에 미래가 없는 나는 고요하다. 나는 푸른 하늘이

좁은 새장에 갇혀 있는 것처럼 남은 날을 손가락으로 센다. 손가락으로 세는 남은 날을 가위가 하나씩 자른다. 운명의 여신은 내 운명의 실을 짜고 가위로 자르는구나. 검은 각혈이 목구멍으로 넘어오고 나는 결사적으로 그것을 껴안고 있는 모습을 본다. 사과 크기만 한 각혈은 흡사 사과 같은데 다만 속까지 빨간 사과이다. 그 사과는 땅에 뱉어 심어도 발아하지 않는 사과이다. 그 사과를 깨물면 피가 묻어서 내가 여위었다는 말을 들었다. 공기가 매우 찬 겨울이다. 나는 호흡이 어렵다. 뜰은 얼어붙어 한 장 한 장 떠내도 될 정도이다.

병실 밖에 무언가 떼굴떼굴 구르는 소리에 밖을 보니 별이 흔들리는 소리이다. 나의 기억도 흔들린다. 어릴 때 사진과 비교해 보니 무척 수척하다. 아 나는 병에 걸렸구나.

가브리엘 천사가 꿈에 나타나 알려준다. 결핵균을 잉태했노라고. 이것도 일종의 수태고지는 수태고지이니 나는 그리스도인가 보다. 그 어린 싹을 살균제로 낙태하여 뱉어 보니 혈담이다. 해로드 왕이 죽이기 전에 내가 먼저 죽었다.

폐의 십자형 숨관가지의 환후는 날로 커진다. 누군가 비료를 주나 보다. 아 숨관가지가 커지라고 음식도 주고 동시에 오줌비료도 주는 요리사가 있구나. 대신 나에게 남은 달력은 줄어든다. 네온사인은 파랗지만 그 속에는 붉은 네온이 흐른다. 나의 정맥도 파랗지만 그 속에는 붉은 피가 흐른다. 둘 다 야위어 간다.

하얀 옷을 입은 의사가 나를 진단한다. 촉진한다. 기능이 황혼에 다다른 나의 폐 속에는 가래가 끓는다. 베드로 같은 의사가 청진기로 들어본다. 그리고 잘 모르겠다고 세 번이나 말한다. 그때

닭이 홰를 친다. 새벽이다. 새벽 가래가 넘친다. 넘치면 어떻게. 세 번씩이나 잘 모르겠다던 의사의 엉터리 진단이 들통 나잖아.

봄이 왔다. 지구가 따뜻해진다. 아궁이에 불을 지폈나 보다. 아지랑이가 오르는 것을 보니 모든 것이 데워졌나 보다. 나만이 데워지지 않고 꼼짝 아니하니 나는 사금파리인가 보다. 나무들조차 새로운 생명으로 부글부글 끓어오르는데.

폐결핵으로 고생하는 얘기는 다각도로 표현된다. 하나의 각혈에서 또 하나의 각혈 사이에 나는 어떠한 고통을 겪는가? 이 고통은 겪어보지 않으면 알 수 없다. 이로써 나의 신원을 증명하고자 한다.

KL106. 월상

출처 : 실낙원   조광 1939년 2월

그슈염난 사람은 시계를 끄내여보았다. 나도시계를 끄내여 보았다. 늦었다고그랬다. 늦었다고 그랬다.

일주야나늦어서 달은떴다. 그러나 그것은 너무나 심통한 차림차림이었다. 만신창이 – 아마 혈우병인가도 싶었다.

지상에는 금시 산비할악취가 미만하엿다. 나는 달이있는 반대방향으로 것기시작하였다. 나는걱정하였다 – 어떻게 달이저렇게 비참한가하는 –

작일의 일을 생각하였다 - 그암흑을 - 그리고 내일의일도 - 그암흑을-

달은 지지하게도 행진하지않는다. 나의 그겨우있는 그림자가 상하하였다. 달은 제체중에 견데기 어려운 것같았다. 그리고 내일의 암흑의 불길을 징후하였다. 나는이제는 다른말을 찾어내이지 않으면 안되게되었다.

나는엄동과같은 천문과 싸와야한다. 빙하와 설산가운데 동결하지 않으면 안된다. 그리고 나는 달에대한 일은 모도 이저버려야만 한다 - 새로운 달을 발견하기위하야 -

금시로 나는도도한 대음향을 들으리라. 달은 추락할 것이다. 지구는 피투성이가 되리라.

사람들은 전율하리라. 부상한 달의 악혈가운데 유영하면서 드디여 결빙하야버리고 말 것이다.

이상한 귀기가 내골수에침입하여 들어오는가싶다. 태양은단념한 지상최후의 비극을 나만이 예감할 수가 있을것같다.

드디여나는 내전방에 질주하는 내그림자를 추격하야 앞슬수있었다. 내뒤에 꼬리를 이끌며 내그림자가 나를쫓는다.

내앞에달이있다. 새로운 - 새로운 -

불과같은 - 혹은 화려한 홍수같은 -

[해독] 이 시의 핵심은 중간에 "달은 추락할 것이다. 지구는 피투성이가 되리라."에 있다. 지구가 피투성이가 되는 것은 달이 떨어지는 데 기인한다. 연관되는 것은 달과 사과이다. 뉴턴의 의문은 달은 떨어지지 않는데 사과가 떨어지는 이유가 무엇인가에 있었다. 〈속편〉이 해독한 시 「최후」에서 "능금 한 알이 추락하였다. 지구는 부서질 만큼 상했다."와 비교하면 달이 사과(능금)이다.

앞서 시 「각혈의 아침」에서 "그 종자는 이젠 심거도 나지 않는다고 단정케 하는 사과 겉껍질의 빨간 색 그것이다."의 사과(능금)는 혈담이었다. 곧 달=사과=혈담=각혈이다. 시의 제목이다.

달은 차면 기운다. 혈담도 차면 기운다. 하나의 각혈과 또 하나의 각혈 사이는 마치 차오르는 달과 기우는 달 사이에 비유된다. 전체적으로 각혈의 한 회전을 묘사하였다. 본문의 순서는 달이 내 뒤에 있다가, 내 위로 오르고, 내 앞으로 나아간다. 해독의 순서는 앞에, 뒤에, 위이다. 앞은 각혈, 뒤는 그 후유증, 위는 다음 각혈이 준비 중임을 상징한다. 자세히 뜯어본다.

수염 난 사람이 나다. 또 한 사람의 수염 난 사람은 거울에 비친 나다. "시계"는 시간을 의미하는데 이미 폐결핵이 손쓸 수 없으리만치 늦었다. "늦었다고 그랬다."

본문의 마지막을 보면 달이 내 앞에 있다. "드디어나는 내전방에 질주하는 내그림자를 추격하야 앞슬수있었다. 내뒤에 꼬리를 이끌며 내그림자가 나를쫓는다. 내앞에달이있다." 앞서 시 「단장」을 다시 보면, "탕하고 내가 쏘는 일발 친구는 분쇄했다."에서 친구는 달이고 일발은 각혈이라고 해독하였다. 내 앞의 달에다 대고 각혈한 것이다. 그것은 일발의 불과 같은 총알이 홍수를 터뜨리는 것처럼 "새로운 - 새로운 - 불과 같은 - 혹은 화려한 홍수 같은 -"것이다.

그 후 다음 달(각혈)이 나타나는 일주야 동안 각혈의 후유증이 계속되었다. "그것은 너무나 심통한 차림이었다. 만신창이 - 아마 혈우병인가도 싶었다." 혈우병처럼 멈출 줄을 모른다. 혈담의 냄새가 진동한다. 각혈이 이다지도 심할까. 생각해 보면 어제도 암흑이고 그리고 내일도 암흑이다. 달이 내 뒤에 있어 각혈하는 내 등을 멈추라고 쳐준다.

각혈은 멈추었다. "달은 지지부진하게 행진하지 않는다." 달은 내 위에서 멈췄다. "달의 그림자가 상하하였다." 그러나 "내일의 암흑의 불길을 징후하였다." 다른 처방이 필요하다. "다른 말을 찾아내이지 않으면 안 되게 되었다." 어찌되었든지 "나는 엄동과 같은 천문과 싸와야한다. 빙하와 설산가운데 동결하지 않으면 안 된다." 그리고 나는 각혈에 대한 일은 잠시 잊어 버려야만 한다.

다시 새로운 각혈의 조짐으로 기침소리가 들릴 것이다. "금시로 나는 도도한 대음향을 들으리라." 혈담이 쏟아져 나와 "지구는 피투성이가 되리라." 주위 "사람들은 전율하리라." "악혈 가운데에서 드디어 얼어붙어 버리고 말 것이다."는 시「각혈의 아침」에서 "공기마저 얼어서 나를 못 통하게 한다. 뜰은 주형처럼 한 장 한 장 떠낼 수 있을 것 같다."에 비유된다.

"이상한 귀기가 내 골수에 침입하여 들어오는가 싶다." 각혈 귀신이 목구멍을 간질간질 긁는다. "태양이 단념한 지상최후의 비극을 나만이 예감할 수가 있을 것 같다." 드디어 각혈을 내 앞에 둘

수 있게 되었다. "드디어 나는 내 전방에 질주하는 내 그림자를 추격하야 앞슬 수 있었다. 내 뒤에 꼬리를 이끌며 내 그림자가 나를 쫏는다." 각혈이 한 바퀴 회전한다.

　나는 폐결핵으로 요단강을 건너갔다 돌아온 경험도 있다. 그 내용을 친구에게 들려주었다. 이것은 희귀한 경험이다. 나의 정체를 밝히는 데 중요하다고 생각한다. 그 전말기가 「무제」이다. 이 글의 후반부는 이미 『이상의 시 괴델의 수』가 해독한바 있다. 여기서는 전반부를 해독한다.

KL107. 무제

출처 : 현대문학　　　　　　　　　　　　　　　　　　　1960년 11월

　따뜻한 공기는 실내에 있다. 부부와 부모자식을 잠재운다. 그리고 가로에서는 차디찬 공기가 자웅이주의 생물을 학대하고 있다.
　「오전4시와 제1초. 지상의 나변에도 나는 있지 않았다.」
　인후에 빙결된 혈담을 그는 한잔의 따뜻한 커어피로 녹히면서 벗의 한쪽 귀를 상대로 이야기하고 있었다.
　죽음을 캄푸라쥐하는 검은 산수병풍을 먼발치에서 비웃으면서 그는 죽음으로 직통하는 길을 한 대의 차로서 달리고 있었다.
　기억세포마비환자를 위해서 만들어진 의료용차 ―
　「나는 유모차에 태원진채로 추락하였다. 기억의 심연속으로」
　거기에는 여전히 내일의 공란이 그의 기입을 기다리고 있다. 그

는 한 개의 철필대에 그의 폐를 연락하였다.

피가 흘렀다. 그리고 죽음으로 직통하는 푸로그램의 정을 오로 얌전하게 정정을 가하였다.

「이튿날 나는 자리에서 눈을 떴을 때, 걱정의 눈초리로 나를 지켜보고 있는 불쌍한 부모의 얼굴이 눈에 뜨이자 나는 어디서인가 본 일이 있는 것같은 남자와 여자로구나 하고 생각한 일, 그것이 무엇보다도 요행이었다고 말하지 않으면 아니된다.」

그는 부모의 손을 꽉 쥐어 보았다. 맥박이 뛰면서 전해져 오는 그들 두 사람, 이십년동안이나 그를 추종해 오고, 계속해 오던 몸 - 사랑 -을 그는 비로소 맘속깊이 느끼었다.

그것은 그에게 있어서는 흡사 이십삼세의 그를 그의 부모는 처음으로 분만한 것같은 비장한 광경이었다.

[해독] 이 글은 다시 구성할 필요가 있다. 지나간 시간을 헤아려 보니 양자로 입적한 백부는 이미 세상을 떴다. 연고는 그것으로 끝났다. 거리의 은행나무가 추위를 견딘다. 따뜻한 실내에서 나는 커피를 마시며 친구에게 저승에 갔다 온 이야기를 들려준다.

추운 날 새벽 4시에 나는 혼수상태에 빠졌다. 그리고 1초 후. 나는 이 세상 어디에도 없었다. 응급실로 실려 가는 바퀴들것(의료용차). 그러나 정작 내가 향하는 곳은 기억을 씻어버리는 망각의 강이다. 여기를 넘으면 하데스의 저승 세계이다. 의료용 차는 이제 유모차로 변해갔다. 이것은 마지막 절의 23세 분만과 대구가 된다.

또 기억을 상실하면 아기가 되니 유모차에 의존한다. 그 유모차는 망각의 심연으로 나를 태워 갔다.

그곳에서 제일 처음 부닥친 것은 펜과 잉크. 나는 종이에 그곳에 오게 된 사유를 폐결핵이라고 기입하였다. 종이를 살피니 바를 正자가 써져 있었다. 나는 이미 죽은 것으로 되어 있었다. 그것을 지운 나는 틀렸다고 誤를 기입하였다. 나는 아직 죽지 않았어요!

염라대왕은 자신의 실수로 인정하고 나를 다시 이승으로 돌려보냈다. 다음날 눈을 떴다. 나는 다시 돌아온 것이다. 그런데 웬 남자와 여자가 내 병상 곁에 있다. 3살 때 헤어지고 20년 동안 먼발치에서 걱정만 하던 나의 친부모임을 알게 되었다. 나는 23세에 다시 태어났다. 이제 분만한 것이다. 동시에 친부모의 사랑을 새삼 느꼈다.

KL108. 공포의 성채

출처 : 문학사상   1986년 10월

사랑받은 기억이 없다. 즉 애완용 가축처럼 귀여움을 받은 기억이 전혀 없는 것이다.

무서운 실지(실지) – 특이해야 할 사항이 없는 흐린 날씨와 같은 일기(일기) – 긴 일기다.

버려도 상관없다. 주저할 것 없다. 주저할 필요는 없다.

모두가 줄곧 꼴보기 싫다. 그들은 하나 같이 그를 『의리 없는 놈』으로 몰아 세운다. 그리고 교활하다고 한다. 과연 그럴까. 그런 정도일까. 『그런 일이 있으면 있는 대로 고쳐나가야겠다』고 생각하고 있는 그였다. 그것도 정말일까. 모두를 미워하는 것과 개과천선하는 일이 양립될 수 있는 일일까.

아니다. 개과한다는 것은 바로 교활해 간다는 것의 다른 뜻이다. 그래서 그는 순수하게 미워할 수 있게 되는 것이다.

한때는 민족마저 의심했다. 어쩌면 이렇게도 번쩍임도 여유도 없는 빈상스런 전통일까 하고

하지만 결코 그렇지는 않았다.

가족을 미워하는 것부터 시작해서 그는 또 민족을 얼마나 미워했는가. 그러나 그것은 어찌 보면 『대중』의 근사치였나 보다.

사람들을 미워하고 – 반대로 민족을 그리워하라, 동경하라고 말하고자 한다.

커다란 무어라고 형용할 수 없는 덩어리의 그늘 속에 불행을 되씹으며 웅크리고 있는 그는 민족에게서 신비한 개화를 기대하며

그는 레브라와 같은 화려한 밀탁승의 불화를 꿈꾸고 있다.

새털처럼 따뜻하고 또한 사향처럼 향기짙다. 그리고 또 배양균처럼 생생하게 살아 있다.

성장함에 따라 여러 가지 이상한 피를 피의 냄새를 그는 그의 기억의 이면에 간직하고 있다.

열화 같은 성깔 푸른 핏줄이 그의 수척한 몸뚱이의 쇠약을 여실히 나타내고 있다.

어느 날 손도끼를 들고 - 그 아닌 그가 마을 입구에서부터 살육을 시작한다. 모조리 인간이란 인간은 다 죽여버린다. 그리고 집으로 돌아와서 다 죽여버렸다.

가족들은 살려달라는 말조차 하지 않았다. (에잇 못난 것들 -) 그러나 죽은 그들은 눈을 감지 않았다.

그리고 자신들의 피살을 아직도 믿지 않았다. (백치여 노예여)

창들이 늘어서 있다. 아무데서나 메탄가스의 오존이 함부로 들락거린다.

무엇으로 호흡을 하고 있는지 증거가 없는 가축들의 상판이 영어를 자랑하고 있는 것이 보인다.

그는 아무하고도 친절히 하지 않는다. 그리고 그들의 얼굴을 보지 않는다. 언제나 구부정하게 어물거리고 있다.

들어가볼까? 문을 찾아야지.

목소리를 들으면 식별할 수 있다. 피는 피를 부르는 철칙을 -

그는 찬찬히 명찰을 살피며 걸어갔다. 비슷한 글자들이 그들의 명의를 어지럽히고 있다.

그중에서 간신히 그 자신의 이름을 찾아내자 이번에는 그가 주저하는 것이다.

이것은 이런 연유로 해서 성이었다.

아직도 그것은 굳게 봉쇄된 이름뿐인 성이었다. 그들은 결코 서로 자신의 직분 혈액형을 바꾸지 않는다.

해가 지면 그들은 원경의 조망조차 그치고 깊숙이 농성하여 낮은 목소리로 음모한다.

멸망할 것을 악취가 날 것을 두통이 나야 할 것을 죄 많을 것을 구토할 것을 졸도할 것을.

등불은 꺼졌다. 꺼진 것 같으나 단지 촉수를 낮추어 놓은 것뿐이다.

곤충도 오지 않는다. 쥐들은 곧잘 먼지 이는 뒷골목에서 죽어 나뒹굴고 있었다.

가축을 치는 일은 없었다. 그들은 악착같이 먹이와 혼동된 고추를 심었다.

고추는 고등동물 – 예를 들면 소, 개, 닭의 섬유 세포에 향일성으로 작용하여 쓰러져 가면서도 발효했다.

성은 재채기가 날 만큼 불결하기 짝이 없다. 그리고 창들의 세월은 길고 짧고 깊고 얕고 가지각색이다.

시계 같은 것도 엉터리다.

성은 움직이고 있다. 못쓰게 된 전차처럼. 아무도 그 몸뚱이에 달라붙은 때자국을 지울 수는 없다.

스스로 부패에 몸을 맡긴다.

그는 한난계처럼 이러한 부패의 세월이 집행되는 요소요소를 그러한 문을 통해 들락거리는 것이다.

들락거리면서 변모해 가는 것이다.

나와서 토사 들어가서 토사. 나날이 그는 아주 작은 활자를 잘못 찍어 놓은 것처럼 걸음새가 비틀거렸다.

모든 것이 끝날 때까지 모든 것이 시작될 때까지. 그리하여 모든 것이 간단하게 끝나버릴 아리송한 새벽이 올 때까지 만이다.

(1935. 8. 3)

[해독] 나만이 알고 있는 것은 또 무엇이 남았을까. 내가 암시적으로 제기한 수수께끼가 있다. "R공작과 해후하고 CREAM LEBRA의 비밀을 듣다." 이것은 이미 『이상의 시 괴델의 수』가 해독하였다. 그런데 그 의미를 다른 곳에서 다른 형태로 표현하였다. 그것이 시 「공포의 성채」이다. 이것도 『이상의 시 괴델의 수』가 부분적으로 해독하였다. 그러나 충분하지 않다. 여기에 재도전해 본다. 그 이유는 이 글에서 나의 내면세계에 있는 조국에 대한 믿음을 토로했기 때문이다. 내가 단순한 동성애성향자, 이중성격자, 기둥서방, 자발적 오쟁이 서방, 쾌락주의자일 뿐만 아니라 애국자의 면모도 있음을 보이고 싶다.

나의 문학에 가장 밑바닥에는 사랑의 결핍이 자리 잡고 있다. 나의 일생은 흐린 날씨이다. 이것은 무서운 실지이다. 지울 수 없는 일생이다. 연연해하지 않는다. 나의 일생은 버려도 좋다. 주저할 필요도 없다. 나도 당신들을 버린다. 꼴 보기 싫다. 밉다. 나를 의리 없는 자라고 욕한다. 사랑을 받아 본 적이 없는 사람이 어떻게 의리가 있겠는가. 의리가 없다니 교활한 점만 남는다. 표리부동하다는 뜻일 게다. 어떤 일이 생기면 그때그때 태도를 바꾸어 고쳐나가기 때문일까. 개과천선 대 미움. 선택하라면 미움을 택하겠다. 교활한 개과천선보다 순수한 미움.

그 순수한 미움으로 나는 한때 민족마저 의심했다. 가족을 미워함이 확대되어 민족을 미워했다. 그러나 무언가 설명할 수 없는 커다란 가능성을 민족에게서 보았다. "올바른 가역반응"의 열쇠를 쥐고 있는 "크림 레브라CREAM LEBRA"를 꿈꾸었다. 밀탁승은 가루약인데 기름에 섞어 크림으로 만들면 환부에 바를 수 있는 피부약이 된다. 이 "크림"이 "레브라"와 함께 민족의 신비한 개화를 기대하는 암호가 된다. 지구상에 독립한 다른 민족과 함께 "올바른 가역반응"이 가능하기 때문이다. 연화에 앉은 부처님. 즉 佛畵에서 한민족 ⇄ 다른 민족의 가역반응이 성립하는 암호가 밀탁승이 그린 불화 곧 크림 레브라에 있음을 『이상의 시 괴델의 수』와 『續 이상의 시 괴델의 수』가 밝혀냈다.

그럼에도 가족과 민족에 대한 미움이 가득할 때 마음은 어떠했나. 그의 기억의 이면에 떠오르는 피. 미움 속에서 성장함에 따라 피가 어른거린다. 폐쇄된 공간에서 살육 행위. "그 아닌 그가 마을 입구에서부터 살육을 시작한다." 그 아닌 그란 우리 속에 잠재된 하이드. 그의 성향이 폭발한다. 가학성과 피학성의 교차. 얼마나 못났으면 살려달라는 말도 할 줄 모르고 자신이 살육의 피해자라는 사실도 깨닫지 못하는 노예근성. 바보들. 어쩌면 이렇게도 번쩍임도 여유도 없는 빈상스런 전통이냐.

생활환경도 엉망이다. 메탄가스와 오존이 뒤엉켜 있다. 호흡은 어떻게 하는지. 가축과 아무렇게나 살면서 그것을 자랑스러워한다. 그만이 이들과 다를 줄 알았다. 아무와 소통도 없다. 얼굴도 마주치지 않는다. 들어가 보려고 해도 도대체 문이 어디 있다는 말인가. 목소리는 식별할 수 있으니 부르면 되겠지. 혈육은 역시 혈육이다. 피는 못 속인다. 이름을 찾아보았다. 그 사람이 그 사람이다. 모두 같은 항렬을 이름으로 쓰고 있으니 말이다. 간신히 자신의 이름을 찾았다.

이런 까닭으로 이곳은 봉쇄된 성이다. 이름뿐인 성이다. 주민들은 혈액형을 바꾸지 않는다. 혈족이 아니면 배척한다. 피는 피를 부르는 철칙을 지킨다. 직분도 바꾸지 않는다. 사농공상은 여전하다. 밤이 되면 끼리끼리 음모의 꽃을 피운다. 다른 혈족을 쓰러뜨리는.

멸망의 징조가 보인다. 그 악취가 난다. 구토와 졸도가 반복할 것이다. 졸도할 때까지. 밖에 노출되는 것이 두려워 등불의 촉수도 낮춘다. 먹을 것이 없어 곤충도 쥐도 없다. 먹이 사슬이 무너져서 가축도 죽어나가고 고추만 심는다. 고추야말로 제 몸을 죽여가면서 발효한다.

성안은 불결해서 재채기가 날 지경이다. 이 성에는 제대로 된 시계도 없다. 무엇 하나 성한 것이 없는 고장 난 전차와 같다. 그 전차도 씻지 않아 때가 덕지덕지하다. 어디부터 손을 대야 할지 알 수 없는 부패에 휩싸인다. 깨끗한 사람도 이 문을 들락거리면서 변모해 간다. 나와서 토사 들면서 토사. 모두 제대로 걷는 사람이 없다.

모든 것이 끝날 때까지 모든 것이 다시 시작될 때까지. 의외로 그 종말은 간단하리라. 아리송한 새벽이 올 때까지만이다.

이것은 투키디데스의 『펠로폰네소스의 전쟁사』의 한 부분을 연상케 한다. 그러나 일제 어용사학자가 만들어낸 식민사관이다. 최초의 선봉은 시데하라 다이라(幣原坦). 그는 말한다. "조선 정치는 사사로운 권리쟁탈이다. 음모가 계속되고 참화를 불사한다. 당쟁은 음험하다. 뼈를 깎고 시체에 채찍질하는 참화를 연출한다." 이 뒤를 이은 것이 호소이 하지메(細井肇)이다. "조선인에겐 더러운 피가 흐른다. 희대의 영웅도 붕당의 악폐는 근절시키기가 어렵다. 그 피를 어쩔 것인가."

그러나 나는 이러한 가운데 민족의 저력을 발견했다. 그것이 크림 레브라CREAM LEBRA의 비밀이다. "민족의 앞날이 새털처럼 따뜻하고 사향처럼 향기 짙다. 그리고 배양균처럼 생생하게 살아난다."

동성애성향자, 이중인격자, 기둥서방, 폐병쟁이, 자발적 오쟁이. 나의 미래는 뻔하다. 나는 돌아올 수 없는 다리를 건넌 것이다. 그러나 나는 다시 돌아올 것이다. 방법은 모른다. 죽은 사람이 무엇을 하겠는가. 어떻게 되겠지. 산 사람에게 기대한다.

이런 측면에서 내가 이상이라는 사실을 알리는 마지막 방법은 나만이 해독할 수 있는 시를 공개하는 것이다. 그것은 파슨스의 괴물천체망원경에 대한 시이다. 괴물에 대해서는 여러 편을 썼다. 그러나 하나가 남았다. 「황의 기 작품 제이번」이 그것이다. 이것은 아직도 해독되지 않은 상태로 남아 있는데 이것을 해독함으로써 나를 증거하는 마지막 문건으로 삼으려 한다.

KL109. 황의 기 작품 제이번

출처 : 문학사상   1976년 7월

- 황은 나의 목장을 수위하는 개의 이름입니다. (1931년 11월 3일 명명)

기 일

밤이 으슥하여 황이 짖는 소리에 나는 숙면에서 깨어나 옥외 골목까지 황을 마중 나갔다. 주먹을 쥔채 잘려 떨어진 한 개의 팔을 물고 온 것이다.

보아하니 황은 일찍이 보지 못했을만큼 몹시 창백해 있다. 그런데 그것은 나의 주치의 R의학박사의 오른팔이었다. 그리고 그 주먹 속에선 한 개의 훈장이 나왔다.

- 희생동물공양비 제막식기념 - 그런 메달이었음을 안 나의 기억은 새삼스러운 감동을 받지 않을 수가 없었다.

두 개의 뇌수 사이에 생기는 연락신경을 그는 암이라고 완고히 주장했었다. 그리고 정기적으로 그의 참으로 뛰어난 메스의 기교로써

그 신경건을 잘랐다. 그의 그같은 이원론적 생명관에는 실로 철저한 데가 있었다.

지금은 고인이 된 그가 얼마나 그 기념장을 그의 가슴에 장식하기를 주저하고 있었는가는 그의 장례식 중에 분실된 그의 오른팔 - 현재 황이 입에 물고 온 -을 보면 대충 짐작하고도 남음이 있을

것이다.

그래 그가 공양비 건립기성회의 회장이었다는 사실은 무릇 무엇을 의미하는가?

불균형한 건축물들로 하여 뒤얽힌 병원구내의 어느 한 귀퉁이에 세워진 그 공양비의 쓸쓸한 모습을 나는 언제던가 공교롭게 지나는 길에 본 것을 기억한다. 거기에 나의 목장으로부터 호송돼 가지곤 해부대의 이슬로 사라진 숱한 개들의 한 많은 혼백이 뿜게 하는 살기를 나는 느끼지 않을 수가 없었다. 나는 더더구나 그의 수술실을 찾아가 예의 건의 절단을 그에게 의뢰해야 했던 것인데 −

나는 황을 꾸짖었다. 주인의 고민상을 생각하는 한 마리 축생의 인정보다도 차라리 이 경우 나는 사회 일반의 예절을 중히 하고 싶었기 때문이다 −

그를 잃은 후의 나에게 올 자유 − 바로 현재 나를 염색하는 한 가닥의 눈물 − 나는 흥분을 가까스로 진압하였다.

나는 때를 놓칠세라 그 팔 그대로를 공양비 근변에 묻었다. 죽은 그가 죽은 동물에게 한 본의 아닌 계약을 반환한다는 형식으로
······

기 이

봄은 오월 화원시장을 나는 황을 동반하여 걷고 있었다. 완상화 초종자를 사기 위하여 ······

황의 날카로운 후각은 파종후의 성적을 소상히 예언했다 진열

된 온갖 종자는 불발아의 불량품이었다

허나 황의 후각에 합격한 것이 꼭 하나 있었다 그것은 대리석 모조인 종자 모형이었다

나는 황의 후각을 믿고 이를 마당귀에 묻었다 물론 또 하나의 불량품도 함께 시험적 태도로 –

얼마 후 나는 역도병에 걸렸다 나는 날마다 인쇄소의 활자 두는 곳에 나의 병구를 이끌었다

지식과 함께 나의 병집은 깊어질 뿐이었다

하루 아침 나는 식사 정각에 그만 잘못 가수에 빠져들어갔다 틈을 놓치려 들지 않는 황은 그 금속의 꽃을 물어선 나의 반개의 입에 떨어뜨렸다 시간의 습관이 식사처럼 나에게 안약을 무난히 넣게 했다.

병집이 지식 중화했다 – 세상에 교묘하기 짝이 없는 치료법 – 그 후 지식은 급기야 좌우를 겸비하게끔 되었다.

기 삼
복화술이란 결국 언어의 저장창고의 경영일 것이다.

한 마리의 축생은 인간 이외의 모든 뇌수일 것이다

나의 뇌수가 담임 지배하는 사건의 대부분을 나는 황의 위치에 저장했다 – 냉각되고 가열되도록 –

나의 규칙을 - 그러므로 - 리트머스지에 썼다

배 - 그 속 -의 결정을 가감할 수 있도록 소량의 리트머스액을 나는 나의 식사에 곁들일 것을 잊지 않았다

나의 배의 발음은 마침내 삼각형의 어느 정점을 정직하게 출발하였다

기 사

황의 나체는 나의 나체를 꼬옥 닮았다 혹은 이 일은 이 일의 반대일지도 모른다

나의 수욕시간은 황의 근무시간 속에 있다

나는 천의인채 욕실에 들어서 가까스로 욕조에 들어선다 - 벗은 옷을 한 손에 안은채 -

언제나 나는 나의 조상 - 육친을 위조하고픈 못된 충동에 끌렸다

치욕의 계보를 짊어진채 내가 해부대의 이슬로 사라질 날은 그 어느 날에 올 것인가?

피부는 한 장밖에 남아 있지 않다

거기에 나는 파랑잉크로 함부로 근을 그렸다

이 초라한 포장 속에서 나는 생각한다 - 해골에 대하여 - 묘지에 대하여 영원한 경치에 대하여

달덩이 같은 얼굴에 여자는 눈을 가지고 있다

여자의 얼굴엔 입맞춤할 데가 없다

여자는 자기손을 먹을 수도 있었다

나의 식욕은 일차방정식같이 간단하였다

나는 곧잘 색채를 삼키곤 한다

투명한 광선 앞에서 나의 미각은 거리낌없이 표정한다

나의 공복은 음향에 공명한다 - 예컨대 나이프를 떨군다 -

여자는 빈 접시 한 장을 내 앞에 내어놓는다 - (접시가 나오기 전에 나의 미각은 이미 요리를 다 먹어치웠기 때문이다)

여자의 구토는 여자의 술을 뱉어 낸다

그리고 나에게 대한 체면마저 함께 뱉어내고 만다(오오 나는 웃어야 하는가 울어야 하는가)

요리인의 단추는 오리온좌의 약도다

여자의 육감적인 부분은 죄다 빛나고 있다 달처럼 반지처럼

그래 나는 나의 분신에 걸맞게끔 나의 표정을 절약하고 겸손하고 하는 것이었다

모자 - 나의 모자 나의 병상을 감시하고 있는 모자

나의 사상의 레텔 나의 사상의 흔적 너는 알 수 있을까?

나는 죽는 것일까? 나는 이냥 죽어가는 것일까

나의 사상은 네가 내 머리 위에 있지 아니하듯 내 머리에서 사라지고 없다

모자 나의 사상을 엄호해 주려무나!

나의 데드마스크엔 모자는 필요 없게 된단 말이다.
그림달력의 장미가 봄을 준비하고 있다

붉은 밤 보랏빛 바탕
별들은 흩날리고 하늘은 나의 쓰러져 객사할 광장
보이지 않는 별들의 조소
다만 남아있는 오리온좌의 뒹구는 못[정]같은 성원
나는 두려움 때문에 나의 얼굴을 변장하고 싶은 오직 그 생각에
나의 꺼칠한 턱수염을 손바닥으로 감추어본다

정수리 언저리에서 개가 짖었다 불성실한 지구를 두드리는 소리
나는 되도록 나의 오관을 취소하고 싶다고 생각한다
심리학을 포기한 나는 기꺼이- 나는 종족의 번식을 위해 이 나
머지 세포를 써버리고 싶다
바람 사나운 밤마다 나는 차차로 한 묶음의 턱수염 같이 되어버
린다
한줄기 길이 산을 뚫고 있다
나는 불 꺼진 탄환처럼 그 길을 탄다
봄이 나를 뱉어낸다   나는 차거운 압력을 느낀다
듣자 하니 - 아이들은 나무밑에 모여서 겨울을 말해버린다
화살처럼 빠른 것을 이 길에 태우고 나도 나의 불행을 말해 버
릴까 한다
한 줄기 길에 못이 서너개 - 땅을 파면 나긋나긋한 풀의 준비

- 봄은 갈갈이 찢기고 만다(3월 20일)

[해독] 이 시를 해독하는데 〈그림 8-6〉이 필요하다. 이것은 전편의 〈그림 2-30〉인데 흥행물천사로 불렸다. 본문은 1931년 11월의 작품이고 「흥행물천사」는 1931년 8월의 작품이다. 여기에 더하여 본문은 「황의 기 제2번」인데 속편에서 해독한 「황」의 후속이다. 이것은 파슨스가 괴물망원경으로 본 소용돌이 은하 M51이다. 뒤에 제9장에서 보듯이 나선형 소용돌이 M51은 황금비율이다. 이 별자리는 사냥개자리canes venatici constellation에 속한다. 목동자리의 일부분이다. 이 시에서 「獷」은 누런 개인데 바로 목동이 데리고

〈그림 8-6〉 황 = M51

출처: Julia Muir, Glasgow University

다니는 개로서 이 시의 부제 "- 황은 나의 목장을 수위하는 개의 이름입니다."의 그 개다. 지역에 따라 약간씩 다르지만 로마 신화에서 목동의 신은 파우누스faunus이고 그리스 신화에서는 판pan이다. 소설 『15소년표류기』에서 소년들과 동행한 개의 이름도 판이다. 연상되는 묘한 점은 동양에서 개를 뜻하는 황과 발음이 비슷하다는 점이다.

나는 〈그림 8-6〉을 개가 물어온 "팔"로 표현한다. 파슨스도 하얀 중심부에서 뻗어 나온 부분을 바로 "팔arm"이라고 명명했다. 현대 천문학에서도 "팔"이라고 표현한다. 수많은 은하galaxy는 중심부와 팔로 구성되어 있다. 은하 M51은 사냥개자리에 속하니 그의 팔은 개(황)가 물어온 팔이다. 파슨스는 공식 명칭이 로시 백작 3세이다. 나는 이를 R공작이라고 불렀다. R공작은 M51을 관측하여 발표한 후 영국왕립학회의 회장이 되었고 명예 법학박사학위 LLD를 받았다. 나는 이를 "의학박사R"이라고 고쳐 부른다. 법학박사가 의학박사로 둔갑한 데에는 이 글의 목적과 부합하는 법의학박사도 법학박사가 될 수 있기 때문이다. 또 R공작은 왕립학회 제정 최초의 훈장을 받았다. 이 글에서 법의학박사R이 "훈장"을 받은 것에 모본이 될 수 있다.

또 하나의 모본이 있다. 개(황)가 주인의 팔을 물어뜯는 신화. 바로 사냥꾼 악타이온의 비극이다. 악타이온은 처녀의 신 아르테미스의 나체를 보았다. 아르테미스는 그것을 용서하지 않고 악타이온을 사슴으로 만들었다. 그의 사냥개(황)들이 그를 추적하여 그의 어깨와 팔을 물어뜯었다. 아르테미스는 악타이온의 숨이 넘어 갈

때까지 분이 풀리지 않았다. 모두 사냥꾼을 둘러싼 전설이다.

    기록 1 : 〈그림 8-6〉의 하얀 중심부가 "창백한" 황이고 그것이 뻗어 나온 부분이 황이 물고 온 "팔"이다. 그것은 나의 주치의 R의학박사의 오른팔이었다. 속편이 해독한 시「금제」에서 "내가 치던 개는 모조리 실험동물로 공양되고 박사에게 흠씬 얻어맞는다."라고 표현한 바 있다. 이것은 나의 시가 압수당해 폐기된 것을 말한다고 해독하였다. 그 공로로 R박사는 훈장을 받았다. 그 훈장을 쥐고 있는 오른팔을 황이 물어온 것이다. "팔" 끝에 움켜쥐고 있는 하얀 부분이 훈장이다. 다시 말하면 내가 망원경으로 밤하늘을 보니 사냥개자리에 하얀 "창백한" 부분이 "팔" 하나를 물고 있는 형국이다. 나의 시를 검열하고 폐기하는 공로로 훈장을 받은 검열관에게 원수를 갚은 것이다. 개가 R박사에게 복수한 것이다. 그 훈장은 희생동물공양비 제막식 기념 훈장이었다. 내가 치던 개(작품)를 검열이라는 이름으로 죽이고 그 영혼을 위로한다고 제막식을 만든 기념이다. 끔찍이도 눈물 나게 감동적이네요.

    R박사는 사람(뇌수) 사이에 영향을 미치는 시는 암이라고 주장하고 정기적으로 검열을 통해 제거했다. 참으로 뛰어난 외과기술이다. 그가 그 후에 개과천선했는지 뒤늦게 희생동물(시) 공양비 건립 기성회 회장이 되었다는 사실은 무엇을 뜻하는가. 그래서 그는 훈장을 가슴에 달지 못하고 손에 움켜쥐고 있었던 것인가. 공양비는 병원 구석에 쓸쓸히 서 있다. 해부대(검열대)에 사라진 수많은 개들(시)의 혼백의 살기가 감돈다.

나는 황을 꾸짖었다. 그리고 그 오른팔을 공양비 옆에 묻었다. 검열관 R박사의 오른팔이 없어지자 창작의 자유를 기대해본다. 가짜 눈물도 흘렸다. 이제 검열이 완화될 것을 기대하며 시를 다시 쓴다. 초草를 잡아본다.

기록 2 : 때는 5월의 봄. 시의 초고를 써 본다. 초고의 초는 풀 草자이다. 화초(시)의 종자(대상)가 필요하다. 대상은 하늘의 별이다. 황과 나는 하늘(화원)을 쳐다보며(거닐며) 별(풀과 화초)을 고른다. 실제로 파슨스 영지에는 넓은 화원이 있다. 지금까지 경험으로 보아 또 다시 검열에 끌려가서 폐기처분(불발아의 불량품)을 당할지 모른다. 그를 대비하여 폐기처분되지 않도록 단단히 새길 대리석을 준비하였다. 어찌되었던 대리석과 함께 다시 시를 쓰기로 하였다. 시험적 태도로. 제발 나의 초고가 인쇄소까지 가길 바란다.

나는 모든 것을 거꾸로 보는 역도병에 걸렸다. 앞서 언급했지만 바른 숫자를 거꾸로 배열한 시 「진단 0:1」과 「오감도 시제사호」도 역도병 증세이다. 앞서 소개한 시 「얼굴」의 진상과 왜상도 마찬가지이다. 인쇄소의 활자는 언제나 좌우가 바뀐다. 「산책의 가을」에서 읊었다. "印刷所 속은 죄 죄左다."라고.

좌우가 바뀐 역도병에 걸린 것은 인쇄소뿐만이 아니다. 망원경의 반사거울의 상도 좌우가 뒤바뀌는 역도병에 걸렸다. 망원경은 하늘의 별자리를 반사거울에 좌우를 바꿔 찍어 내는 인쇄소이다. 나는 날마다 인쇄소 곧 망원경에 갔다. 어느 날 아침 해가 뜰 무렵 망원경 관측을 멈추려고 뚜껑을 반쯤 닫았다. 망원경의 뚜껑은 두

개로 구성되어 가운데 접히도록 되어 있다. 반닫이이다.[속편의 그림 7-10 참조] 망원경은 하늘을 보는 눈이다. 반닫이의 눈이 반쯤 열리고 반쯤 닫혔으니 가수 상태에 빠졌다. 창백한 황은 좌우가 바뀐 상(활자=금속의 꽃)을 망원경에 보냈다. 나는 재빨리 눈구멍에 눈을 가져다 댔다.(안약을 넣다.) 반사거울에 거꾸로 맺힌 상은 평면경에서 다시 거꾸로 굴절하여 올바른 모습으로 접안렌즈를 거쳐 내 눈에 들어왔다.[전편의 그림 2-8 참조] 드디어 역도병(첫 번째 반대상)이 지식(두 번째 반대상)과 조화를 이루어 온전한 상으로 돌아왔다.

앞서 인용한 「가을의 산책」을 계속 읽어 내려가 본다. "인쇄소 속은 죄 좌다. 직공들 얼굴은 모두 거울 속에 있었다. 밥 먹을 때에도 일일이 왼손이다. 아마 또 내 눈이 왼손잡이였는지 모르지만 나는 쉽사리 왼손으로 직공과 악수하였다. 나는 교묘하게 좌 된 지식으로 직공과 회담하였다. 그들 휴게와 대좌하여 - 그런데 웬일인지 그들의 서술은 우다. 이 방대한 좌와 우의 교차에서 나는 속 거북하게 졸도할 것 같길래 그냥 문 밖으로 뛰어났더니 과연 한 발자국 지났을 적에 직공은 일제이 우로 돌아갔다." 지식의 인쇄소에서 좌우가 바뀐 활자를 보며 식자하는 직공들은 활자를 왼쪽으로 읽는데 익숙하다. 직공들은 왼쪽으로 된 지식을 갖고 있다. 그런데 실제 대좌하여 말을 해보면 오른쪽이다. 좌와 우가 혼재하여 익숙하지 않은 나는 인쇄소를 나오자 인쇄를 마친 종이는 오른쪽이다.

이것이 본문의 "병집[역도병]이 지식[망원경의 원리]과 중화했다 - 세상에 교묘하기 짝이 없는 치료법"의 의미이다. "지식은 급기야 좌우를 겸비하게끔 되었다."가 이루어진 것이다. 연구 끝에 바로 숫자를 우로 쓴 시 「진단 0:1」과 같은 숫자를 좌로 쓴 시 「오감도 시 제4호」가 탄생하였다.

기록 3 : 뱃속에서 발음하는 복화술을 익히려면 입속에 있던 언어를 뱃속으로 잔뜩 집어넣어야 한다. 내가 망원경으로 쳐다보는 하늘은 "냉각된 빛에서 가열된 빛"에 이르기까지 "초열빙결지옥"의 스펙트럼이다. 이것을 황(M51)의 위치에서 뱃속(망원경의 통)에 저장하였다. "리트머스" 시험지는 대상의 알칼리성과 산성의 정도에 따라서 각종 색깔을 나타내니 이것은 스펙트럼이다. 황(M51)의 위치에서 뱃속(망원경 통)에 저장한 것을 나의 규칙(시)으로 기록하였다. 그것이 나의 시작詩作의 방법이다.

그러나 검열이 염려되어 배[복부]의 결정(시)에 고도의 기법을 가감할 수 있도록 스펙트럼을 조절할 필요가 있었다. 복화술은 이런 때를 대비하여 필요한 것이다. 나의 입술이 움직이지 않기에 검열을 쉽게 통과할 것이다.

그 가운데 나의 복화술 발음은 어떤 발칙한 숫자[69]를 점잖게(정직하게=올바르게) 발음하게 되었다. "삼각형의 어느 정점을 정직하게 출발하였다."는 본문의 문장에서 삼각형의 어느 정점(꼭짓점)에 선을 출발하니 ▽ → ▽ → 9이 되었다. 〈그림 8-6〉에서 오른팔을 물은 황(M51)의 모습이다. 마찬가지로 △ → △ → 6가 되었다. 〈속편〉에서 이미 해독하였듯이 합치니 △▽ → △▽ → 69이다.[〈속편〉의 215~216쪽 참조] 〈그림 8-7〉은 진화해 온 소용돌이 은하 M51(황)인데 그 모습이 69이다.[4] 이제 나는 이 숫자가 상징하는 세계를 탐구할 것

〈그림 8-7〉 황의 나신 = 69 = 소용돌이 은하 M51

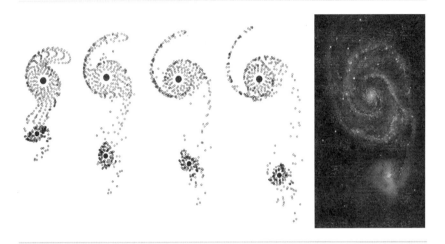

출처: Kitt Peak National Observatory(왼쪽): Julia Muir, Glasgow University(오른쪽)

이다. 나의 복화술 발음이 뛰어나서 사람들은 무슨 뜻인지 모르게 되었다. 멋대로 해석하는 것을 보며 나는 뒤에서 혼자 웃는다.

　기록 4 :『이상의 시 괴델의 수』가 해독한 대로 ▽는 어깨가 넓은 남자를 가리킨다. ▽ → ▽ → 9은 남자이다. 나다. 〈그림 8-7〉

---

4) "아직 스무 살 고개에 그[이상]는 어디서 들었는지 '식스 나인'이라는 술어에 대하여 얘기했고 6자와 9자를 서로 맞추어 동그라미 위에 6자의 꼬리를 그리고, 동그라미 밑에 9자의 꼬리를 그리어 신기하여 하며 좋아했었다." 김유종·김주현 엮음,『그리운 그 이름, 이상』, 지식산업사, 2004, 120~121쪽. 배현자,『이상 문학의 환상성 연구』, 연세대학교 대학원 박사학위논문, 2015, 120쪽에서 재인용. 이 글에서 '어디서 들었는지'의 원천이 바로 소용돌이 은하 M51의 모습이다. 이상이 파슨스가 천체망원경으로 본 M51의 그림(사진)을 잡지에서 보았다는 또 하나의 증거이다.

에서 황(M51)의 모습이 숫자 9자이다. 나를 닮았다. "황의 나체(9)가 나의 나체(9)를 닮았구나." 나는 목욕 시에 나체(9)가 된다. 황의 나체(9)를 보려면 망원경이 필요하다. "내가 망원경을 보는 시간(목욕시간)은 황이 밤하늘에 나타나는 시간(근무시간)이다." 나는 옷을 입은 채 망원경의 발코니에 들어섰다. 그때마다 나는 조상들이 초야를 치르는 신방의 창호지에 침을 묻혀 뚫은 구멍에 눈을 대고 초야의 신랑 신부의 나신을 훔쳐보듯이 나 역시 망원경의 눈구멍으로 황의 나신(9)을 훔쳐보고 있다. "나 역시 조상의 못된 충동에 끌린다." "조상의 육신을 위조하는 셈이다." "이런 치욕의 계보를 지닌 내용의 시를 쓰니 검열의 해부대에서 이슬로 사라질 날은 언제 오려나."

나의 시에는 근육이 없다. 얇은 피부. 그래서 한 장밖에 남지 않은 피부에 파랑 잉크로 함부로 근육을 그렸다. 이게 나의 수의이다. 지상에서 마지막 옷이다. 연습해줄 사람도 없는 처지에 이 초라한 포장(수의) 속에서 해골도 감춰지지 않는다. 나는 생각한다 - 해골에 대하여 - 묘지에 대하여 영원한 경치에 대하여. 이제 나에게 주어진 선택은 두 가지밖에 없다. 하나는 여자와 관능의 시간을 갖는 것. 다른 하나는 사라지는 일.

첫째, 여자와 관능. "달덩이 같은 얼굴에 여자는 눈을 가지고 있다. 여자의 얼굴엔 입맞춤할 데가 없다." 입맞춤할 곳이 없는 여자는 입이 없는 여자이고 그런 여자는 말이 없는 여자이다. 바로 달이다. 이 모습을 나는 「슬픈 이야기」에서 조금 길게 썼다.

KL.110 슬픈 이야기[부분]

출처 : 조광   1937년 6월

〈전략〉

내 곁에는 내 여인이 그저 벙어리처럼 서있는 채입니다.
나는 가만히 여인의 얼굴을 쳐다보면 참 희고도
애처럽습니다. 이렇게 어둠침침한 밤에 몸시계처럼
맑고도 깨끗합니다. 여인은 그 전에 월광 아래 오래오래
놀던 세월이 있었나 봅니다. 아 - 저런 얼굴에 -
그러나 입 맞출 자리가 하나도 없습니다. 입 맞출
자리란 말하자면 얼굴 중에도 정이 아무 것도 아닌
자그마한 빈 터전이여만 합니다. 그렇건만 이 여인의
얼굴에는 그런 공지가 한 군데도 없습니다. 나는
이 태엽을 감아도 소리 안 나는 여인을 가만히 가져다가
내 마음에다 놓아두는 중입니다. 텅텅 빈 내 모체가
망할 때에 나는 이 시몬느와 같은 여인을 체한 채
그러랍니다. 이 여인은 내 마음의 잃어버린 제목입니다.
그리고 미구에 내다 버릴 내 마음 잠간 걸어두는 한 개
못입니다. 육신의 각 부분들도 이 모체의 허망한 것을
묵인하고 있나 봅니다.

〈후략〉

[해독] 달은 말없이 위치를 바꾸어 밤시간을 알려주는 시계이다.

"몸시계"이다. 태엽을 감아도 소리 없이 조용히 서쪽 시간으로 움직인다. 말하자면 입이 없다. 이런 여인과 곧 망쳐질 내 몸이 운명을 함께하고 싶다. 지하로 미구에 사라질 내 몸이 의지할 수 있는 유일한 대상이다. 연기할 수 없을까. 내 몸도 그 허망함을 알아서 묵인하니 앞으로 얼마 남지 않은 시간 함께하고 싶다.

　　다시 『황의 기』로 돌아가서 벙어리 같은 여인(달)은 소리 안 나는 시계와 같다. 태엽을 감아도 소리 안 나는 여인. "여자는 자기 손을 먹을 수도 있었다." 시계는 자기 손인 용두[태엽 감는 열쇠]를 먹어야 시간을 알려준다. 월광처럼 흰 여인은 색채를 삼킨 상태이며 그 투명한 엑스광선 앞에 결핵으로 망가진 내 몸에 이 시몬느 같은 여인을 모셔다가 삼킨 색채를 소화시키지 못하고 체한 채 그렇습니다.
　　시몬느 같은 여인을 어떻게 소화하나? "나의 식욕은 일차방정식같이 간단하였다. 나는 곧잘 색채를 삼키곤 한다. 몇 가지 색채 아마 일곱 가지일 것이다. 투명한 광선 앞에서 나의 미각은 거리낌 없이 표정한다. 나의 공복은 음향에 공명한다. ─ 예컨대 나이프를 떨군다. ─" 이 문장의 핵심은 "나이프"와 "일곱 색채"이다. 나의 성욕은 복잡하지 않다. 가리지 않는다. 일곱 색채로 빛나는 무지개 같은 여자를 보면 나의 미각이 곧바로 일곱 음표(음향)로 공명한다. 어떻게? 여자에 대한 나의 갈증과 공복을 표현하는 나의 "칼(나이프)"이 아우성치는 것으로. 칼? 줄리엣은 로미오의 죽음 앞에서 로미오의 칼을 쥐고 슬피 외친다. "내 몸아, 이 칼의 칼집이 되어다오." 차타레이 부인이 느끼는 불륜의 쾌감. "그가 내 몸[칼집]을 가르고 들어왔을 때 그것은 칼이었다."

　그 다음 부분을 쓸 때 나는 오스카 와일드의 『살로메』의 장면을 약간 훔쳤다. 살로메는 달이다. 술 취한 여인이다. 그녀가 의붓아버지 헤롯 앞에 나타났을 때 하얗던 달. "일곱" 겹의 옷을 하나씩 벗으며 춤을 추고 마지막에 나신이 되자 달은 붉게 변했다. 마침내 요까낭(세례 요한)의 잘린 머리가 접시에 오르고 그 입에 음욕의 키스를 하자 달이 검게 변했다. 살로메 음욕의 구토(키스)는 달마저 고개를 돌리게 만들었다.

　또 희랍신화도 약간 가미했다. 대지의 여신의 말. "맛있는 풀과 영양 높은 곡식은 너의 옷이다. 그것을 누가 주었느냐? 기름진 흙은 너의 살이다. 그것을 누가 주었느냐? 바로 나 데메테르이다." 음식=옷. 흙에서 접시를 만든다. 흙=접시=살=나신.

　나는 여자의 일곱 겹의 옷을 모두 벗겼다. "일곱 색채"의 소화이다. 이것이 "접시가 나오기 전에 나의 미각은 이미 요리를 다 먹어치웠다."의 의미이다. 요리=옷이기 때문이다. 남은 것은 그녀의 알몸뿐. "여자는 빈 접시 한 장을 내 앞에 내어 놓는다." 빈 접시=알몸이다. 그 알몸을 나에게 맡긴다. 나에게 안긴 여자는 음욕의 괴성을 (구)토해내며 술과 함께 쏟아낸다.

　여자는 모든 수치심을 버리고 나에 대한 체면마저 함께 뱉어낸다. 아무리 여자 사냥꾼(오리온)인 나라지만 오. 나는 웃어야 하나 울어야 하나. 여자의 육감이 여지없이 드러난다. 달처럼. 그래도 나는 지킬 것이 있다. 나도 『살로메』의 달처럼 고개를 돌린다. "그래 나는 나의 분신에 걸맞게끔 나의 표정을 절약하고 겸손하고 하는 것이었다." 이것으로 관능은 충분하다. 나는 "나이프를 떨군다." 이것이 "삼킨 색채를 소화시키지 못하고 체한 채 그러렵니다."의 의미이다. 지성이 다시 고개를 든다. 연인이 아닌 여자는 이제 그만. 오스카 와일드가 말했지 않은가? "아름다운 육체를 위해서는 쾌락이 있지만 아름다운 영혼을 위해서는 고통이 있다." 나는 사라지는 고통을 택하기로 하였다.

둘째, 사라지는 일. "나의 분신에 걸맞게" 행동했다면 나의 남은 분신은 나의 머리에 관한 것이다. 나의 사상은 사라지고 없다. 죽어서도 없다. "데드마스크에는 모자는 필요 없게 된다." 사상이라는 것이 있다면 모자나 가져가라. 장갑이 지문을, 양말이 행선지를 감추듯이, 모자는 사상을 감춘다. 그 사상(모자)이 역도병(병상)을 감시한다. 시를 쓰는 것을. 네(모자)가 내 머리에 있지 않으니 나의 사상은 내 머리에서 사라지고 없다. 나는 자유롭게 시를 쓴다. 역도병의 시도 쓴다. 나의 사상이라는 것이 있다면 너, 모자나 가져가라. 나의 데스마스크엔 모자가 필요 없다.

나에게 남은 길은 "붉은 밤 보랏빛 바탕 별들이 흩날리는 하늘"에서 사라지는 일이다. 마침 5월. 오리온좌가 사라지고 전갈좌가 등장할 때이다. 오리온은 사냥꾼의 자리이다. 황은 사냥꾼의 개다. 나도 함께 사라질 때이다. 지금은 보이지 않는 전갈좌의 별들이 사라지는 오리온좌를 비웃는다. 뜨는 별이 지는 별을 조소한다. 함께 사라지는 나에게도 조소한다. 나는 조소 속에서 사라지는 것이 두려워 몸을 감추려 한다. 아차. 나의 수염이 문제로다. 나는 되도록 눈, 코, 귀, 입, 혀의 오관을 취소시켜 얼굴을 없애려 한다. 아울러 나의 마음(심리학)과 나의 몸(생식세포)도 없애려 한다. 남은 수염은 어떻게 하는가. 악타이온이 개들에게 쫓길 때 수염이 문제였듯이.

밤하늘에 무수히 많은 산과 산맥. 거기에 한 줄기 길이 뚫린다. 불 꺼진 탄환(나)이 가는 길이다. 5월의 봄이 나를 오리온좌와 함께 밀어낸다. 인정머리가 차갑구나. 다행스러운 것은 미래의 아이들이 이미 겨울을 얘기한다는 점이다. 내가 기대할 것은 푸른 아이들뿐. 그때가 되면 나는 오리온과 함께 다시 돌아올 수 있기 때문이다. 나를 데리고 다니는 오리온은 사냥꾼이고 사냥꾼의 화살처럼 빠른 것들이 이 길에서 재빨리 사라질 것이다. 그것은 그들과 함께 사라지는 나의 불행이기도 하다. 그 외길에 땅 속에서 못(풀)이 솟아나 봄을 갈가리 찢지만 겨울을 준비하고 있다. 그러면 나는 돌아올 것이다. 화살처럼 빠르게 부활할 것이다. "사람은 절망하라. 사람은 탄생하라." 그러나 부활을 하려면 나의 묘혈에 먼저 누워야 한다. 나의 묘혈은 어디인가. 다음이 그것이다.

KL111. 절벽

출처: 위독   1936년 10월 6일

꼿이보이지않는다. 꼿이향기롭다. 향기가만개한다. 나는거기묘혈을 판다. 묘혈도보이지 않는다. 보이지않는묘혈속에나는들어앉

는다. 나는 눕는다. 또꽃이향기롭다. 꽃은보이지않는다. 향기가만
개한다. 잊어버리고재처거기묘혈을판다. 묘혈은보이지않는다. 보
이지않는묘혈로나는꽃을깜빡이저버리고들어간다. 나는정말눕는
다. 아아, 꽃이또향기롭다. 보이지도않는꽃이 – 보이지도않는꽃이.

[해독] 이 시는 『續 이상의 시 괴델의 수』가 해독하였다.[〈속편〉 1쇄
의 KL65] 그러나 그 해독은 방향을 잘못 짚었기에 바로 잡는다. 더
깊은 맛이 숨어 있는 것이 절벽의 의미이다. 또 이 시는 연작시 「위
독」 가운데 하나이다. 그런데 이 시에는 절벽과 위독이 등장하지
않는다는 데 시의 비밀이 있다. 재해독이 필요한 이유이다.

나는 시 「꽃나무」에서 파슨스의 천체망원경에 대한 흠모를 적
었다.[속편의 KL49 참조] 〈전편〉에서 밝혔듯이 파슨스의 세습 작위명은
로시 Rosse[Rose의 고어]이다. 그것은 장미를 뜻한다. 장미는 영국의
국화國花이다.

본문의 '꽃나무'는 '장미나무'에 비유된다. 그 꽃나무가 나에게
는 다가갈 수 없는 파슨스의 "로시 6피트 천체망원경"이었다. 번
안하면 "장미 6피트 천체망원경"이다. 그 괴물망원경의 모습은 늠
름하였다. 그러나 R공작(파슨스)의 후예들이 이 천체망원경을 방치
한 이후 그 모습은 누추하게 변해갔다.[속편의 〈그림 7-11〉 참조] 6피트
망원경을 지탱해주는 백대리석 건축물의 벽이 담쟁이와 양치류로
덮인 데 더하여 금속으로 만든 반사거울은 쉬 녹슬어 갔다. 꽃이
보이지 않게 되자 이상은 그것을 "베수건"으로 정성껏 닦았다고

표현하였다.[속편의 KL70 참조] 방치된 모습을 시 「유고4」가 기록하였
다.[속편의 KL70 참조]

거대한 6피트 파슨스 "장미" 천체망원경(꽃나무)을 감싼 백대리석
벽. 그 벽은 내가 뛰어넘지 못할 벽 중의 벽 곧 절벽이다. 세상에서
빼어난 절세, 만고의 절색, 극치의 절정, 놓칠 수 없는 절호, 아주
뛰어난 절조, 경치 중의 경치 절경, 벽 중의 벽 절벽. 파슨스 괴물
의 백대리석 절벽. 로시의 절벽.

그 절벽이 양치류와 담쟁이로 덮여 꽃이 보이지 않게 된 것이
다. 그러나 장미가 잡초에 가려 보이지 않아도 장미는 장미이니 그
향기가 여전히 나를 유혹한다. "아아, 꽃이또향기롭다. 보이지도않
는꽃이 – 보이지도않는곳이."

나는 속편이 해독한 시 「獷」에서 로시 천체망원경의 백대리석
건축물을 나의 묘굴墓掘이라 부르고 그 묘굴의 감실龕室을 자신의
휴식처로 정했다.[속편의 KL71 참조] "아아, 죽음의 숲이 그립다."라고
부르짖는다. 이곳은 주변이 숲과 늪지로 둘러싸여 있다. 나는 이곳
을 자신의 감실로 작정하여 무덤을 만들어 기념비로 삼았다. 그런
데 방치된 감실은 담쟁이와 양치류로 덮여져 그것도 보이지 않는
다. 다시 무덤을 만들었지만 그것도 곧 덮여져 보이지 않는다. 이
시가 괴물을 나의 감실로 정한 후의 사연을 말하고 있다. 공전절후
의 「절벽」은 이렇게 해서 탄생했다. 이 절벽 앞에서 나는 무기력하
게도 "위독"하다.

KL112. 불행의 실천

출처 : 공포의 기록   문학사상 1986년 10월

(원문에는 번호가 없음. 해독의 편의상 부여함.)

1. 나는 닭도 보았다. 또 개도 보았다. 또 소 이야기도 들었다. 또 외국서 섬 그림도 보았다. 그러나 나는 너희들에게 이 행운의 열쇠를 빌려주려고는 않는다. 내가 아니면 - 보아라 좀 오래 걸렸느냐 - 이런 것을 만들어 놓을 수는 없다.

2. 책상 다리를 하고 앉은 채 그냥 앉아 있기만 하는 것으로 어떻게 이렇게 힘이 드는지 모른다. 벽은 육중한데 외풍은 되고 천장은 여름 모자처럼 이 방의 감춘 것을 뚜껑 젖히고 고자질하겠다는 듯이 선뜻하다. 장판은 뼈가 저리게 하지 않으면 안절부절을 못하게 닳는다. 반닫이에 바른 색종이는 눈으로 보는 폭탄이다.

3. 그저께는 그끄저께보다 여위고 어저께는 그저께보다 여위고 오늘은 어저께보다 여위고 내일은 오늘보다 여윌 터이고 - 나는 그럼 마지막에는 보송보송한 해골이 되고 말 것이다.

4. 이 불쌍한 동물들에게 무슨 방법으로 죽을 먹이나. 나는 방탕한 장판 위에 넘어져서 한없는 '죄'를 섬겼다. '죄' - 나는 시냇물 소리에서 가을을 들었다. 마개 뽑힌 가슴에 담을 무엇을 나는 찾았다. 그리고 스스로 달래었다. 가만 있으라고, 가만 있으리고 -

5. 그러나 드디어 참다 못하여 가을비가 소조하게 내리는 어느 날 나는 화덕을 팔아서 냄비를 사고 냄비를 팔아서 풍로를 사고, 냉장

고를 팔아서 식칼을 사고, 유리그릇을 팔아서 사기그릇을 샀다.

6. 처음으로 먹는 따뜻한 저녁 밥상을 낯선 네 조각의 벽이 에워쌌다. 6원 - 6원 어치를 완전히 다 살기 위하여 나는 방바닥에서 섣불리 일어서거나 하지는 않았다. 언제든지 가구와 같이 주저앉았거나 서까래처럼 드러누웠거나 하였다. 식을까 봐 연거푸 군불을 때었고, 구들을 어디 흠씬 얼려보려고 중양이 지난 철에 사날씩 검부러기 하나 아궁이에 안 넣었다.

7. 나는 나의 친구들의 머리에서 나의 번지수를 지워버렸다. 은근히 먹는 나의 조석이 게으르게 낳은 육신에 만연하였다. 나의 영양의 찌꺼기가 나의 피부에 지저분한 수염을 낳았다. 나는 나의 독서를 뾰족하게 접어서 종이비행기를 만든 다음 어린아이와 같이 나의 자기를 태워서 죄다 날려버렸다.

8. 아무도 오지 말아, 안 들일 터이다. 네 이름을 부르지 말라. 칠면조처럼 심술을 내기 십다. 나는 이 속에서 전부를 살라버릴 작정이다. 이 속에서는 아픈 것도 거북한 것도 동에 닿지 않는 것도 아무 것도 없다. 그냥 쏟아지는 것 같은 기쁨이 즐거워할 뿐이다. 내 맨발이 값비싼 향수에 질컥질컥 젖었다.

9. 한 달 - 맹렬한 절뚝발이의 세월 - 그 동안에 나는 나의 성격의 서막을 닫아 버렸다.

두 달 - 발이 마저 들어왔다. 호흡은 깨끼저고리처럼 찰싹 안팎이 달라붙었다. 탄도를 잃지 않은 질풍이 가리키는 대로 곧잘 가는 황금과 같은 절정의 세월이었다. 그동안에 나는 나의 성격을 서랍 같은 그릇에다 달아버렸다. 성격은 간데 온데가 없어졌다.

　석 달 - 그러나 겨울이 왔다. 그러나 장판이 카스텔라 빛으로 타들어왔다. 얄팍한 요 한 겹을 통해서 올라오는 온기는 가히 비밀을 그슬을 만하다. 나는 마지막으로 나의 특징까지 내어놓았다. 그리고 단 한 가지 재조를 샀다. 송곳과 같은 - 송곳 노릇밖에 못하는 - 송곳만도 못한 재조를 - 과연 나는 녹슨 송곳 모양으로 멋도 없고 말라버리기도 하였다.

10. 혼자서 나쁜 짓을 해보고 싶다. 이렇게 어둠컴컴한 방 안에 표본과 같이 혼자 단좌하여 창백한 얼굴로 나는 후회를 기다리고 있다.

──────────────

　[해독] 이 글의 일부는 앞서 머리말에서 해독되었다. 1번은 그림 엽서에서 본 파슨스의 천체망원경이다. "닭", "개", "소"는 거기에 비친 비둘기별자리, 큰개별자리, 황소별자리를 말한다. "외국서 섬 그림"의 원문은 "외국서 섬 거림"이다. "거림"은 "그림"의 오기일 수 있지만 고의성도 엿보인다. 이상은 이런 고의적 오기를 여러 곳에서 선보였다. Elevator → Elevater, Dictionnaire(F) → Dictionaire, Period → Reriod, Parade → Parrade. 가짜라는 뜻이다.[이 책의 56쪽 참조] 본문에서도 이상은 가본 적도 없는 외국을 들먹인다. 당시 일본은 외국이 아니었다. 가짜 외국, 곧 그림으로 가본 외국임을 강조하기 위하여 고의로 그림 → 거림으로 표기한 것이다. 그 해독의 "열쇠"를 너희에게 말하지 않으련다. 나 아니면 누가 이런 글을 쓸 수 있느냐. 이것을 해독하려면 오래 걸릴 것이다.

2번. 파슨스 망원경 관측받침대(발코니)에 "책상 다리가 얼마나 힘이 드는지 모른다." 백대리석 벽은 육중한데 천정이 없어서 "외풍은 되이고 선뜻하다."[전편의 〈그림 2-7〉 참조] 자리가 "뼈가 저리게 하지 않으면 안절부절을 못하게 닳는다." 망원경 입구를 반만 닫은 반닫이[속편의 〈그림 7-10〉 참조]에서 보는 별자리 M51의 모습은 "눈으로 보는 폭탄"이다.〈그림 8-6〉 참조

3번. "그저께는 그끄저께보다 여위고 어저께는 그저께보다 여위고 오늘은 어저께보다 여위고 내일은 오늘보다 여윌 터이고 - 나는 그럼 마지막에는 보숭보숭한 해골이 되고 말 것이다."

4번. 망원경의 오목거울에 투영되었다가 망원경 뚜껑인 반닫이를 닫아서 그 안에 갇힌 비둘기, 큰개, 황소 이 불쌍한 동물들에게 무슨 방법으로 죽을 먹이나.[〈속편〉의 시 「황」을 참조] 나는 황의 나신(9)을 훔쳐보는 방탕한 자리 위에 넘어져서 69=M51을 섬겼다. 망원경 옆으로 흐르는 시냇물 소리에서 가을을 들었다. "마개 뽑힌 가슴에 담을 무엇을 나는 찾았다. 그리고 스스로 달래었다. 가만 있으라고, 가만 있으리고" "마개 뽑는 소리는 테니스공이 튀는 소리"이듯이 튀는 가슴을 달랬다.

5번. 그러나 드디어 "참다못하여 가을비가 소조하게 내리는 어느 날" 나는 별에 흥미를 잃고 집을 나섰다. 20세기를 걷어치우고 19세기로 돌아갔다. 화덕, 냄비, 냉장고, 유리그릇은 20세기. 풍로, 식칼, 사기그릇은 19세기.

6번. 성천에서 "처음으로 먹는 따뜻한 저녁 밥상을 낯선 네 조각의 벽이 에워쌌다." 방세 6원 - 6원 어치를 완전히 다 살기 위하

여 나는 주로 드러누웠다. 식을까 봐 연거푸 군불을 때었지만 곧 돈이 떨어져 검부러기 하나 아궁이에 안 넣었다. 친구 원용석이 도와주었다.

7번. 나는 세상을 등졌다. 수염만 무성하게 자랐다. 나는 무식해졌다.

8번. 나는 이 상태가 좋다. 내 폐(맨발)가 술에 젖었다. 술이 떨어진 알콜중독자는 향수마저 마신다. 향수에는 알콜이 있기 때문이다. 이것이 "내 맨발이 값비싼 향수에 질컥질컥 젖었다."의 의미이다. 「추악한 화물」에서는 "술은 내 몸 속에서 향수같이 빛났다."로 표현하였다.

9번은 앞의 머리말에서 이미 해독하였다. 나는 나의 비밀과 특징까지 내어놓았다. "송곳만도 못한 재조를―과연 나는 녹슨 송곳 모양으로 멋도 없고 말라버리기도 하였다." 나의 재주는 비록 송곳만큼 작지만, 낭중지추―송곳은 주머니에 감추어도 모습을 드러내니 언젠가는 나를 알아보리라.

10번. "혼자서 하는 나쁜 짓"이란? 자살하고 싶다. "표본과 같이 혼자 단좌하여 창백한 얼굴로 나는 후회를 기다리고 있다."

제9장

비밀

제9장

비밀

앞서 이상의 "특징"이 어느 정도 드러났으니 이제 이상의 "비밀"을 털어놓을 차례이다. 이미 드러났듯이 예술지상주의의 상징인 오스카 와일드는 해바라기 꽃을 옷깃에 꼽고 다녔다. 해바라기 꽃잎은 피보나치수열의 한 예이다. 이상이 일찍이 시 『진단 0:1』에서 사용한 2진법의 두 수 [0, 1]로 시작하는 피보나치수열은 직전의 두 숫자를 합쳐 다음 수를 정의하여 0, 1, 1, 2, 3, 5, 8, 13, 21, 34, 55, ···, ∞로 전개되는데 그 시작 [0, 1]이 바로 『이상한 가역반응』에서는 "두 종류의 존재"로 상징되었다. 이 수열은 전개될수록 이웃한 두 수의 비율이 1.618··· 에 접근한다. 이 수가 황금비율golden ratio이다. 좋은 예가 앵무조개의 구조인데 이상 시의 주제가 되었던 소용돌이 은하 M51의 모습이 이 조개를 닮았다. 두 가지 공히 나선형이다.[1] 황금비율은 아름다움의 理想이다. 이상은 정상적인 가역반응이 될 수 없는 자신의 운명을 황금비율에 빗대어 절망하였다.

---

1) Bergamini, D., *Mathematics*, Time-Life Science Library, Time Inc., 1963, pp. 92-93.

와일드에 대한 이상의 두 편의 시도 이미 해독하였다. 이상은 그 시에서 스스로가 해바라기임을 암시하였다. 그밖에 시 「청령」도 이렇게 시작한다. "일편단심의 해바라기- 이런꽃으로꾸며졌다는 고호의무덤은참얼마나美로울까." 해바라기가 아름다움이라는 것은 피보나치수열 덕택이다. 와일드로 대표하는 예술지상주의는 문장의 아름다움이나 내용보다 표현형태를 강조한다. 이상도 美文을 피하고 글의 형태를 중시한다. 이상은 와일드처럼 경구epigram에도 능하다.

이 장에서 해독하는 네 편의 소설 『지주회시』, 『날개』, 『종생기』, 『실화』는 앞 장에서 해독한 시들의 연속이다. 이상이 공언한 대로 자신의 "비밀"을 드러낸다. 이것을 『실화』가 넌지시 화두로 던진다. "사람이 비밀이 없다는 것은 재산 없는 것처럼 가난하고 허전한 일이다." 지금까지 이들 네 소설이 여러 차례 해설된 적이 있지만 이상이 공언한 대로 자신의 "비밀"을 중심으로 해독된 적은 없다. 그 까닭은 네 편 모두 공통적으로 황금비율과 관련이 있는데 지금까지 아무도 눈치 채지 못했던 탓이다.

앞서 본 대로 이상은 미문을 피한다고 하였다. 사실 이상의 시는 미문과 멀다. 미문은 아름다움이다. 그것은 황금비율로 상징된다. 이상에게 그것은 현실에서 달성할 수 없는 理想이다. 미문을 피하지만 자신의 글이 미문이 아닌지를 가늠하는 기준으로 황금비율을 사용한다. 이제 곧 해독을 보는 대로 네 편의 소설은 각각 배신, 위조, 모순, 훼절을 그리고 있는데 이상은 과학도답게 그 대척점에 황금비율을 숨기고 있다. 그럼으로써 자신의 현실(배신, 위조, 모순, 훼절)을 더 뚜렷하게 드러내려고 하였다.

이 네 편의 소설은 모두 처음과 끝이 연결되어 무한히 반복되는 형태를 취하고 있다. 이것은 〈전편〉의 제2장 제4절의 모순의 무한대와 일치한다. 여기서는 황금비율의 이상理想과 사이비의 현실이 교직하는 모순이 무한대를 초래한다. 〈전편〉이 보여주었듯이 그것을 이상 사후 화가 에셔가 「폭포」로 표현하였고, 이상 동시대의 엘리어트가 시 「사중주」로 표현하였다. "우리는 탐험을 멈추어서는 안 된다. 그리고 그 끝은 우리가 맨 처음 출발했던 곳이어야 한다." 엘리어트는 증거 없는 당위성으로 읊었지만 이상은 모순의 무한대를 증거로 삼았다.

황금비율은 그리스 문자 화이ϕ를 사용한다. $\phi = 1.618\cdots$ 은 무한소수이다. 이 책의 시작인 〈속속편의 사연〉에서 1과 2 사이에 ϕ가 등장한 소이이다. 그 다음 2와 3 사이의 e는 자연대수의 밑인 $e = 2.71828\cdots$이다. 3 다음에 π는 설명이 필요 없을 것이다.

황금분할의 비율 $[1 : 1.618\cdots]$은 건축과 예술에서 중요하게 취급되는데 무한소수인 만큼 완벽한 아름다움은 불가능하다. 따라서 근사치를 사용하는데 그 범위는 정해지지 않았다. 그리스의 파르테논 신전이 잘 알려진 예이다. 이상은 건축학도였으니 이 사실을 충분히 숙지했을 것이다. 그 하나의 단서를 보면 〈전편〉에서 해독한 대로 남성프리즘▽과 여성프리즘△을 합친 ▽+△=□이 李箱의 이름이라고 自書하였다. 그 이름이 상징하는 箱子□ 가운데 세로와 가로의 비율 $[1 : 1.618]$이 황금분할인 황금상자golden square □가 李箱이 꿈꾸는 아름다움 곧 理想이었을 것이다. 또 하나의 단서를 보

면 이상은 소설『실화』에서 "MOZART의 41번은 목성이다. 나는 몰
래 모차르트의 환술을 투시하려고 애를 [쓴다]."라고 의미 있는 수
수께끼를 던졌는데 log41=1.613의 황금비율이 모차르트의 환술이
다. 피아노 건반에서도 황금비율이 발견된다. 자연현상에서도 발
견된다. 앞서 이상의 시『황의 기』의 소재가 되었던 별자리 M51이
한 예이다. 독수리 날개도 황금비율이다.『날개』에서 말하는 여왕
벌 족보의 개체수가 정확하게 피보나치수열이다.『실화』에 등장하
는 국화 꽃잎의 34/21=1.619가 황금비율이다.[2] 경이로운 것은 황
금비율의 수열 1, ϕ, ϕ^2, ϕ^3, ··· 그 자체가 피보나치수열이 된다는
사실이다.

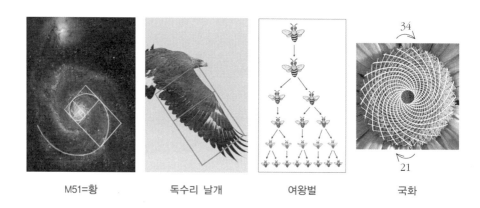

M51=황   독수리 날개   여왕벌   국화

李箱의 소설『지주회시』는 금전사기에 자신을 희생시킨 친구의

2) Bergamini, D., *Mathematics*, Time-Life Science Library, Time Inc., 1963,
pp.92-93.

배신을 고발하는 척도로 황금비율을 교묘하게 아래에 깔고 있으
며, 자신의 생활을 묘사하고 있는 소설『날개』는 천체현상의 황금
비율인 날개가 부러져 지상으로 추락한 자아의 위조를 그렸다.『종
생기』는 생애의 모순(모순된 생애)을 시간의 황금비율에 빗대어 얼마
남지 않은 자신의 비운에 울고 있다.『실화』는 아내의 훼절에 대한
절망을 국화의 황금비율에 비추어 그린다.

　건축, 회화, 조각, 음악, 수학, 자연에서 발견되는 황금비율은
아름다움, 균형, 조화, 완전성의 理想이다. 이것을 소설 작법에 반
영한 시도는 이상이 최초라고 생각된다. 아마 세계적으로도 최초
이며 유일할 것이다. 그가 글의 형태에 대하여 관심을 갖는 배경의
하나이다. 예술지상주의도 글의 아름다움보다 형태의 아름다움을
강조한다.

　이상은 아래에서 해독하는 네 편의 소설에서 理想을 추구하는
자신의 운명이 결코 그 理想을 달성할 수 없다는 비극을 희극farce
으로 꾸몄다. 황금비율이라는 잣대로 친구의 배신, 자아의 위조,
생애의 모순, 아내의 훼절을 발가벗기는 그가 원하는 삶은 "허허벌
판에 쓰러져 까마귀밥이 될지언정 理想에 살고 싶구나."[3] 그가 추
구하는 理想이 황금비율이다. 그런데 곳곳에 교묘하게 숨겨져 있
어서 지금까지 드러난 적이 없다.

　理想은 완전함이다. 이상에게 그것은 현실에서는 달성할 수 없
는 불완전함이다. 여기서 우리는 또 다시 괴델의 불완전성 정리를

---

3)「妹像」

만나게 된다. 〈전편〉과 〈속편〉에서 소개했듯이 이상은 괴델의 불
완전성 정리에 영향을 받았다. 이것을 불완전한 세계에 투영하였
다. 특히 자신의 비극적인 처지에 비추었다. 여기에서는 한 걸음
더 나아가서 황금비율이 도달할 수 없는 理想이라는 점을 강조하
며 그것을 불완전성이 의미하는 모순의 무한대와 연결시키려 한
다. 그럼으로써 理想은 理想에 머물러 현실에서는 달성할 수 없음
을 안타까워한다.

KL113. 지주회시蜘蛛會豕

출처 : 중앙   1936년 6월

(두주: 이하 본문 문단 번호 1~17은 원문이 아님. 해독을 돕는 숫자임).

1

1. 그날 밤에 그의 아내가 층계에서 굴러 떨어지고 – 공연히 내일
일을 글탄 말라고 어느 눈치 빠른 어른이 타일러 놓으셨다. 옳고
말고다. 그는 하루치씩만 잔뜩 산(生)다. 이런 복음에 곱신히 그는
딩어리(속지 말라)처럼 말이 없다. 잔뜩 산다. 아내에게 무엇을 물
어보리요? 그러니까 아내는 대답할 일이 생기지 않고 따라서 부부
는 식물처럼 조용하다. 그러나 식물은 아니다. 아닐 뿐 아니라 여
간 동물이 아니다. 그래서 그런지 그는 이 굴 궤짝만 한 방안에 무
슨 연줄로 언제부터 이렇게 있게 되었는지 도무지 기억에 없다. 오
늘 다음에 오늘이 있는 것. 내일 조금 전에 오늘이 있는 것. 이런

것은 영 따지지 않기로 하고 그저 얼마든지 오늘 오늘 오늘 오늘 하릴없이 눈 가린 마차 말의 동강난 시야다. 눈을 뜬다. 이번에는 생시가 보인다. 꿈에는 생시를 꿈꾸고 생시에는 꿈을 꾸고 어느 것이나 재미있다. 오후 4시. 옮겨 앉은 아침 – 여기가 아침이냐. 날마다. 물론 그는 한 번씩 한 번씩이다(어떤 거대한 모체가 나를 여기다 갖다 버렸나). 그저 한없이 게으른 것 – 사람 노릇을 하는 체 대체 어디 얼마나 기껏 게으를 수 있나 좀 해 보자 – 게으르자 – 그저 한없이 게으르자 – 시끄러워도 그저 모른 체하고 게으르기만 하면 다 된다. 살고 게으르고 죽고 – 가로되 사는 것이라면 떡 먹기다. 오후 4시. 다른 시간은 다 어디 갔나. 대수냐. 하루가 한 시간도 없는 것이라기로서니 무슨 성화가 생기나.

2. 또 거미. 아내는 꼭 거미. 라고 그는 믿는다. 저것이 어서 도로 환토를 하여서 거미의 형상을 나타내었으면 – 그러나 거미를 총으로 쏘아 죽였다는 이야기를 들은 일이 없다. 보통 발로 밟아 죽이는데 신발커녕 일어나기도 싫다. 그러니까 마찬가지다. 이땅에 그 외에 또 생각하여보면 – 맥이 뼈를 디디는 것이 빤히 보이고, 요 밖으로 내어놓는 팔뚝이 밴댕이처럼 꼬스르하다 – 이 방이 그냥 거민게다. 그는 거미 속에 가 넓적하게 드러누워 있는 게다. 거미 내음새다. 이 후덥지근한 내음새는 아하 거미 내음새다. 이 방 안이 거미 노릇을 하느라고 풍기는 흉악한 내음새에 틀림없다. 그래도 그는 아내가 거미인 것을 잘 알고 있다. 가만 둔다. 그리고 기껏 게을러서 아내 – 인(人)거미– 로 하여금 육체의 자리 – (혹, 틈)를

주지 않게 한다.

3. 방 밖에서 아내는 부스럭거린다. 내일 아침보다는 너무 이르고 그렇다고 오늘 아침보다는 너무 늦은 아침밥을 짓는다. 에이 덧문을 닫는다(민활하게). 방 안에 색종이로 바른 반닫이가 없어진다. 반닫이는 참 보기 싫다. 대체 세간이 싫다. 세간은 어떻게 하라는 것인가. 왜 오늘은 있나. 오늘이 있어서 반닫이를 보아야 하느냐. 어두워졌다. 계속하여 게으르다. 오늘과 반닫이가 없어져라고. 그러나 아내는 깜짝 놀란다. 덧문을 닫는 ― 남편 ― 잠이나 자는 남편이 덧문을 닫았더니 생각이 많다. 오줌 마련운가 ― 가려운가 ― 아니 저 인물이 왜 잠을 깨었나. 참 신통한 일은 ― 어쩌다가 ― 아니 저렇게 사(生)는지 ― 사는 것이 신통한 일이라면 또 생각하여보면 자는 것은 더 신통한 일이다. 어떻게 저렇게 자나? 저렇게도 많이 자나? 모든 일이 희한한 일이었다. 남편. 어디서부터 어디까지가 부부람 ― 남편 ― 아내가 아니라도 그만 아내이고 마는고야. 그러나 남편은 아내에게 무엇을 하였느냐. 담벼락이라고 외풍이나 가려주었더냐. 아내는 생각하다 보니까 참 무섭다는 듯이 ― 또 정말이지 무서웠겠지만 ― 이 닫은 덧문을 얼른 열고, 늘 들어도 처음 듣는 것 같은 목소리로 어디 말을 건네본다. 여보 ― 오늘은 크리스마스요 ― 봄날같이 따뜻(이것이 원체 틀린 화근이다)하니 수염 좀 깎소.

4. 도무지 그의 머리에서 그 거미의 어렵디어려운 발들이 사라지지 않는데 들은 크리스마스라는 한마디 말은 참 서늘하다. 그가 어쩌

다가 그의 아내와 부부가 되어버렸나. 아내가 그를 따라온 것은 사실이지만 왜 따라왔나? 아니다. 와서 왜 가지 않았나 – 그것은 분명하다. 왜 가지 않았나 이것이 분명할 때 – 그들이 부부 노릇을 한 지 1년 반쯤 된 때 – 아내는 갔다. 그는 아내가 왜 갔나를 알 수 없었다. 그 까닭에 도저히 아내를 찾을 길이 없었다. 그런데 아내는 왔다. 그는 왜 왔는지 알았다. 지금 그는 아내가 왜 안 가는지를 알고 있다. 이것은 분명히 왜 갔는지 모르게 아내가 가버릴 징조에 틀림없다. 즉 경험에 의하면 그렇다. 그는 그렇다고 왜 안 가는지를 일부러 몰라버릴 수도 없다. 그냥 아내가 설사 또 간다고 하더라도 왜 안 오는지를 잘 알고 있는 그에게로 불쑥 돌아와주었으면 하고 바라기나 한다.

5. 수염을 깎고 첩첩이 닫아버린 번지에서 나섰다. 딴은 크리스마스가 봄날같이 따뜻하였다. 태양이 든 동안에 퍽 자랐는가도 싶었다. 눈이 부시고 또 몸이 까칫까칫 조하고 – 땅은 힘이 들고 두꺼운 벽이 더덕더덕 붙은 빌딩들을 쳐다보는 것은 보는 것만으로도 넉넉히 숨이 차다. 아내 흰 양말이 고동색 털양말로 변한 것 – 기절은 방속에서 묶는 그에게 겨우 제목만을 전하였다. 겨울 – 가을이 가기도 전에 내닥친 겨울에서 처음으로 인사 비슷이 기침을 하였다. 봄날같이 따뜻한 겨울날. 필시 이런 말이 이 세상에 흔히 있는 공일이나 아닌지 – 그러나 바람은 뺨에도 콧방울에도 차다. 저렇게 바쁘게 씨근거리는 사람 무거운 통 짐 구두 사냥개 야단치는 소리 안 열린 들창 모든 것이 견딜 수 없이 답답하다. 숨이 막힌다. 어디로

가볼까. (A취인점)(생각나는 명함)(오군)(자랑마라)(24일날 월급 날이던가) 동행이라도 있는 듯이 그는 팔짱을 내저으며 싹둑싹둑 썰어 붙인 것같이 얄팍한 A취인점 담벼락을 삥삥 싸고 돌다가 이속에는 무엇이 있나. 공기? 사나운 공기리라. 살을 저미는 -과연 보통 공기가 아니었다. 눈에 핏줄 - 새빨갛게 단 전화 - 그의 허섭 수룩한 몸은 금시에 타 죽을 것 같았다. 오(吳)는 어느 회전의자에 병마개 모양으로 멎쳐 있었다. 꿈과 같은 일이다. 오는 장부를 뒤져 주소 씨명을 차곡차곡 써 내려가면서 미남자인 채로 생동생동 (살고) 있었다. 조사부라는 패가 붙은 방 하나를 독차지하고 방 사벽에다가는 빈틈없이 방안지에 그린 그림 아닌 그림을 발라놓았다.

"저런 걸 많이 연구하면 대강은 짐작이 나서렷다."

"도통하면 돈이 돈 같지 않아지느니."

"돈 같지 않으면 그럼 방안지 같은가."

"방안지?"

"그래 도통은?"

"흐흠 - 나는 도로 그림이 그리고 싶어지는데."

그러나 오는 야위지 않고는 배기기 어려웠던가 싶다. 술 - 그럼 색? 오는 완전히 오 자신을 활활 열러 젖혀놓은 모양이다. 흡사 그가 오 앞에서나 세상 앞에서나 그 자신을 첩첩이 닫고 있듯이. 오냐 왜 그러니 나는 거미다. 연필처럼 야위어가는 것 - 피가 지나가지 않는 혈관 - 생각하지 않고도 없어지지 않는 머리 - 칵 막힌 머리 - 코 없는 생각 - 거미 거미 속에서 안 나오는 것 - 내다보지 않는 것 - 취하는 것 - 정신없는 것 - 방 - 버선처럼 생긴 방이었다. 아내였다. 거미라는 탓이었다.

6. 오는 주소 씨명을 멈추고 그에게 담배를 내밀었다. 그러나 연기를 가르면서 문이 열렸다(퇴사시간). 뚱뚱한 사람이 말처럼 달려들었다. 뚱뚱한 신사는 오와 깨끗하게 인사를 한다. 가느다란 몸집을 한 오는 굵은 목소리를 굵은 몸집을 한 신사와 가느다란 목소리로 주고받고 신선한 회화다.

"사장께서는 나가셨나요?"

"네 – 참 2백 명이 좀 넘는데요."

"넉넉합니다. 먼저 오시겠지요."

"한 시간쯤 미리 가지요."

"에 – 또, 에 – 또, 에또, 에또, 그럼 그렇게 알고."

"가시겠습니까?"

툭탁하고 나더니 뚱뚱한 신사는 곁에 앉은 그를 힐깃 보고 고개를 돌리고 그저 나갈 듯하다가 다시 힐깃 본다. 그는 – 내 인사를 하면 어떻게 되더라? 하고 망싯망싯하다가 그만 얼떨결에 꾸뻑 인사를 하여 버렸다. 이 무슨 염치없는 짓인가. 뚱뚱 신사는 인사를 받더니 받아가지고는 그냥 싱긋 웃듯이 나가버렸다. 이 무슨 모욕인가. 그의 귀에는 뚱뚱한 신사가 대체 누군가를 생각해보는 동안에도 '어떠십니까'는 그 뚱뚱한 신사의 손가락질 같은 말 한마디가 남아서 웽웽한다. 어떠냐니 무엇이 어떠냐누 – 아니 그게 누군가 – 오라 오라. 뚱뚱 신사는 바로 그의 아내가 다니고 있는 카페 R회관 주인이었다. 아내가 또 온 것 서너 달 전이다. 와서 그를 먹여 살리겠다는 것이었다. 빚 '백 원'을 얻어 쓸 때 그는 아내를 앞세우고 이 뚱뚱이 보는 데 타원형 도장을 찍었다. 그때 유카타를 입고 내려다보던 눈에서 느낀 굴욕을 오늘이라고 잊었을까. 그러나 그는 이게 누군지도 채 생각나기 전에 어언간 이 뚱뚱이에게 고개를 수그리지 않았나. 지금. 지금. 골수에 스미고 말았나 보다. 칙칙한 근성이 - 모르고 그랬다고 하면 말이 될까? 더럽구나. 무슨 구실로 변명하여야 되나. 에잇! 에잇 - 아무 것도 차라리 억울해 하지 말자 - 이렇게 맹세하자. 그러나 그의 뺨이 화끈 화끈 달았다. 눈물이 새금 새금 맺혀 들어왔다. 거미 - 분명히 그 자신이 거미였다. 물뿌리처럼 야위어 들어가는 아내를 빨아먹는 거미가 너 자신인 것을 깨달아라. 내가 거미다. 비린내 나는 입이다. 아니 아내는 그럼 그에게서 아무 것도 안 빨아먹느냐. 보렴 - 이 파랗게 질린 수염 자국 - 퀭한 눈 - 늘씬하게 만연되나마나하는 형영 없는 영양을 - 보아라. 아내가 거미다. 거미 아닐 수 있으랴. 거미와 거미 거미와 거미다. 서로 빨아먹느냐. 어디로 가나. 마주 야위는 까닭은 무엇인가. 어느 날 아침에나 뼈가 가죽을 찢고 내밀려는지 - 그 손바닥만 한 아내의 이마에는 땀이 흐른다. 아내의 이마에 손을 얹고 그래도 여전히 그는 잔인하게 아내를 밟았다. 밟히는 아내는 삼경이면 쥐소리를 지르며 찌그러지곤 한다. 내일 아침에 퍼지는 염낭처럼. 그러나 아주까리 같은 사치한 꽃이 핀다. 방은 밤마다 홍수가 나고 이튿날이면 쓰레기가 한 삼태기씩이나 났고 - 아내는 이 묵지간 쓰레기를 담아가지고 늦은 해를 보고 들어온다. 금 그듯이 아내는 작아 들어갔다. 쇠와 같이 독한 꽃 - 독한 거미 - 문을

닫자. 생명에 뚜껑을 덮었고 사람과 사람이 사귀는 버릇을 닫았고
그 자신을 닫았다. 온 갖 벗에서 – 온갖 관계에서 – 온갖 희망에서
– 온갖 욕(慾)에서 – 그리고 온갖 욕에서 – 다만 방 안에서만 그는
활발하게 발광할 수 있었다. 미역 핥을 수도 있었다. 전등은 그런
숨결 때문에 곧잘 꺼졌다. 밤마다 이 방은 고달팠고 뒤집어엎었고
방 안은 기어 병들어 가면서도 빠득빠득 버티고 있었다. 방 안은
쓰러진다. 밖에 와 있는 세상 – 암만 기다려도 그는 나가지 않는
다. 손바닥만 한 유리를 통하여 꿋꿋이 걸어가는 세월을 볼 수 있
을 따름이었다. 그러나 밤이 그 유리 조각마저도 얼른얼른 닫아주
었다. 안된다고.

7. 그러자 오는 그의 무색해하는 것을 볼 수 없다는 듯이 들창 셔터
를 내렸다. 자 나가세. 그는 여기서 나가지 않고 그냥 그의 방으로
돌아가고 싶었다. (6원짜리 셋방). 방밖에 없는 방. (편한 방). 그럴
수는 없다.
　"그 뚱뚱이 어떻게 아나."
　"그저 알지."
　"그저라니."
　"그저."
　"친헌가."
　"천만에 – 대체 그게 누군가."
　"그거 – 그건 가부꾼이지 – 우리 취인점허구는 돈 만 원 거래나
있지."

"흠."

"개천에서 용이 나려니까."

"흠."

R카페는 뚱뚱이의 부업인 모양이었다. 내일 밤은 A취인점이 고객을 초대하는 망년회가 R카페 3층 홀에서 열릴 터이고, 오는 그 준비를 맡았단다. 이때가 느지막해서 오는 R회관에 좀 들른단다. 그들은 차점에서 우선 홍차를 마셨다. 크리스마스트리 곁에서 축음기가 깨끗이 울렸다. 두루마기처럼 기다란 털외투 – 기름 바른 머리 – 금시계 – 보석 박힌 넥타이 핀 – 이런 모든 오의 차림이 한없이 그의 눈에 거슬렸다. 어쩌다가 저 지경이 되었을까. 아니 나야말로 어쩌다가 이 모양이 되었을까. (돈이었다)사람을 속였단다. 다 털어먹은 후에는 볼품 좋게 여비를 주어서 쫓는 것이었다. 삼십까지 백만 원. 주체할 수 없이 달라붙는 계집. 자네도 공연히 꾸물꾸물하지 말고 청춘을 이렇게 대우하라는 것이었다(거침없는 오 이야기). 어쩌다가 아니 – 어쩌다가 나는 이렇게 훨씬 물러앉고 말았나를 알 수가 없었다. 다만 모든 이런 오의 저속한 큰소리가 맹탕 거짓말 같기도 하였으니 또 안 부러워하려야 안 부러워할 수 없는 형언 안 되는 것이 확실히 있는 것도 같았다.

8. 지난 봄에 오는 인천에 있었다. 10년 – 그들의 깨끗한 우정이 꿈과 같은 그들의 소년 시대를 그냥 아름다운 것으로 남게 하였다. 아직 싹트지 않은 이른 봄. 건강이 없는 그는 오와 사직 공원 산기슭을 같이 걸으며 오가 긴히 이야기해야겠다는 이야기를 듣고 있

었다. 너무나 뜻밖의 일은 – 오의 아버지는 백만의 가산을 날리고 마지막 경매가 완전히 끝난 것이 바로 엊그제라는 – 여러 형제 가운데 이 오에게만 단 한 줄기 촉망을 두는 늙은 기미(期米) 호걸의 애끊는 글을 오는 속주머니에서 꺼내 보이고 – 저버릴 수 없는 마음이 – 오는 운다 – 우리 일생의 일로 정하고 있던 화필을 요만 일에 버리지 않으면 안 되겠느냐는 – 전에도 후에도 한 번밖에 없는 오의 종종(淙淙)한 고백이었다. 그때 그는 봄과 함께 건강이 오기만 눈이 빠지게 고대하던 차 – 그도 속으로 화필을 던진 지 오래였고 – 묵묵히 머지않아 쪼개질 축축한 지면을 굽어보았을 뿐이었다. 그리고 뒤미처 태풍이 왔다. 오너라 – 와서 내 생활을 좀 보아라 – 이런 오의 부름을 빙그레 웃으며 그는 인천에 오를 들렀다. 사사(四四) – 벅적대는 해안통 – K취인점 사무실 – 어디로 갔는지 모르는 오의 형영 깎은 듯한 오의 집무 태도를 그는 여전히 건강이 없는 눈으로 어이없이 들여다보고 오는 날을 오는 날을 탄식하였다. 방은 전화 자리 하나를 남기고 빽빽이 방안지로 메꿔져 있었다. 낡기도 전에 갈리는 방안지 위에 붉은 선 푸른 선의 높고 낮은 것 – 오의 얼굴은 일시 일각이 한결같지 않았다. 밤이면 오를 따라 양철 조각 같은 바로 얼마든지 쏘다닌 다음 –(시끼시마) – 나날이 축가는 몸을 다스릴 수 없었건만 이상스럽게 오는 6시면 깨었고 깨어서는 화등잔 같은 눈알을 이리 굴리고 저리 굴리고 빨간 뺨이 까딱하지 않고 9시까지는 해안통 사무실에 영락없이 있었다. 피곤하지 않는 오의 몸이 아마 금강력(金剛力)과 함께 – 필연 – 무슨 도, 고도를 통하였나 보다. 낮이면 오의 아버지는 울적한 심사를 하나 남은 가야금에 붙이고, 이따금 자그마한 수첩에 믿는 아들에게서 걸리는 전화를 만족한 듯이 적는다. 미닫이를 열면 경인 열차가 가끔 보인다. 그는 오의 털외투를 걸치고 월미도 뒤를 돌아 드문드문 아직도 덜 진 꽃나무 사이 잔디 위에 자리를 잡고 반듯이 누워서 봄이 오고 건강이 아니 온 것을 글탄하였다. 내다보이는 바다 – 개흙밭 위로 바다가 한 벌 드나들더니 날이 저물고 저물고 하였다. 오후 4시 오는 휘파람을 불며 이 날마다 같은 잔디로 그를 찾아온다. 천막 친 데서 흔들리는 포터블을 들으며 차를 마시고 사슴을 보고 너무 긴 방축 중간에서 좀 선선한 아이스크림을 사 먹고 굴 캐는 것을 좀 보고 오 방에서 신문과 저녁이 정답게 끝난다. 이런 한 달 – 5월 – 그는 바로 그 잔디 위에서 어느덧 배따라기를 배웠다. 흉중에 획책하던 일이 날마다 한 커씩 바다로 흩어졌다. 인생에 대한 끝없는 주저를 잔뜩 지니고 인천서 돌아온 그의 방에서는 아내의 자취를 찾을 길이 없었다. 부모를 배역한 이런 아들을 아내는 기어이 이렇게 잘 똥겨주는구나 – (문학)(시) 영구히 인생을 망설거리기 위하여 길 아닌 길을 내디뎠다 그러나 또 튀려는 마음 – 비뚤어진 젊음(정치) 가끔 그는 투어리스트 뷰로에 전화를 걸었다. 원양 항해의 배는 늘 방안에서만 기적도 불고 입항도 하였다. 여름이 그가 땀 흘리는 동안에 가고 – 그러나 그의 등의 땀이 걷히기 전에 왕복엽서 모양으로 아내가 초조히 돌아왔다. 낡은 잡지 속에 섞여서 배고파하는 그를 먹여 살리겠다는 것이다. 왕복엽서 – 없어진 반 – 눈을 감고 아내의 살에서 허다한 지문 내음새를 맡았다. 그는 그의 생활의 서술에 귀찮은 공을 쳤다. 끝났다. 먹여

라 먹으마 – 머리도 잘라라 – 머리 지지는 10전짜리 인두 – 속옷
밖에 필요치 않은 하루 – R카페 – 뚱뚱한 유카타 앞에서 얻은 백
원 – 그러나 그 백 원을 그냥 쥐고 이천 오에게로 달려가는 그의
귀에는 지난 5월 오가 – 백 원을 가져오너라 우선 석 달 만에 백
원 내놓고 5백 원을 주마 – 는 분간할 수 없지만 너무 든든한 한
마디 말이 쟁쟁하던 까닭이다. 그리고 도전(盜電)하는 그에게 아내
는 제 발이 저려 그랬겠지만 잠자코 있었다. 당하였다. 신문에서
배 시간표를 더러 보기도 하였다. 오는 두서너 번 편지로 그의 그
런 생활 태도를 여간 칭찬한 것이 아니다. 오가 경성으로 왔다. 석
달은 한 달 전에 끝이 났는데 – 오는 인천서 오에게 버는 족족 털어
바치던 아내(라고 오는 결코 부르지 않았지만)를 벗어버리고 – 그
까짓 것은 하여간에 오의 측량할 수 없는 깊은 우정은 그 넉 달 전
의 일도 또한 한 달 전에 으레 있었어야 할 일도 광풍제월 같이 잊
어버린 – 참 반가운 편지가 요 며칠 전에 그의 닫은 생활을 뚫고
들어왔다. 그는 가을과 겨울을 잤다. 계속하여 자는 중이었다 – 에
이 그래 이 사람아 한번 파치가 된 계집을 또 데리고 살다니 하는
오의 필시 그럴 공연한 쑤석질도 싫었었고 – 그러나 크리스마스
– 아니다. 어디 그 꿩 구워 먹은 좋은 얼굴을 좀 보아두자 – 좋은
얼굴 – 전날의 오 – 그런 것이지 – 주체할 수 없게 되기 전에 여기
다가 동그라미를 하나 쳐두자 – 물론 아내는 아무 것도 모른다.

2

9. 그날 밤에 아내는 멋없이 층계에서 굴러 떨어졌다. 못났다. 도

저히 알아볼 수 없는 이 긴가민가한 오와 그는 어디서 술을 먹었다. 분명히 아내가 다니고 있는 R회관은 아닌 그러나 역시 그는 그의 아내와 조금도 틀린 곳을 찾을 수 없는 너무 많은 그의 아내들을 보고 소름이 끼쳤다. 별의별 세상이다. 저렇게 해놓으면 어떤 것이 어떤 것인지 - 오 - 가는 것을 보면 알겠군 - 두 시에는 남편 노릇하는 사람들이 일일이 영접하려 오는 그들 여급의 신기한 생활을 그는 들어 알고 있다. 아내는 마주 오지 않는 그를 애정을 구실로 몇 번이나 책망하였으나 들키면 어떻게 하려느냐 - 누구에게 - 즉 - 상대는 보기 싫은 넓적하게 생긴 세상이다. 그는 이 왔다 갔다 하는 똑같이 생긴 화장품 - 사실 화장품의 고하(高下)가 그들을 구별시키는 외에는 표난 데라고는 영 없었다 - 얼숭덜숭한 아내들을 두리번두리번 돌아보았다. 헤헤 - 모두 그렇겠지 - 가서는 방에서 - (참 당신은 너무 닮았구려) - 그러나 내 아내는 화장품을 잘 사용하지 않으니까 - 아내의 파리한 바탕 - 주근깨 - 코보다 작은 코. 입보다 작은 입 - (화장한 당신이 화장 안 한 아내를 닮았다면?) - '용서하오' - 그러나 아내만은 왜 그렇게 야위나. 무엇 때문에 (네 죄)(네가 모르느냐)(알지) 그러나 이 여자를 좀 보아라. 얼마나 이글이글하게 살이 오르냐. 잘 쪘다. 곁에 와 앉기만 하는데도 후끈후끈하구나. 오의 귓속말이다.

　"이게 마유미야. 이 뚱뚱보가 - 하릴없이 양돼진데 좋아. 좋단 말이야 - 금(金)알 낳는 게사니 이야기 알지(알지). 즉 화수분이야 - 하루 저녁에 3월 4월 5월 - 잡힐 물건이 없는데 돈 주는 전당국이야(정말?). 아 - 나의 사랑 마유미거든."

10. 지금쯤은 아내도 저 짓을 하렷다. 아프다. 그의 찌푸린 얼굴을 얼른 오가 껄껄 웃는다. 흥 - 고약하지 - 하지만 들어보게 - 소바에 계집은 절대 금물이다. 그러나 살을 저며 먹이려고 달겨드는 것을 어쩌느냐(옳다 옳다). 계집이란 무엇이냐. 돈 없이 계집은 무의미다 - 아니 계집 없는 돈이야말로 무의미다(옳다 옳다). 오야, 어서 다음을 계속하여라. 따면 따는 대로 금시계를 산다. 몇 개든지. 또 보석, 털외투를 산다. 얼마든지 비싼 것으로. 잃으면 그놈을 끄린다. 옳다(옳다 옳다). 그러나 이 짓은 좀 안타까운걸. 어떻게 하는고 하니 계집을 하나 찰짜로 골라가지고 쓱, 시계 보석을 사주었다가 도로 빼앗아다가 끄리고 또 사주었다가 또 빼앗아다가 끄리고 - 그러니까 사주기는 사주었는데 그놈이 평생 가야 제 것이 아니고 내 것이거든 - 쓱 얼마를 그런 다음에는 - 그러니까 꼭 여급이라야만 쓰거든 - 하루저녁에 아따 얼마를 벌든지 버는 대로 털거든 - 살을 저며 먹이려 드는데 하루에 아 삼사 원 털기쯤 - 보석은 또 여전히 사주니까 남는 것은 없어도 여러 번 사준 폭 되고 내가 거미지. 거민 줄 알면서도 - 아니야, 나는 또 제 요구를 안 들어주는 것은 아니니까 - 그렇지만 셋방 하나 얻어가지고 같이 살자는 데는 학질이야 - 여보게 거기까지 가면 삼십까지 백만 원 꿈은 세봉이지(옳다? 옳다?). 소바란 놈 이따가 부자 되는 수효보다는 지금 거지 되는 수효가 훨씬 더 많으니까. 다 저런 것이 하나 있어야 든든하지. 즉 배수진을 쳐 놓자는 것이다. 오는 현명하니까 이 금알 낳는 게사니 배를 가를 리는 천무만무다. 저 더덕더덕 붙은 볼따구니 두껍다란 입술이 생각하면 다시없이 귀엽기도 할밖에.

11. 그의 눈은 주기로 하여 차차 몽롱하여 들어왔다. 개개풀린 시선이 그 마유미라는 고깃덩어리를 부러운 듯이 살피고 있었다. 아내 - 마유미 - 아내 - 자꾸 말라 들어가는 아내 - 꼬챙이 같은 아내 - 그만 좀 마르지 - 마유미를 좀 보려무나 - 넓적한 잔등이 푼더푼더한 폭, 폭, 폭을. 세상은 고르지도 못하지 - 하나는 옥수수 과자 모양으로 무럭무럭 부풀어 오르고 하나는 눈에 보이듯이 오그라들고 - 보자 - 어디 좀 보자 - 인절미 굽듯이 부풀어 올라오는 것이 눈으로 보이렷다. 그러나 그의 눈은 어항에 든 금붕어처럼 눈자위 속에서 그저 오르락내리락 꿈틀거릴 뿐이었다. 화려하게 웃는 마유미의 복스러운 얼굴이 해초처럼 느리게 움직이는 것이 희미하게 보일 뿐이었다. 오는 이런 코를 찌르는 화장품 속에서 웃고 소리지르고 손뼉을 치고 또 웃었다.

　왜 오에게만 저런 강력한 것이 있나. 분명히 오는 마유미에게 이러지 못하도록 금하여놓았으리라. 명령하여 놓았나 보다. 장하다. 힘. 의지? - 그런 강력한 것 - 그런 것은 어디서 나오나. 내 - 그런 것만 있다면 이 노릇 안 하지 - 일하지 - 일하지 - 하여도 잘하지 - 들창을 열고 뛰어내리고 싶었다. 아내에게서 그 악착한 끄나풀을 끌러 던지고 훨훨 줄달음박질을 쳐서 달아나버리고 싶었다. 내 의지가 작용하지 않는 온갖 것아. 없어져라. 닫자. 첩첩이 닫자. 그러나 이것도 힘이 아니면 무엇이랴 - 시뻘겋게 상기한 눈이 살기를 띠고 명멸하는 황홀경 담벼락에 숨 쉴 구멍을 찾았다. 그냥 벌벌 떨었다. 텅 빈 골속에 회오리바람이 일어난 것같이 완전히 전후를 가리지 못하는 일개 그는 추잡한 취한으로 화하고 말았다.

12. 그때 마유미는 그의 귀에다 대고 속삭인다. 그는 목을 움칫하면서 혀를 내밀어 날름날름하여 보였다. 그러나저러나 너무 먹었나보다 – 취하기도 취하였거니와 이것은 배가 좀 너무 부르다. 마유미, 무슨 이야기요.

"저이가 거짓말쟁인 줄 제가 모르는 줄 아십니까. 알아요. (그래서) 미술가라지요. 생딴전을 해놓겠지요. 좀 타일러주세요 – 어림없이 그러지 말라구요 – 이 마유미는 속는 게 아니라구요 – 제가 이러는 게 그야 좀 반허긴 반했지만 – 선생님은 아시지요(알고말고) – 어쨌든 그따위 *끄나풀*이 한 마리 있어야 삽니다 (뭐? 뭐?). 생각해보세요 – 그래 하룻밤에 삼사 원씩 벌어야 뭣에다 쓰느냐 말이에요 – 화장품을 사나요, 옷감을 끊나요? 거 다 뭐 하나요 – 얼마 못 가서 싫증이 납니다 – 그럼 거지를 주나요? 아이구 참 – 이 세상에서 제일 미운 게 거집니다. 그래두 저런 *끄나풀*을 한 마리 가지는 게 화장품이나 옷감보다는 훨씬 낫습니다. 좀처럼 싫증 나는 법이 없으니까요 – 즉 남자가 외도하는 – 아니 – 좀 다릅니다. 하여간 싸움을 해가면서 벌어다가 그날 저녁으로 저 *끄나풀*한테 빼앗기고 나면 – 아니 송두리째 갖다 바치고 나면 속이 시원합니다. 구수합니다. 그러니까 저를 빨아 먹는 거미를 제 손으로 기르는 셈이지요. 그렇지만 또 이 허전한 것을 저 *끄나풀*이 다소곳이 채워주거니 하면 아까운 생각은커녕 즈이가 도리어 거민가 싶습니다. 돈을 한 푼도 벌지 말면 그만이겠지만 언제 그만해도 이 생활이 살에 척 배어버려서 얼른 그만 두기도 어렵고 허자니 그러기는 싫습니다. 이를 북북 갈아 젖혀 가면서 기를 쓰고 빼앗습니다."

13. 양말 - 그는 아내의 양말을 생각하여보았다. 양말 사이에서는 신기하게도 밤마다 지폐와 은화가 나왔다. 50전짜리가 딸랑하고 방바닥에 굴러 떨어질 때 듣는 그 음향은 이 세상 아무 것에도 비길 수 없는 가장 숭엄한 감각에 틀림없었다. 오늘 밤에는 아내는 또 몇 개의 그런 은화를 정강이에서 배앝아놓으려나. 그 북어와 같은 종아리에 난 돈 자국 - 돈이 살을 파고 들어가서 - 고놈이 아내의 정기를 속속들이 빨아내나 보다. 아 - 거미 - 잊어버렸던 거미 - 돈도 거미 - 그러나 눈 앞에 놓여 있는 너무나 튼튼한 쌍거미. 너무 튼튼하지 않으냐. 담배를 한 대 피워물고 - 참 아내야. 대체 내가 무엇인 줄 알고 죽지 못하게 이렇게 먹여 살리느냐 - 죽는 것 - 사는 것 - 그는 천하다. 그의 존재는 너무나 우스꽝스럽다. 스스로 지나치게 비웃는다.

그러나 - 2시 - 그 황홀한 동굴 - 방 - 을 향하여 걸음은 빠르다. 여러 골목을 지나 - 오야 너는 너 갈 데로 가거라 - 따뜻하고 밝은 들창과 들창을 볼 적마다 - 닭 - 개 -소는 이야기로만 - 그리고 그림엽서 - 이런 펄펄 끓는 심지를 부여잡고 그 화끈화끈 방을 향하여 쏟아지듯이 몰려간다. 전신의 피 - 무게 - 와 있겠지 - 기다리겠지 - 오랜간만에 취한 실없는 사건 - 허리가 녹아나도록 이 녀석 - 이 녀석 - 이 엉뚱한 발음 - 숨을 힘껏 들이쉬어두자. 숨을 힘껏 쉬어라. 그리고 참자. 에라. 그만 아주 미쳐버려라.

그러나 웬일일까. 아내는 방에서 기다리고 있지 않았다. 아하 - 그날이 왔구나 (왜 왔는지 알기 전에) 왜 갔는지 모르고 지나는 중에 너는 또 오려느냐 - 내친 걸음이다. 아니 - 아주 달아버릴까.

수챗구멍에 빠져서라도 섣불리 세상이 업신여기려도 업신여길 수
없도록 — 트집거리를 주어서는 안된다. R카페 — 내일 A취인점이
고객을 초대하는 망년회를 열 — 아내 — 뚱뚱 주인이 받아가지고
간 내 인사 — 이 저주받아야 할 R카페의 뒷문으로 하여 주춤주춤
그는 조바에 그의 헙수룩한 꼴을 나타내었다. 조바. 내 다 안다 —
너희들이 얼마에 사다가 얼마에 파나 — 알면 무엇을 하나 — 여보
안경 쓴 부인 말 좀 물읍시다 (아이구 복작거리기도 한다. 이 속에
서 어떻게들 사누). 부인은 통신부같이 생긴 종잇조각에 차례차례
도장을 하나씩만 찍어준다. 아내는 일상 말하였다. 얼마를 벌든지
1원씩만 갚는 법이라고 — 딴은 무이자다 — 어째서 무이자냐 — (아
느냐) — 돈이 같지 않더냐 — 그야말로 도통을 하였느냐. 그래

"나미코가 어디 있습니까."

"댁에서 오셨나요. 지금 경찰서에 가 있습니다."

"뭐 잘못했나요."

"아아니 — 이거 어째 이렇게 칠칠치가 못할까."

는 듯이 칼을 들고 나온 쿡이 똑똑히 좀 들으라는 이야기다. 아내
는 층계에서 굴러 떨어졌다. 넌 왜 요렇게 빼빼 말랐니 — 아야 아
야 놓으세요. 말 좀 해봐. 아야아야 놓으세요(눈물이 핑 돌면서).
당신은 왜 그렇게 양돼지 모양으로 살이 쪘소오 — 뭐야. 양돼지?
— 양돼지가 아니고 — 에이 발칙한 것. 그래서 발길로 채였고 채여
서는 층계에서 굴러 떨어졌고 굴러 떨어졌으니 분하고 — 모두 분
하다.

"과히 다치지는 않았지만 그런 놈은 버릇을 좀 가르쳐주어야 하

느니 그래 경관은 내가 불렀소이다."

14. 말라깽이라고 그런 점잖은 손님의 농담에 어찌 외람히 말대꾸를 하였으며 말대꾸도 유분수지 양돼지라니. 그래 생각해보아라. 내가 말라깽이가 아니고 무엇이냐 - 암 - 내라도 양돼지 소리를 듣고는 - 아니 말라깽이 소리를 듣고는 - 아니 양돼지 소리를 듣고는 - 아니다 아니다 말라깽이 소리를 듣고는 - 나도 사실은 말라깽이지만 - 그저 있을 수 없다 - 양돼지라 그래줄 밖에 - 아니 그래 양돼지라니 그런 괘씸한 소리를 듣고 내가 손님이라면 그냥 패주겠다. 그렇지만 아내야 양돼지 소리 한마디만은 잘했다. 그러니까 걷어채였지 - 아니 나는 대체 누구 편이야. 눅 편을 들고 있는 셈이냐. 그 대그락대그락하는 몸이 은근히 다쳤겠지 - 접시 깨지듯 하겠지 - 아프다. 아프다. 앞이 다 캄캄하여지기 전에 사부로가 씨근씨근 왔다. 남편 되는 이더러 오란단다. 바로 나요 - 마침 잘 되었습니다. 나쁜 놈입니다 고소하세요. 여급들과 보이들과 이 다바들의 동정은 실로 나미코 일신 위에 집중되어 형세 자못 온건치 않은 것이었다.

15. 경찰서 숙직실 - 이상하다 - 우선 경부보와 순사 그리고 오. R카페 뚱뚱 주인 그리고 과연 양돼지와 같은 범인 (저건 양돼지라고 자칫 그러기 쉬울걸) 그리고 난로 앞에 새파랗게 질린 채 쪼그리고 앉아 있는 생쥐만 한 아애 - 그는 얼빠진 사람 모양으로 이 진기한 - 도저히 있을 법하지 않은 콤비네이션을 몇 번이나 두루

살펴보았다. 그는 비칠비칠 그 양돼지 앞으로 가서 개기름 흐르는 얼굴을 한참이나 들여다보더니 떠억

"당신입디까."

"당신입디까."

아마 안면이 무던히 있었나 보다. 서로 쳐다보며 빙그레 웃는 속이 - 그러나 아내야 가만있자 - 제발 울음을 그쳐라 - 어디 이야기나 좀 해보자꾸나. 후 한 - 숨을 내쉬고 났더니 멈췄던 취기가 한꺼번에 치밀어 올라오면서 그는 금시로 그 자리에 쓰러질 것 같았다. 와이샤츠 자락 바지 밖으로 꿰져나온 이 양돼지에게 말을 건넨다.

"뵈옵기에 퍽 몸이 약하신데요."

"딴 말씀."

"딴 말씀이지."

"딴 말씀이지라니."

"허 딴 말씀이라니까."

"허 딴 말씀이라니까라니."

그때 참다못하여 경부보가 소리를 질렀다. 그리고 그대가 나미코의 정당한 남편인가 이름은 무엇인가 직업은 무엇인가 하는 질문에는 질문마다 그저 한없이 공손히 고개를 숙여주었을 뿐이었다. 고개만 그렇게 공연히 숙였다 치켰다 할 것이 아니라 그대는 그래 고소할 터인가, 즉 말하자면 이 사람을 어떻게 하였으면 좋겠는가. 그렇습니다(당신들 눈에 내가 구더기만큼이나 보이겠소? 이 사람을 어떻게 하였으면 좋을까는 내가 모르면 경찰이 알겠거니와

그래 내가 하라는 대로 하겠다는 말이요?). 지금 내가 어떻게 하였으면 좋을까는 누구에게 물어보아야 되나요. 거기 섰는 오 그리고 내 아내의 주인 나를 위하여 가르쳐주소. 어떻게 하였으면 좋으리까. 눈물이 어느 사이에 뺨을 흐르고 있었다. 술이 점점 더 취하여 들어온다. 그는 이 자리에서 어떻다고 차마 입을 벌릴 정신도 용기도 없었다. 오와 뚱뚱 주인이 그의 어깨를 건드리며 위로한다.

"다른 사람이 아니라 우리 A취인점 전무야. 술 취한 개라니 그렇게만 알게나그려. 자네도 알다시피 내일 망년회에 전무가 없으면 사장이 없는 것 이상이야. 잘 화해할 수는 없나?"

"화해라니 누구를 위해서."

"친구를 위하여."

"친구라니."

"그럼 우리 점을 위해서."

"자네가 사장인가."

그때 뚱뚱 주인이

"그럼 당신의 아내를 위하여."

백 원씩 두 번 얻어 썼다. 남은 것이 백오십 원 – 잘 알아들었다. 나를 위협하는 모양이구나.

"이건 동화지만 세상에는 어쨌든 이런 일도 있소. 즉 백 원이 석 달 만에 꼭 5백 원이 되는 이야긴데 꼭 되었어야 할 5백 원이 그게 넉 달이었기 때문에 감쪽같이 한 푼도 없어져 버린 신기한 이야기요(오야 내가 좀 치사스러우냐). 자 이런 일도 있는데 일개 여급 발길로 차는 것쯤이야 팥고물이 아니고 무엇이겠소 (그러나 오

야 일없다 일없다)? 자 나는 가겠소. 왜들 이렇게 성가시게 구느
냐. 나는 아무것에도 참견하기 싫다. 이 술을 곱게 삭이고 싶다.
나를 보내주시오. 아내를 데리고 가겠소. 그러고는 다 마음대로 하
시오."

16. 밤 – 홍수가 고갈한 최초의 밤 – 신기하게도 건조한 밤이었다.
아내야 너는 이 이상 더 야위어서는 안 된다. 절대로 안 된다. 명령
해둔다. 그러나 아내는 참새 모양으로 깽깽 신열까지 내어가면서
날이 새도록 앓았다. 그 곁에서 그는 이것은 너무나 염치없이 씨근
씨근 쓰러지자마자 잠이 들어버렸다. 안 골던 코까지 골고 – 아
– 정말 양돼지는 누구냐. 너무 피곤하였던 것이다. 그냥 기가 막혀
버렸던 것이다.

　그 동안 – 긴 시간.

　아내는 아침에 나갔다. 사부로가 불러왔기 때문이다. 경찰서로
간단다. 그도 오란다. 모든 것이 귀찮았다. 다리 저는 아내를 억지
로 내어보내놓고 그는 인간 세상의 하품을 한 번 커다랗게 하였다.
한없이 게으른 것이 역시 제일이구나. 첩첩이 덧문을 닫고 앓는 소
리 없는 방 안에서 이번에는 정말 – 제발 될 수 있는 대로 아내는
오래 걸려서 이따가 저녁때나 되거든 돌아왔으면 그러든지 – 경우
에 따라서는 아내가 아주 가버리기를 바라기조차 하였다. 두 다리
를 쭉 뻗고 깊이깊이 잠이 좀 들어보고 싶었다.

　오후 2시 – 10월 지폐가 두 장이었다. 아내는 그 앞에서 연해
해죽거렸다.

"누가 주더냐."

"당신 친구 오씨가 줍디다."

오오. 오 역시 오로구나(그게 네 백 원 꿀꺽 삼킨 동화의 주인공
이다). 그리운 지난날의 기억들 변한다 모든 것이 변한다. 아무리
그가 이 방 덧문을 첩첩 닫고 1년 열두 달을 수염도 안 깎고 누워
있다 하더라도 세상은 그 잔인한 관계를 가지고 담벼락을 뚫고 스
며든다. 오래간만에 정다운 잠을 참 한창 늘어지게 잤다. 머리가
차츰 맑아 들어온다.

"오가 주더라. 그래 뭐라고 그러면서 주더냐."

"전무가 술이 깨서 참 잘못했다고 사과하더라고."

"너 대체 어디까지 갔다 왔느냐."

"조바까지."

"잘한다. 그래 그걸 납죽 받았느냐."

"안 받으려다가 정 잘못했다고 그러더라니까."

그럼 오의 돈은 아니다. 전무? 뚱뚱 주인 둘다 있을 뻔한 일이
다. 아니. 10월씩 추렴인가. 이런 때 왜 그의 머리는 맑은가. 그냥
흐려서 아무 것도 생각할 수 없이 되어버렸으면 작히 좋겠나. 망년
회 오후. 고소. 위자료. 구더기. 구더기만 못한 인간 아내는. 아프
다면서 재재댄다.

"공돈이 생겼으니 써버립시다. 오늘은 안 나갈테야 (멍든 데 고
약 사바를 생각은 꿈에도 하지 않고). 내일 낮에 치마가 한 감 저고
리가 한 감(뭣이 하나 뭣이 하나)(그래서 10원은 까불린 다음) 나머
지 10원은 당신 굳 한 켤레 맞춰주기로."

마음대로 하려무나. 나는 졸리다. 졸려 죽겠다. 코를 풀어버리
더라도 내게 의논마라. 지금쯤 R회관 3층에 얼마나 장중한 연회가
열렸을 것이며 양돼지 전무는 와이샤츠를 접어 넣고 얼마나 점잖
을 것인가. 유치장에서 연회로(공장에서 가정으로) 20원짜리 2백
여 명 – 칠면조 – 햄 – 소시지 – 비계 – 양돼지 – 1년 전 2년 전 10
년 전 – 수염 – 냉회와 같은 것 – 남은 것 – 뼈다귀 – 지저분한 자
국 – 과 무엇이 남았느냐 – 닫은 1년 동안 – 산 채 썩어 들어가는
그 앞에 가로 놓인 아가리 딱 벌린 1월이었다.

위로가 될 수 있었나 보다. 아내는 혼곤히 잠이 들었다. 전등이
딱들 하다는 듯이 물끄러미 내려다보고 있다. 진종일을 물 한 모금
마시지 않았다. 20원 때문에 그들 부부는 먹어야 한다는 철칙을 –
그 장중한 법률을 완전히 거역할 수 있었다.

17. 이것이 지금 이 기괴망측한 생리현상이 즉 배가 고프다는 상태
렸다. 배가 고프다. 한심한 일이다. 부끄러운 일이었다. 그러나 오
(吳), 네 생활에 내 생활을 비교하여 아니 내 생활에 네 생활을 비
교하여 어떤 것이 진정 우수한 것이냐. 아니 어떤 것이 진정 열등
한 것이냐. 외투를 걸치고 모자를 얹고 – 그리고 잊어버리지 않고
그 20원을 주머니에 넣고 집 – 방을 나섰다. 밤은 안개로 하여 흐
릿하다. 공기는 제대로 썩어 들어가는지 쉬적지근하여, 또 – 과연
거미다(환토) – 그는 그의 손가락을 코밑에 가져다가 가만히 맡아
보았다. 거미 내음새는 – 그러나 20원을 요모조모 주무르던 그 새
큼한 지폐 냄새가 참 그윽할 뿐이었다. 요 새큼한 냄새 – 요것 때

문에 세상은 가만있지 못하고 생사람을 더러 잡는다. 더러가 뭐냐. 얼마나 많이 축을 내나. 가다듬을 수 없는 어지러운 심정이었다. 거미 – 그렇지 – 거미는 나밖에 없다. 보아라. 지금 이 거미의 끈적끈적한 촉수가 어디로 몰려가고 있나 – 쪽 소름이 끼치고 식은 땀이 내솟기 시작이다.

노한 촉수 – 미유미 – 오의 자신있는 계집 – 끄나풀 – 허전한 것 – 수단은 없다. 손에 쥔 20원 – 마유미 – 10원은 술 먹고 10원은 팁으로 주고 그래서 마유미가 응하지 않거든 예이 양돼지라고 그래 버리지. 그래도 그만이라면 20원은 그냥 날아가 – 헛되다 – 그러나 어쩌냐. 공돈이 아니냐. 전무는 한 번 더 아내를 층계에서 굴러 떨어뜨려주려므나. 또 20원이다. 10원은 술값 10원은 팁. 그래도 마유미가 응하지 않거든 양돼지라고 그래주고 그래도 그만이면 20원은 그냥 뜨는 것이다. 부탁이다. 아내야. 또 한 번 전무 귀에다 대고 양돼지 그래라. 걷어차거든 두 말 말고 층계에서 내리굴러라.

[해독] 이 글의 내용은 우정의 배신이다. 그 중심에는 금전사기가 있다. 오는 이상의 절친한 친구이다. 앞서 제8장의 시 「오스카 와일드」의 주인공 旭이다. 아침 해이다. 그 우정은 "아름답다"고 하였다. 아름다움의 상징은 황금비율이다. 그 오가 이상에게 100원을 가져오면 500원으로 만들어주겠다고 꼬인다. 더할 나위 없는 "이상적인" 달콤한 유혹이니 이 또한 황금비율이다. 이상은 당한다. 돈을 날리니 유혹의 이상형이 깨졌다. 변한 우정으로 황금비율

의 우정도 무너졌다. 친구의 이름이 이상의 글에서 욱→오로 변한다. 떠오르는 아침 태양(旭)이 금융도박의 오락(娛)으로 잘못되고(誤) 더러워진(汚) 이름이다. 돈도 잃고 친구도 잃어 이중의 황금비율이 날아갔다. 이상은 복수를 꿈꾸지만 그마저 실패한다.

이상이 친구의 꼬임으로 500원에 현혹되어 아내의 직장 상사에게 100원을 빌린다. 일숫日收돈이다. 이 돈은 이 글에서는 그 내용으로 보아 100일에 이자가 100원이 되는 고리대금이다. 이처럼 이 글에는 두 가지 금전거래가 교직交織되어 있다.

1921년 반복창은 500원을 갖고 인천의 미두米豆시장에 뛰어들어 단 한 번의 거래로 18만 원(현재 시세 180억 원)을 거머쥐게 된다. 당시 일본에서는 폭동이 일어날 정도로 쌀은 문제였다. 일본의 제1차 세계 대전 참전에 이은 시베리아 출병으로 쌀은 부족하였다. 반복창은 다시 쌀 시세를 정확하게 예측하여 재산을 40만 원으로 불렸다. 그러나 거듭되는 투기가 거듭 성공하리라는 보장이 없다. 상황이 변하여 그가 거지가 되는 시간은 1년이면 충분하였다. 쌀의 선물시장을 둘러싸고 금전사기가 횡행하였다. 쌀의 선물투자가 본문에서 말하는 "기미期米"이다. 현진건도 기미투기로 재산을 잃고 말년이 어려웠다.

본문에서 친구 오의 아버지가 반복창처럼 기미(미두투기)로 거부가 되었다가 미두투기로 거지가 된다. 앞서 「오스카 와일드」에서도 소개되었다. 거부, 거지, 거미, 기미는 발음이 비슷하다. 본문에서 오가 아버지의 뒤를 따라 미두시세를 이용하여 금전사기를 한다. 금전사기를 해부하기 전에 1920년대의 대표적인 금전사기를 생각해 본다. 이상은 이 글을 쓸 때 반복창과 함께 폰지 사기라는 유명한 금전사기를 떠올렸을 것이다.

1920년 찰스 폰지Charles Ponzi는 투자자들에게 100원을 투자하면 90일에 200원을 만들어준다고 선전하여 많은 고객을 모았다. 폰지는 그렇게 모은 돈을 투자하지 않고 자신이 착복한 뒤 상환일이 다가오면 다시 투자자를 모아 앞의 투자자의 원리금을 갚았다. 뒤의 김씨를 털어 앞의 박씨에게 주는 식이다. 모으는 고객의 수가 이자율만큼 증가하여야 이 사기극은 계속될 수 있다. 피라미드 사기극이다. 이자율이 월 26퍼센트이므로 이 금전놀이는 고객을 매달 26퍼센트 모으는 것이 불가능하므로 실패할 수밖에 없었다. 이러한 금전사기꾼을 신용인confidence man 또는 신용기술자confidence artist라고 부르고 꼬임에 넘어가는 고객을 '빨아먹는 자sucker'라고 불렀다. '잘 속아 넘어가는 사람'이라는 뜻이지만 '거미'를 연상시키니 앞의 거미(박씨)가 뒤의 거미(김씨)를 빨아먹는다. 종국에는 거미끼리 싸우게 된다. 금융시장에서는 '개미'군단이라는 표현을 쓴다. 여기서는 거미이다. 큰손에게 늘 당하는, 글자 그대로 '빨리는 자들'이다. 돼지豕의 또 다른 한자 돈豚은 돈과 발음이 같으며 돼지꿈은 복권당첨 꿈이다. 돼지 가운데 서양돼지 곧 '양돼지'는 돼지저금통에서 연상되듯이 금융업자, 여기서는 사기금융업자를 가리킨다.

이 글의 제목은 희생자(거미=蜘蛛)가 사기금융업자(양돼지=豕)를 만나(會) 사기당하는 사건을 자신의 일상사에 빗대어 희극으로 그렸다. 이상과 아내가 함께 양돼지에게 당하니 쌍거미(蜘蛛)이다. 19세기 도덕의 이상이 20세기 금융사기꾼으로 변신한 친구에게 당한

것이다. "20세기를 생활하는 데 19세기의 도덕성밖에는 없으니 나
는 영원한 절름발이로다."[4] 그 무대의 주역protagonist은 이상과 아
내, 적대역antagonist은 오와 전무이다. 이상은 오가 황금비율로 표
현되는 이상적인 벗이라고 생각한다. 그러나 배신당한다. 우정의
배신. 蜘蛛 대 豕. 황금비율 대 사기. 이것이 이 글의 내용이다.

　셰익스피어의 비극『맥베스』는 군신의 배신, 친구의 배신을 그
린 것이다. 흥미롭게도 이 작품을 일본의 구로사와黑澤明 감독이 영
화로 연출한 제목이 蜘蛛巢城(1957)이다. 거미의 성은 배신의 소굴
이라는 뜻이다. 언제부터 거미가 배신의 의미로 사용되었는지 알
지 못하지만 스코트Walter Scott의 시에 "속임이 짜는 오, 엉킨 줄이
여."라는 구절이 생각난다.

　오는 죽마고우인데 아버지가 미두투기로 패가망신한 뒤 사람이
변한다. 변하기 전의 "10년 - 그들의 깨끗한 우정이 꿈과 같은 그
들의 소년 시대"라고 표현된 그 우정이 깨져서 이제는 "그냥 아름
다운 것으로 남게 하였다." 이 글은 26세 때의 글이다. 둘 사이의
우정은 16세에 시작하였다. 윤달을 포함하여 음력의 달수로 계산
한 비율을 보자. 당시 나이는 음력 나이었다.

$$\frac{음26년}{음16년} = \frac{321개월}{198개월} = 1.621 \simeq \phi$$

　이상은 이것을 우정의 황금비율, 곧 "아름다운 것"이라고 말한

---

4)『실화』

다. "지순한 우정"이었다고 시 「오스카 와일드」에서 고백하였다. 연정으로까지 발전할 뻔하였다. 그런데 그 10년의 황금비율 우정이 박살난 것이다.

꿈이 깨지기 전 이상은 오의 편지를 받고 찾아갔다. "꿈과 같은 일이다." 그를 맞이하는 오도 옛날 생각이 나는지 "나는 도로 그림이 그리고 싶어지는데."라고 옛날 우정의 황금비율 시절을 그리워한다. 그러나 그의 옛 모습은 사라지고, "깎은 듯한" 오의 집무태도를 보며 이상은 탄식하고 있다. "四四 … 어디로 갔는지 모르는 오의 형영." 四四는 16이니 16세의 모습이 사라진 것이다.

이상의 친구가 "100원을 가져오면 90일 만에 500원을 만들어주겠다"고 말한 약속이 실현되면 이자율은 월 71퍼센트이다.[5] 여기서 100원은 원금이고 약속이자가 400원이다. 이 "동화" 같은 일이 시작되려면 100원이 필요하다. 이상은 아내의 뚱뚱이 상사에게 빌린다. 일숫돈이다. 번호 13번의 문장. "내 다 안다 – 너희들이 얼마에 사다가 얼마에 파나 – 알면 무엇을 하나 – 여보 안경 쓴 부인 말 좀 물읍시다. … 부인은 통신부같이 생긴 종잇조각에 차례차례 도장을 하나씩만 찍어준다. 아내는 일상 말하였다. 얼마를 벌든지 1원씩만 갚는 법이라고 – 딴은 무이자다 – 어째서 무이자냐 – (아느냐) – 돈이 같지 않더냐."가 그것이다. 안경잡이 여인은 일수놀이의 하수인이다. 물주는 따로 있다. 그것이 "내 다 안다. 너희들이 얼마에 받아다가 얼마에 돈놀이하는지"의 의미이다. 아내는 하수

---

5) $500 = 100(1+0.71)^3$

인에게 일숫돈 100원을 빌려다가 투자하고 매일 갚는다. 하수인은 매일 도장을 찍어주어 증거로 삼는다.

목돈 100원을 빌리면 100일 이자가 100원이다. 원금과 합쳐서 100일에 200원을 갚아야 한다. 네모 칸이 100개가 있는 조그마한 수첩에 매일 "타원형 도장"을 찍는다. 이것을 '일수 찍는다.'고 말한다. 도장이 領收의 증거이다. "통신부같이 생긴 종잇조각에 차례차례 도장을 하나씩만 찍어준다." 그런데 여기서는 빌릴 때에는 100원을 목돈으로 빌리고 갚을 때에는 하루 1원씩 100일을 갚는다. 그래서 "무이자"라고 말한다. 8번에 돈 100원을 빌려 투기하는 그에게 "아내는 제 발이 저려 그랬겠지만 잠자코 있었다."는 것은 아내도 돈을 빌린 전과가 있었음을 드러낸다. 10번의 "지금쯤은 아내도 저짓을 하렷다."의 내용이다. 이상 자신도 빌렸다. 6번의 "빚 '백 원'을 얻어 쓸 때 그는 아내를 앞세우고 이 뚱뚱이 보는 데 타원형 도장을 찍었다."가 그것이다. 그리고 15번의 "백 원씩 두 번 얻어 썼다. 남은 것이 백오십 원 – 잘 알아들었다. 나를 위협하는 모양이구나."는 아내가 50원은 갚았다는 것이다.

그러나 무이자가 아니다. "아느냐. 돈이 돈 같지 않더냐"라고 반문하는 것으로 보아 다른 형태로 이자를 지불하고 있음을 암시한다. 첫째, 첫날 갚는 1원과 100일째 갚는 1원의 가치는 다르다. 각각의 1원에는 다른 금액의 이자가 포함된다. 둘째, 매일 조금씩 갚는 금액에는 원금도 포함된다. 균등분납이므로 사실상 보기보다 이자 계산이 거의 불가능할 정도로 복잡하다. 여기서 이상은 100원이 100일 후에 200원이 되는 월 23.1%의 단순 경우에 한정한 듯하다. 셋째, 그 이유는 보통 일수는 100원 빌릴 때 선이자를 제한 나머지 금액을 수령하는데 이 글에서는 100원을 모두 받아오기 때문이다. 넷째, 자신의 돈 100원을 투자하면 100일 후에 200원 주는 도박이다. 이기면 100일 만에 원금과 이자 합쳐서 200원이지만 잃으면 자신의 돈 100원만 손해 보면 그뿐이다. 돈 놓고 돈 먹기이다. 그러나 남의 돈으로 투자했을 때 실패하면 100원의 손실이 생기고 빌려온 돈 100원은 따로 갚아야 하니 200원의 손실이 발생한다. 그리고 매일 1원씩 100일을 갚는다. 자신은 써보지도 못한 생돈을 갚는 셈이다. 이자가 없는 듯 보이지만 이 글에서 전주는 이미 아내가 투자에서 실패한 원금 100원을 챙긴 후이다. "역시 오로구나(그게 네 백 원 꿀꺽 삼킨 동화의 주인공이다.)." 그리고 아내에게 매일 1원씩 100일 동안 거두어들이니 200원을 모두 회수하게 된다. 10번에서 친구 오가 애인 마유미에게 하는 짓도 똑같다. 같은 10번에서 "이따가 부자가 되는 수효보다는 지금 거지 되는 수효가 훨씬 더 많[다]."가 전하듯이 아내가 100원씩 두 번 빌려 한 푼도 써보지 못하고 갚을 돈만 150원 남은 것도 같은 셈법이다.

100원을 빌려서 일시에 투자하여 100일 후에 200원을 만드는 약속이 성공한 경우 금리는 월 23.1퍼센트이다.[6] 그런데 90일에 중도해제한다고 하자. 여기서 100일의 일수를 90일로 전환하는 이유는 90일에 100원을 500원으로 만들어준다는 친구의 사기를 동일 기간에 비교 설명하기 위함이다. 또 100원을 90일 만에 200원

---

6) $200 = 100(1+x)^{\frac{10}{3}}$ 에서 $x = 0.231$.

으로 만들어준다는 폰지 사기와도 비교된다. 8번의 "백 원을 그냥
쥐고 인천 오에게로 달려가는 그의 귀에는 지난 5월 오가 – 백 원
을 가져오너라. 우선 석 달 만에 백 원 내놓고 5백 원을 주마."가
그것이다. 왜 금액이 400원도 아니고 600원도 아닌 하필 500원인
가. 여기에는 깊은 의미가 숨어있다.

　100일에 200원이 되는 100원 투자는 90일에 186.5원이 된다.
그런데 90일에는 90원을 갚았으니 10원이 아직 미불상태이다. 이
것을 갚고 정산하면 176.5원을 손에 쥐게 된다. 100원 원금에 약속
이자가 76.5원이다. 이제 100원이 90일에 500원이 되는 투자를 생
각하자. 100원 원금에 약속이자가 400원이다. 앞서 보았듯이 이것
의 금리는 월 71퍼센트이다. 그런데 두 가지 투자 가운데 어느 것을
결정하느냐를 생각하면 100원에 대해 최소의 약속이자는 76.5원이
다. 따라서 500원 투자의 약속이자 400원에게는 323.5원의 초과이
자가 발생하는 셈이다. 76.5원은 500원의 기회비용이고 323.5원은
500원의 순이자이다. 다음이 성립한다.

$$500 = 100(1+0.71)^3 = 100 + 400 = 100 + [76.5 + 323.5]$$
$$= 원금 + 이자 = 원금 + [200원의 이자 + 500원의 순이자]$$

　이것은 다시

$$423.5 = 100 + 323.5 = 100(1+0.618)^3$$

　500원의 기회비용 76.5원을 제외한 423.5원의 금리는 월61.8

퍼센트이다. 황금비율Golden Ratio의 금리이다. 이것은 다음과 같이 생각할 수도 있다. 500원의 약속이자 400원을 수령한 경우 이것은 확실한 일수이자 76.5원과 불확실한 투기이자 323.5원으로 구성된다. 그러면 400원의 이자는 76.5원에 대한 23.1퍼센트 월리와 323.5원에 대한 71퍼센트 월리의 가중평균이 된다.

$$400(1+0.618) = 76.5(1+0.231) + 323.5(1+0.71)$$

400원의 월리가 61.8퍼센트로 황금비율이다. 이 결과를 한 단계 더 발전시킬 수 있다.

$$1.618 = (1-\beta)(1.231) + \beta(1.71)$$

여기서 가중치 $\beta = 323.5/400$은 약속이자 400원에 대한 투기이자 323.5원의 가중치이다. 여기에서도 황금비율이다. 1.618, 1.231, 1.71은 모두 약속한 예상수익률이다. 특히 1.231은 확실한 이자이고 1.71은 불확실한 이자이다. 이 결과는 목표액이 500원이 아니면 불가능한 셈법이다. 이상은 교묘하게 황금비율을 숨겨 놓았고, 그것도 반복해서 두 번이나 숨겨 놓았다. 그를 위하여 목표액을 일부러 500원으로 정한 의도가 드러난다.[7]

---

7) 여기서 이자율에 대한 일화 하나.
　　1원을 연리 4퍼센트로 25년 동안 예금하면 $(1+1/25)^{25} = 2.66$원이 된다. 이를 6개월 이자로 25년 동안 50번 이자를 계산하면 $(1+1/50)^{50} = 2.69$원. 25년은 1300주이므

이상은 500원은커녕 100원마저 날렸다. 이제 200원을 갚아야 한다. 황금비율은 먼 나라 이야기이다. 반복창은 500원을 18만 원으로 키웠지만 이상은 1차 목표인 그 500원 목표를 달성하는 데 실패하였다. 어차피 500원 목표에 도달하였다 하여도 반복창처럼 성공하리라는 보장은 희박하다. 그에게 그런 행운은 가당치 않다. 친구에게 배신당한 것이다. "백 원을 가져 오너라 우선 석 달 만에 백 원 내놓고 5백 원을 주마 ─는 분간할 수 없지만 너무 든든한 한 마디 말이 쟁쟁하였던 까닭이다.… 당하였다." 전후사정 "분간도" 허락지 않은 이른바 우정의 "든든한 말 한 마디."에 당한 것이다.

석 달이 지나고 넉 달이 지나도 이자는커녕 원금도 소식이 없다. 그러나 이상은 개의치 않는다. "그까짓 것은 하여간에 오의 측량할 수 없는 깊은 우정은 그 넉 달 전의 일도 또한 한 달 전에 으레 있어야 할 일도 광풍제월 같이 잊어"버렸다. 이번 한 번이 아니다. 5년 전에도 "5년 세월이 지나간 오늘 엊그제께 하마터면 나를 배반하려 들던 너를 나는 오히려 다시 그러던 날의 순정에 가까운 우정으로 사랑하고 있다."[8] 그러나 오의 애인 마유미를 본 순간 복수를 생각한다. 그도 황금비율의 사기에서 벗어나고 싶은 것이다. 이러한 배경을 놓고 본문을 1번에서 17번까지 여러 조각으로 분해하여

로 1주 이자율로 환산하면 $(1+1/1300)^{1300} = 2.717$원이 된다. 이것을 일반화하면 $(1+1/n)^n$인데 n을 더욱 세분하여 무한대가 되면 $\lim_{n\to\infty}(1+1/n)^n = 2.718281828459\cdots$ 가 된다. 이것을 $e = 2.718281828459\cdots$로 표기한다. 이 결과는 이자율의 크기가 4퍼센트, 10퍼센트, 50퍼센트, 70퍼센트, 등에 상관없이 동일하다. 상수이다. 이 책의 시작인 〈속속편의 사연〉에서 2와 3 사이의 e가 이것이다.

8) 「관능위조」

해독해 본다.

1번. 그날은 12월 25일이다. 그날 밤에 아내가 층계에서 굴러 떨어졌다는 과거형 서술이 어떤 사건을 암시한다. 이 글의 마지막과 연결되어 이야기가 끝없이 계속되는 모순의 무한대를 초두부터 보여준다. 이 글은 자신의 상태로 시작한다. 이상은 오늘만 사는 "동물"이다. 동물에게는 시간 개념이 없다. "오늘 오늘 오늘 오늘 ··· 날마다다." 오늘 지금Now뿐이다. "어떤 거대한 모체가 나를 여기다 갖다 버렸나." 여기Here뿐이다. 합치면 Nowhere. 동물에게 시간과 공간의 개념이 없다. 내일이 없으니 내일 일을 걱정할 필요도 없다. 그는 스스로 "19세기 도덕"에 어울리는 사람이라고 자평하는데 20세기에는 동물이 된 것이다. 그런데 동물 가운데에서도 거미이다. 동물이로되 식물처럼 꼼짝하지 않는 거미. 귤 궤짝은 상자이니 곧 이상의 이름이다. 금전사기에 걸려드는 장치를 하나씩 마련한다.

그는 오후 4시에 일어나 시간 개념이 없으니 생시가 꿈이고 꿈이 생시이다. 아침을 먹는다. 시간 개념이 없으니 "여기가 아침이냐" 묻는다. 시간 개념이 없으니 이자 개념도 없다. 이상은 이제부터 전개되는 금전사기에서 가장 중요한 시간 요소를 무시함으로써 독자에게 그 의미를 역설적으로 보여준다. "다른 시간은 다 어디 갔느냐. 대수냐. 하루가 한 시간도 없는 것이니 성화가 없다."

2번. 아내를 등장시킨다. 그는 아내를 거미라고 믿는다. 두 가지 이유이다. 첫째, 앞서 부분적으로 보였듯이 그는 아내에게서 벗어나고 싶어 한다. 이상은 방에 누워 요 밖으로 나온 자신의 팔뚝을 본다. 밴댕이처럼 바싹 말랐다. 방이 거미줄이다. 그는 거미줄에 걸려 거미에게 빨렸다고 생각한다. 『날개』에서 "눈에 보이지 않는 끈적끈적한 줄에 엉켜서 헤어나지들을 못한다."와 "아내는 물론 나를 늘 감금하여두다시피 하여왔다."라고 표현한다. 아내가 거미인 것은 잘 알지만 게을러서 어떻게 하기도 귀찮다. 둘째, 아직 드러나지 않았지만 아내가 거미줄 같은 금전사기에 걸려든 것이다.

3번. 아내이면서 아내가 아니다. 기이한 '부부'이다. 방 안에는 "색종이로 바른 반닫이"가 있다. 속편의 〈그림 7-10〉을 보면 파슨스 망원경의 뚜껑이 반닫이다. 그 속에 있는 오목거울이 별빛을 분광하여 색종이 같은 모습을 보여준다. 파슨스 망원경을 낡은 잡지가 보여준다. 가출한 아내가 돌아와서 보니 이상은 낡은 잡지를 보고 있었다던 그 낡은 잡지이다. "낡은 잡지 속에 섞여서 배고파하는 그를 먹여 살리겠다는 것이다." 덧문을 열자 보이던 "색종이 반닫이"가 덧문을 닫으니 빛이 차단되어 보이지 않게 되었다. 한때 열광하던 하늘의 별이 이제는 더 이상 "시상의 대상이 아니다." 그래서 "보기 싫은 반닫이"가 되었다. 이 해독은 13번의 "들창을 볼 적마다 - 닭 - 개 -소는 이야기로만 - 그리고 그림엽서 -"의 반닫이에 연결된다. 앞 장의 「불행의 실천」에서 이미 본 바이다.

보기 싫은 것을 보지 않으려고 일부러 덧문을 닫자 아내가 깜짝 놀란다. 아내가 말을 건네는데 처음 듣는 것 같이 생소하다. "어디서부터 어디까지가 부부람 - 남편 - 아내가 아니라도 그만 아내이고 마는고야." 이 내용은 6번에 연결된다.

4번. 그래서 이상은 아내라고 생각하기도 하고 아니라고도 생각한다. 언제 가버릴지 모르는 여자. 갔다가 언제 또 올지도 모르는 여자. 제8장의 시 「무제(기 이)」에서 본 것처럼 레리오드Reriod이다. 거미는 움직이지 않는다. 가만히 거미줄만 쳐놓고 가운데 앉아 먹이를 기다린다. 거미의 발이 움직이는 것을 보기는 "어렵디어렵다." 조용히 기다리는데 난데없이 소리가 들리니 서늘하다. "도무지 그의 머리에서 그 거미의 어렵디어려운 발들이 사라지지 않는데 들은 크리스마스라는 한마디 말은 참 서늘하다."

5번. 이상은 인천에서 서울로 올라온 친구 오의 편지를 받고 오늘 방문한 것이다. 편지 속에 명함이 동봉되었다. "(A취인점)(생각나는 명함)(오군)(자랑마라)(24일날 월급날이던가)." 오도 마른 체격이다. 그러나 이상과 다르게 말랐다. 오랜만에 만나는 친구의 수상한 상태를 예고한다. "이 속에는 무엇이 있나. 공기? 사나운 공기리라. 살을 저미는 -과연 보통 공기가 아니었다. 눈에 핏줄 - 새빨갛게 단 전화." 취인점의 긴장된 공기이다. "그가 그림 아닌 그림을 발라놓았다." "그림 아닌" 각종 그림(그라프)이 오가 예전에는 화가지망생이었다는 사실을 암시한다. 이에 비하여 이상은 스스로 거미라고 생각한다. 아무 생각 없는 거미. 19세기의 이상의 모습은 온데간데없다. 그와 아내는 이미 큰손인 뚱뚱이와 양돼지를 만나서 150원의 빚만 졌다. 큰손인 뚱뚱이는 아내가 일하는 R회관 주인이며 오가 운영하는 A취인소의 거래인이다. 양돼지는 A취인소의 전무이다. 이제 1만 원 거래의 가부꾼 큰손 뚱뚱이가 나타날 차례이다.

6번. 오의 "활활 열어놓은" 모습과 반대로 이상은 "쇠와 같이 독한 꽃 - 독한 거미 - 문을 닫자. 생명에 뚜껑을 덮었고 사람과 사람이 사귀는 버릇을 닫았고 그 자신을 닫았다. 온갖 벗에서 - 온갖 관계에서 - 온갖 희망에서 - 온갖 욕(慾)에서 - 그리고 온갖 욕에서 - 다만 방 안에서만 그는 활발하게 발광할 수 있었다.” 이상은 오의 500원을 만들어준다는 꼬임에 빠져 자신의 비굴함을 참고 뚱뚱이에게서 100원을 빌렸다. 아내가 갚을 것이다. 아내도 거미. 둘 다 오에게 당하게 될 거미의 모습을 살짝 보여준다. 폰지처럼 금전 사기에서 양돼지(금융업자)와 큰손이 해먹고 나면 거미들은 자기들끼리 싸운다. 폰지가 이미 해먹은 다음 앞의 거미(박씨)와 뒤의 거미(김씨)가 남은 돈 갖고 싸운다. 이상과 아내는 서로 빨아먹는 거미이다. 그래서 매일매일 쇠약해져 간다. 이것을 그는 모순으로 설명한다. 〈전편〉에서 소개한 방식을 여기서도 이용한다.

> 이상은 아내의 거미이다.
> 아내는 이상의 거미이다.

위 문장의 ‘이상’의 정의를 아래 문장의 ‘이상’에 대입하면 다음이 된다.

> 아내는 [아내의 거미]의 거미이다.

이것은 [A는 A의 B이다]의 형태이므로 이 문장에서 앞의 ‘아내’의 정의를 뒤의 ‘아내’에 대입하면 다음이 된다.

아내는 [[[아내의 거미]의 거미]의 거미]의 거미이다.

거듭 앞의 '아내'의 정의를 뒤의 '아내'에 대입하는 순서를 계속하면 무한대에 이를 수 있다.

아내는 아내의 거미의 거미의 거미의 거미의 거미의 ··· ∞.

이번에는 같은 방식으로 '이상' 대신 '아내'에 대하여 대입하면

이상은 이상의 거미의 거미의 거미의 거미의 거미의 ··· ∞.

이것이 바로 전편에서 해독한 시 『烏瞰圖 詩第二號』의 내용이다. 이것은 에셔의 그림 『폭포』가 가리키는 바대로 모순이다. 그 이유는 이상이 아내의 거미와 아내가 이상의 거미라는 문장에 있다. 시적인 표현이지만 이것은 거짓이다. 이 무한대의 모순에서 벗어나려고 이상은 아내와 떨어지려 한다. 이 글의 여러 곳에서 발견된다.

저것이 어서 도로 환토를 하여서 거미의 형상을 나타내었으면 - 그러나 거미를 총으로 쏘아 죽였다는 이야기를 들은 일이 없다. 보통 발로 밟아 죽이는데 신발커녕 일어나기도 싫다.

그가 어쩌다가 그의 아내와 부부가 되어버렸나. 아내가 그를 따라온 것은 사실이지만 왜 따라왔나? 아니다. 와서 왜 가지 않았나.

들창을 열고 뛰어내리고 싶었다. 아내에게서 그 악착한 끄나풀을 끌러 던지고 훨훨 줄달음박질을 쳐서 달아나버리고 싶었다.

〈속편〉이 해독한 『지도의 암실』에서 이상이 앵무와 만나고(箱會鸚鵡), 원숭이와 만나고(箱會猿), 낙타와 만나는(箱會駱駝) 것처럼 여기서는 거미(이상)가 거미(아내)를 만난다. 모순의 무한대에서 벗어나려고 앵무와 결별하고, 원숭이와 결별하고, 낙타를 죽이려 하듯이 여기서는 아내를 떠나려 한다. 그러나 그는 원숭이와 헤어지지 못하고, 낙타도 죽이지 못하듯이 아내를 떠나지 못한다. 이보다 더한 것은 그와 아내 두 거미가 양돼지를 만난 것이다(蜘蛛會豕). 그를 떼어버려야 하는데 그렇게 하지 못한다.

7번. 이제 오는 이상과 뚱뚱이의 관계를 알았다. 오는 이상을 데리고 나간다. 오는 변했다. 거미들의 소액투자를 털어먹고 쫓아버린다. 그의 목표는 백만 원이다. 그의 아버지가 잃은 금액이다. 목표액까지 4년 남았다. 오의 차림은 화려하다. 이상은 그 모습이 어색하다. 지독하게 변한 친구는 예전의 모습이 아니다. 연회는 내일 저녁에 R회관에서 열릴 것이다. 대상은 200명의 고객이다. 이들은 앞으로 오와 뚱뚱이에게 털릴 거미들이다. 이상은 친구를 이해한다. 그의 과거를 알기 때문이다. 앞서의 시 『오스카 와일드』도 이 사정을 기록하고 있다.

8번. 오는 서울로 올라오기 전에 인천 K취인점에 근무하고 있었다. 인천에는 미두취인소가 있었다. 그것이 금년 봄이다. 오가 취인소에 다니게 된 것은 아버지의 패망이 원인이다. 오는 변했다.

전의 오는 화가 지망생이었다. 이상처럼 아름다움을 추구하였다. "四四"는 16. 16세부터 시작된 그들의 "깨끗한" 우정은 10년 동안 "아름다웠다." 그것을 앞서 본 것처럼 26/16의 황금비율로 표현하였다.

자신의 생활을 보라고 인천에 놀러 오라는 오의 말을 따라 이상은 4월에 놀러 가서 5월까지 오와 함께 즐겁게 지냈다. 오는 이상에게 백 원을 가져오면 5백 원으로 만들어주겠다고 제의한다. 그는 친구의 말을 믿었다. 서울로 귀가했을 때 아내는 집에 없었다. 역시 "레리오드"이다. "서너 달" 지나 아내가 돌아오자 100원을 얻어서 오에게 주어버렸다. 그게 지난 8월이다. 그 후 약속대로 석 달이 지난 11월이 되고 넉 달이 지나 며칠 전 오의 편지를 받을 때까지도 소식이 없다. 당한 것이다. 미두시세가 전신으로 들어오는데 조작된 시세인 줄도 모르고 훔쳐본(盜電) 탓이다. 아내도 이렇게 당했지만 제 발이 저려 잠자코 있었다.

우정의 황금비율이 깨졌다. 어떻게 해 볼 도리가 없게 된 이상이 이 땅을 떠나려고 신문에서 배 시간표를 더러 보기도 하였다. 오는 또 다시 친구를 꼬인다. "두서너 번 편지로 그의 그런 생활 태도를 여간 칭찬한 것이다." 그러던 중 오로부터 초청편지가 왔다. 서울 A취인점으로 왔다는 것이다. 크리스마스에 놀러 오라는 내용이다. 반가운 마음에 이상은 친구를 감싼다. "그까짓 것은 하여간에 오의 측량할 수 없는 깊은 우정은 그 넉 달 전의 일도 또한 한 달 전에 으레 있었어야 할 일도 광풍제월 같이 잊어버린[다]." 그럼에도 "어디 꿩 구어 먹은" 낯짝이라도 보아야겠다면서 여전히 우정을 지키

려 한다. "전날의 오, 좋은 얼굴." 그래서 달력에 '동그라미'를 쳐놓
았다. 그것이 크리스마스 오늘이다. 오는 이상을 데리고 나간다.

9번. 오가 데리고 간 곳은 이상의 아내가 근무하는 곳이 아니
다. 그곳에는 아내와 비슷한 여급들이 많았다. 아내가 다른 점은
화장 안 한 얼굴이라는 점이다. 또 있다. 아내는 너무 말랐다. 입도
작고, 코도 작다. 곁에 여급이 앉는다. 오의 애인인 마유미다. 양돼
지이다. 옆에서도 후끈후끈하다. 오는 마유미를 자랑한다. 그의 비
밀이다. 그의 돈벌이이다. 그 이유를 설명한다.

10번. 오는 마유미가 번 돈을 투자하게 만든다. 따면 그 돈으로
금시계, 보석, 털옷 등을 사준다. 잃으면 그것을 챙긴다. 다시 그날
마유미가 버는 돈으로 투자한다. 반복한다. 따든 잃든 오에게 금시
계, 보석 등이 쌓인다. 이것이 앞서 소개한 대로 가령 100원 빌려주
고 털어서 도로 갖고 매일 1원씩 100원마저 거두어 들여 200원을
챙기는 방법이다. 오의 목표는 삼십까지 100만 원이 목표이다. 아
버지가 잃은 금액이다. 오는 스스로가 거미라고 말하면서 아니라
고 부정한다. 여자가 자발적으로 요청한다는 변명이다. 스스로 화
수분이 된 것은 그녀였다.

11번. 이상은 오가 거미가 아니라는 이유를 찾았다. 그렇게 빨
아먹는데도 마유미가 양돼지처럼 살이 올라 뚱뚱하다는 점이다.
아내는 이상이 빨아먹고 이상은 아내가 빨아먹어 날로 여위어 가
는데 마유미는 날로 부풀어 오르니 오는 거미가 아니라는 뜻이다.
그러는 마유미에게는 그 나름 이유가 있다.

12번. 마유미가 거미를 기른다는 것이다. 그러나 그도 부정한

다. 거미보다 거지가 더 나쁘다는 말이 그것이다. 마유미에게 오는 거미가 아니라 "끄나풀"이다. 여자에게는 화장품이 필요하듯이 "끄나풀"이 필요하다. 화장품처럼 싫증이 나지 않는다. 오와 마유미 사이는 거미와 거미의 관계가 아니다. 이 점을 더욱 강조하기 위하여 마유미와 아내를 비교해 본다. 마유미는 오에게 매일 삼사오 원을 주는데 아내도 그 정도 가져온다. 그런데 아내는 마유미와 달리 바싹 말랐다. 마유미는 오에게 돈을 뺏어내니 뚱뚱해지지만 아내는 살로 파고 들어가서 그렇게 마르나 보다. 아내야 너는 나를 왜 그렇게 기를 쓰며 먹여 살리느냐. 나는 오와 다르다. 큰손들의 부동자금과 달리 개미군단의 개미자금. 금융사기에 걸려드는 바보만 거미가 아니라 그들의 돈도 거미이다. 마유미를 곁에 둔 오가 부럽지만 나는 아내가 좋다. 그 이유를 늘어놓는다.

13번. 이상은 아내와 나눌 잠자리의 환희에 다른 생각이 없다. 일찍이 그를 매료시켰던 천문학도 이제는 이야기로만 남았다. 앞서 해독한 대로 파슨스의 천체망원경으로 본 밤하늘의 비둘기자리, 큰개자리, 황소자리, 그리고 파슨스 천체망원경의 그림엽서 등도 모두 지난 얘기이다. "들창을 볼 적마다 – 닭 – 개 – 소는 이야기로만 – 그리고 그림엽서." 오래간만에 외출하여 오로부터 술도 실컷 얻어먹었다. "오래간 만에 취한 실없는 사건." 아내는 집에 있겠지. 망원경에서 본 별자리 M51의 69자세 –그것의 호색적인 "엉뚱한 발음." 앞장의 「황의 기」에서 해독한 대로 "나의 배의 발음은 마침내 삼각형의 어느 정점을 정직하게 출발하였다." 삼각형(△와 ▽)의 정점(꼭짓점)에서 짧은 직선을 가미하여(△와 ▽) 숫자(6과 9)로 만들어 복화술(배의 발음)로 입술은 다문 채 소리 지른 것(69)이다. 다르게 해석하면 듣기 민망하여 아무도 모르게 복화술이다.[〈속편〉의 215쪽 참조]

14번. 시간은 밤 2시인데 아내가 집에 없다. 아내의 레리오드 RERIOD인가? 그런데 경찰서라니. 그곳에는 이미 아내, 양돼지, 뚱뚱이, 오가 와있다. A취인소의 양돼지 전무. 오의 상관이다. 이상의 아내. 말라깽이. 거미. 거미는 양돼지의 희생자이다. R회관의 뚱뚱이 주인. 일수놀이 전주이다. 그가 빌려준 100원을 이상이 날린 상태이고 아내 역시 200원을 빌려 날린 상태이다. 모든 돈은 오를 거쳐서 양돼지 입으로 들어갔다. 남은 빚은 뚱뚱이에게 갚아야 한다. 아내는 양돼지에게 돈으로 당하고 걸어 채여 몸으로 당하였다. "고소하세요." 이제 이들에게 복수할 기회가 온 것이다. 그런데 이상의 태도가 수상하다. 그는 이랬다저랬다 한다. 아내편도 아니고 전무편도 아니다. 중간에서 어쩔 줄 모른다. 이것이 〈전편〉과 〈속편〉에서 소개한 괴델의 불완전성이다. "이랬다도 아니고 저랬다도 아니고 이랬다저랬다."이다. 결단을 내리지 못하는 이상은 스스로를 햄릿이라고 부른다. "위풍당당 일세를 풍미할 만한 참신무비한 햄릿(망언다사)을 하나 출세시키기 위하여는 이만한 출자는 아끼지 말아야 하지 않을까"9) 햄릿처럼 "이것이냐 저것이냐 그것이 문제로다."

15번. 복수는 무슨 복수. 이 뚱뚱이와 전무로부터 거꾸로 협박을 당한다. 지불하고 남은 돈 150원을 어쩔 셈이냐. 연불이 안 되는

---

9) 『종생기』

것이 일수놀이이다. 오가 "친구를 위하여" 화해를 청하는데 "친구
라니"가 이상의 대답이다. 오는 이미 친구가 아니다. 황금비율의
우정은 깨졌다. "이건 동화지만 세상에는 어쨌든 이런 일도 있소.
즉 백 원이 석 달 만에 꼭 5백 원이 되는 이야긴데 꼭 되었어야 할
5백 원이 그게 넉 달이었기 때문에 감쪽같이 한 푼도 없어져 버린
신기한 이야기요." 그렇게 말하는 이상의 마음도 아프다. "오야 내
가 좀 치사스러우냐." 부끄러워야 할 사람은 따로 있는데 그렇게도
당하고도 스스로가 치사하고 부끄럽다. "그러나 오야 일 없다 일
없다?" 너에게 얻어먹은 술로 대신하겠다. "이 술을 곱게 삭이고
싶다." 내가 그냥 가는 것은 당신들 협박도 아니고 아무 것도 아니
요. "아내를 데리고 가겠소. 그러고는 다 마음대로 하시오."

　　여기서 날짜 셈법이 이상하다. 12월 25일 현재 150원이 남아있
으려면 매일 1원씩 50원은 갚았다는 이야기인데 그렇다면 200원
을 빌린 날짜가 11월 5일이어야 한다. 이와 대조적으로 이상이 아
내를 앞세우고 뚱뚱이에게 100원을 빌려 오에게 준 것은 넉 달 전
이라니 그것은 8월 25일경이다. 날짜가 맞지 않는다. 이 셈법에
비밀이 있다.

　　이 글은 12월 25일에 썼다. 앞서 오에게서 편지가 온 것이 "며칠
전"이라 하였다. 크리스마스에 놀러 오라는 편지이다. 이상은 달력
에다 "동그라미"를 쳐놓았다. 편지 받은 날이 이상이 오에게 100원
을 쥐어 준 지 넉 달이 되는 날이다. 그리고 아내는 사고가 난 12월
25일 현재 50원을 갚은 상태이다. 매일 1원씩 갚았으니 50일이다.
역산하면 11월 5일부터 갚기 시작하였다. 이상이 100원을 오에게

쥐어 준 때는 8월 어느 날이다. 아내가 돌아온 후이다. 그리고 그 100원은 100일 동안 매일 1원씩 아내가 갚았다. 완불한 날짜가 11월 25일이다. 11월 5일이 아니다.

그러면 아내가 돌아온 날을 8월 16일이라고 추정할 수 있다. 그리고 그 다음 날 아내가 출근하여 그녀가 보는 앞에서 뚱뚱이로부터 100원을 얻어 오에게 준 것이다. 8월 17일이다. 이 날로부터 100일이 되는 날이 11월 25일이다. 빌린 돈은 모두 갚았는데 500원은 석 달이 지나고 넉 달이 되어도 소식이 없다. 그것이 한 달 전이라 하였으니 11월 25일과 일치한다. 100원을 두 번 빌린 것은 오에게 주려고 빌린 100원과 별개이다. 이러면 글의 셈법과 일치한다.

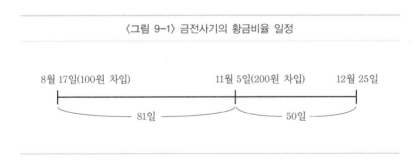

〈그림 9-1〉 금전사기의 황금비율 일정

여기서 8월 17일부터 11월 5일까지 81일이고 11월 5일부터 12월 25일까지 50일이다. 81/50=1.62. 황금비율을 감추고 있다. 황금비율은 어차피 달성하지 못할 운명이니 아내가 별도로 빌린 200원의 행방도 묘연할 것임을 암시한다. 털리고 채이고. 거미의 운명이다. 고소는 무슨 고소. 협박도 나한테는 문제가 되지 않는다.

16번. 매일 밤 일어났던 "홍수"가 이날 처음 멈추었다. 성적 착취로 아내가 더 이상 마르는 것을 원하지 않아서다. "아내야 너는 이 이상 더 야위어서는 안 된다." 이상이 "이랬다저랬다" 수상한 태도로 고소도 하지 않고 물러난 것은 협박 때문이 아니라 친구의 변화 때문이다. 오는 이상의 돈 백 원을 사기치고 이번 사건에서도 위자료 한 푼 내놓지 않는다. "오 역시 오로구나(그게 네 백 원 꿀꺽 삼킨 동화의 주인공이다). 그리운 지난날의 기억들 변한다. 모든 것이 변한다." 우정의 황금비율은 옛날 애기이다. 이상은 그들의 차이를 요약한다. "유치장에서 연회로(공장에서 가정으로) 20원짜리 2백여 명 - 칠면조 - 햄 - 소시지 - 비계 - 양돼지" 이것이 양돼지와 어울리는 오의 모습이다. "-1년 전 2년 전 10년 전 - 수염 - 냉회와 같은 것 - 남은 것 - 뼈다귀 - 지저분한 자국 - 과 무엇이 남았느냐 - 닳은 1년 동안 - 산 채 썩어 들어가는 그 앞에 가로 놓인 아가리 딱 벌린 1월이었다." 이것이 이상의 모습이다.

17번. 이상은 19세기 도덕가이다. 20세기 사람들과 다르다. "20세기를 생활하는데 19세기의 도덕성밖에는 없으니 나는 영원한 절음발이로다."[10] 그는 배고픈 것보다 정신이 중요하다. 모처럼 "머리가 차츰 맑아 들어온다." 그래서 그는 이 와중에도 배고픈 것이 부끄럽단다. "이것이 지금 이 기괴망측한 생리현상이 즉 배가 고프다는 상태렷다. 배가 고프다. 한심한 일이다. 부끄러운 일이었다." 이상은 친구의 배신에 오기가 발동하였다. "(A취인점)(생각나

---

10) 『실화』

는 명함)(오군)(자랑마라)." 8번에서 오가 "에이 그래 이 사람아 한
번 파치가 된 계집을 또 데리고" 산다고 "공연히 쑤석질"하는 것이
싫었다. 그렇다면 마유미를 착취하는 "오(吳), 네 생활에 내 생활을
비교하여 아니 내 생활에 네 생활을 비교하여 어떤 것이 진정 우수
한 것이냐. 아니 어떤 것이 진정 열등한 것이냐." 복수를 하고 싶
다. 거미의 반격이다. 그래서 거미는 다른 사람이 아니라 "나밖에
없다. 보아라. 지금 이 거미의 끈적끈적한 촉수가 어디로 몰려가고
있나." 머리에서 마유미가 떠오른다. "마유미 – 오의 자신 있는 계
집 – 끄나풀 – 허전한 것." 그런데 돈이 필요하다. "수단은 없다.
손에 쥔 20원." 그 수단이 아내이다. 떠나기를 바라던 아내가 이제
다시 필요해졌다. 아내야 다시 한 번 계단에서 굴러 떨어져라. 함
께 복수하자. 이상과 아내 대 오와 전무. 거미 대 양돼지. 황금비율
의 수익 대 사기의 손실. 황금비율의 우정 대 배신의 우정.

KL114. 날개

출처 : 조광　　　　　　　　　　　　　　　　　　　　1936년 9월

(두주: 이하 본문 문단 번호 1~17은 원문이 아님. 해독을 돕는 숫자임.)

1. 박제가 되어버린 천재를 아시오? 나는 유쾌하오. 이런 때 연애
까지가 유쾌하오.

　육신이 흐느적흐느적 하도록 피로했을 때만 정신이 은화처럼

맑소. 니코틴이 내 횟배 앓는 뱃속으로 스미면 머릿속에 으레 백지
가 준비되는 법이오. 그 위에다 나는 위트와 패러독스를 바둑 포석
처럼 늘어놓소. 가증할 상식의 병이오.

나는 또 여인과 생활을 설계하오. 연애 기법에마저 서먹서먹해
진 지성의 극치를 흘깃 좀 들여다본 일이 있는 말하자면 일종의 정
신분일자 말이오. 이런 여인의 반 ― 그것은 온갖 것의 반이오 ―
만을 領收하는 생활을 설계한다는 말이오. 그런 생활 속에 한 발만
들여놓고 흡사 두 개의 태양처럼 마주 쳐다보면서 낄낄거리는 것
이오. 나는 아마 어지간히 인생의 諸行이 싱거워서 견딜 수가 없게
끔 되고 그만둔 모양이오. 꾿빠이.

꾿빠이. 그대는 이따끔 그대가 제일 싫어하는 음식을 탐식하는
아이러니를 실천해보는 것도 좋을 것 같소. 위트와 패러독스와 ···

그대 자신을 위조하는 것도 할 만한 일이오. 그대의 작품은 한
번도 본 일이 없는 기성품에 의하여 차라리 경편하고 고매하리라.

19세기는 될 수 있거든 봉쇄하여버리오. 도스토예프스키 정신
이란 자칫하면 낭비인 것 같소. 위고를 불란서의 빵 한 조각이라고
는 누가 그랬는지 지언인 듯 싶소. 그러나 인생 혹은 그 모형에 있
어서 디테일 때문에 속는다거나 해서야 되겠소? 화를 보지 마시오.
부디 그대에게 고하는 것이니 ···

테이프가 끊어지면 피가 나오(생채기도 머지않아 완치될 줄 민
소. 끝빠이).

감정은 어떤 포즈(그 포지의 소만을 지적하는 것이 아닌지나 모
르겠소). 그 포즈가 부동자세에까지 고도화할 때 감정은 딱 공급을
정지합니다.

나는 내 비범한 발육을 회고하여 세상을 보는 안목을 규정하였소.

여왕벌과 미망인 – 세상의 하고 많은 여인이 본질적으로 이미
미망인 아닌 이가 있으리까? 아니! 여인의 전부가 그 일상에 있어
서 개개 미망인이라는 내 논리가 뜻밖에도 여성에 대한 모독이 되
오? 끝빠이.

2. 그 삼십삼 번지라는 것이 구조가 흡사 유곽이라는 느낌이 없지
않다.

한 번지에 십팔 가구가 죽 어깨를 맞대고 늘어서서 창호가 똑같
고 아궁이 모양이 똑같다. 게다가 각 가구에 사는 사람들이 송이송
이 꽃과 같이 젊다. 해가 들지 않는다. 해가 드는 것을 그들이 모른
체하는 까닭이다. 턱살 밑에다 철줄을 매고 얼룩진 이부자리를 널
어 말린다는 핑계로 미닫이에 해가 드는 것을 막아 버린다. 침침한
방 안에서 낮잠을 잔다. 그들은 밤에는 자지 않나? 알 수 없다. 나
는 밤이나 낮이나 잠만 자느라고 그런 것은 알 길이 없다. 삼십삼

번지 십팔 가구의 낮은 참 조용하다.

조용한 것은 낮뿐이다. 어둑어둑하면 그들은 이부자리를 걷어 들인다. 전등불이 켜진 뒤의 십팔 가구는 낮보다 훨씬 화려하다. 저무도록 미닫이 여닫는 소리가 잦다. 바빠진다. 여러 가지 냄새가 나기 시작한다. 비웃 굽는 내 탕고도란 내 뜨물내 비눗내 ···

3. 그러나 이런 것들보다도 그들의 문패가 제일로 고개를 끄덕이게 하는 것이다. 이 십팔 가구를 대표하는 대문이라는 것이 일각이 져 서 외따로 떨어지기는 했으나 있다. 그러나 그것은 한 번도 닫힌 일이 없는 행길이나 마찬가지 대문인 것이다. 온갖 장사치들은 하루 가운데 어느 시간에라도 이 대문을 통하여 드나들 수가 있는 것이다. 이네들은 문간에서 두부를 사는 것이 아니라 미닫이만 열고 방에서 두부를 사는 것이다. 이렇게 생긴 삼십삼 번지 대문에 그들 십팔 가구의 문패를 몰아다 붙이는 것은 의미가 없다. 그들은 어느 사이엔가 각 미닫이 위 백인당이니 각상당이니 써붙인 한 곁에다 문패를 붙이는 풍속을 가져 버린다.

내 방 미닫이 위 한 곁에 칼표딱지를 넷에다 낸 것만 한 내 – 아니! 내 아내의 명함이 붙어 있는 것도 이 풍속을 좇은 것은 아닐 수 없다.

나는 그러나 그들의 아무와도 놀지 않는다. 놀지 않을 뿐만 아니라 인사도 하지 않는다. 나는 내 아내와 인사하는 외에 누구와도 인사하고 싶지 않았다.

내 아내와의 다른 사람과 인사를 하거나 놀거나 하는 것은 내 아내 낯을 보아 좋지 않은 일인 것만 같이 생각이 들었기 때문이다. 나는 이만큼까지 내 아내를 소중히 생각하는 것이다.

내가 이렇게까지 내 아내를 소중히 생각한 까닭은 이 삼십삼 번지 십팔 가구 가운데서 내 아내가 내 아내의 명함처럼 제일 작고 제일 아름다운 것을 안 까닭이다. 십팔 가구에 각기 별러 든 송이 송이 꽃들 가운데서도 내 아내는 특히 아름다운 한 떨기의 꽃으로 이 함석지붕 밑 볕 안 드는 지역에서 어디까지든지 찬란하였다. 따라서 그런 한 떨기 꽃을 지키고 – 아니 그 꽃에 매어달려 사는 나라는 존재가 도무지 형언할 수 없는 거북살스러운 존재가 아닐 수 없었던 것은 물론이다.

4. 나는 어디까지든지 내 방이 – 집이 아니다. 집은 없다 – 마음에 들었다. 방 안의 기온은 내 체온을 위하여 쾌적하였고 방 안의 침침한 정도가 또한 내 안력을 위하여 쾌적하였다. 나는 내 방 이상의 서늘한 방도 또 따뜻한 방도 희망하지는 않는다. 내 방은 나 하나를 위하여 요만한 정도를 꾸준히 지키는 것 같아 늘 내 방이 감사하였고 나는 또 이런 방을 위하여 태어난 것만 같아서 즐거웠다.

그러나 이것은 행복이라든가 불행이라든가 하는 것을 계산하는 것은 아니었다. 말하자면 나는 내가 행복되다고도 생각할 필요가 없었고 그렇다고 불행하다고도 생각할 필요가 없었다. 그냥 그날 그날을 그저 까닭 없이 펀둥펀둥 게으르고만 있으면 만사는 그만이었던 것이다.

내 몸과 마음에 옷처럼 잘 맞는 방 속에서 뒹굴면서 축 처져 있는 것은 ㅎ애복이니 불행이니 하는 그런 세속적인 계산을 떠난 가장 편리하고 안일한 말하자면 절대적인 상태인 것이다. 나는 이런 상태가 좋았다.

이 절대적인 내 방은 대문간에서 세어서 똑 - 일곱째 칸이다. 럭키 세븐의 뜻이 없지 않다. 나는 이 일곱이라는 숫자를 훈장처럼 사랑하였다. 이런 이 방이 가운데 장지로 말미암아 두 칸으로 나뉘어 있었다는 그것이 내 운명의 상징이었던 것을 누가 알랴?

5. 아래 방은 그래도 해가 든다. 아침결에 책보만 한 해가 들었다가 오후에 손수건만 해지면서 나가버린다. 해가 영영 들지 않는 윗방이 즉 내 방인 것은 말할 것도 없다. 이렇게 볕 드는 방이 아내 해이오 볕 안 드는 방이 내 해이오 하고 아내와 나 둘 중에 누가 정했는지 나는 기억하지 못한다. 그러나 나는 나에게는 불편이 없다.

아내가 외출만 하면 나는 얼른 아랫방으로 와서 그 동쪽으로 난 들창을 열어놓고 열어놓으면 들이비치는 볕살이 아내의 화장대를 비쳐 가지각색 병들이 아롱지면서 찬란하게 빛나고 이렇게 빛나는 것을 보는 것은 다시없는 내 오락이다. 나는 조그만 '돋보기'를 꺼내가지고 아내만이 사용하는 지리가미를 그슬어가면서 불장난을 하고 논다. 평행광선을 굴정시켜서 한 초점에 모아가지고 고 초점이 따끈따끈해지다가 마지막에는 종이를 그슬기 시작하고 가느다란 연기를 내면서 드디어 구멍을 뚫어놓는 데까지에 이르는 고 얼마 안 되는 동안의 초조한 맛이 죽고 싶을 만치 내게는 재미있었다.

이 장난이 싫증이 나면 나는 또 아내의 손잡이 거울을 가지고 여러 가지로 논다. 거울이란 제 얼굴을 비칠 때만 실용품이다. 그 외의 경우에는 도무지 장난감인 것이다.

이 장난도 곧 싫증이 난다. 나의 유희시은 육체적인 데서 정신적인 대로 비약한다. 나는 거울을 내던지고 아내의 화장대 앞으로 가까이 가서 나란히 늘어놓은 고 가지각색의 화장품 병들을 들여다 본다. 고것들은 세상의 무엇보다도 매력적이다. 나는 그중의 하나만을 골라서 가만히 마개를 빼고 병 구멍을 내 코에 가져다 대고 숨죽이듯이 가벼운 호흡을 하여본다. 이국적인 센슈얼한 향기가 폐로 스며들면 나는 저절로 스르르 감기는 내 눈을 느낀다. 확실히 아내의 체취의 파편이다. 나는 도로 병마개를 막고 생각해본다. 아내의 어느 부분에서 요 냄새가 났던가를 … 그러나 그것은 분명치 않다. 왜? 아내의 체취는 요기 늘어섰는 가지각색 향기의 합계일 것이니까.

6. 아내의 방은 늘 화려하였다. 내 방이 벽에 못 한 개 꽂히지 않은 소박한 것인 반대로 아내 방에는 천장 밑으로 쫙 돌려 못이 박혔고 못마다 화려한 아내의 치마와 저고리가 걸렸다. 여러 가지 무늬가 보기 좋다. 나는 그 여러 조각의 치마에서 늘 아내의 동체와 그 동체가 될 수 있는 여러 가지 포즈를 연상하고 연상하면서 내 마음은 늘 점잖지 못하다.

그렇건만 나에게는 옷이 없었다. 아내는 내게는 옷을 주지 않았다. 입고 있는 코르덴 양복 한 벌이 내 자리옷이었고 통상복과 나들이옷을 겸한 것이었다. 그리고 하이넥의 스웨타가 한 조각 사철을 통한 내 내의다. 그것들은 하나같이 다 빛이 검다. 그것은 내 짐작 같아서는 즉 빨래를 될 수 있는 데까지 하지 않아도 보기 싫지 않도록 하기 위한 것이 아닌가 한다. 나는 허리와 두 가랑이 세 군데 다 고무 밴드가 끼여 있는 부드러운 사루마다를 입고 그리고 아무 소리 없이 잘 놀았다.

어느덧 손수건만 해졌던 볕이 나갔는데 아내는 외출에서 돌아오지 않는다. 나는 요만 일에도 좀 피곤하였고 또 아내가 돌아오기 전에 내 방으로 가 있어야 될 것을 생각하고 그만 내 방으로 건너간다. 내 방은 침침하다. 나는 이불을 뒤집어쓰고 낮잠을 잔다. 한번도 걷은 일이 없는 내 이부자리는 내 몸뚱이의 일부분처럼 내게는 참 반갑다. 잠은 잘 오는 적도 있다. 그러나 또 전신이 까짓까짓하면서 영 잠이 오지 않는 적도 있다. 그런 때는 아무 제목을 하나 골라서 연구하였다. 나는 내 좀 축축한 이불 속에서 참 여러 가지 발명도 하였고 논문도 많이 썼다. 시도 많이 지었다. 그러나 그것들은 내가 잠이 드는 것과 동시에 내 방에 담겨서 철철 넘치는 그 흐늑흐늑한 공기에 다 비누처럼 풀어져서 온데간데가 없고 한잠 자고 깬 나는 속이 무명 형겊이나 메밀껍질로 띵띵 찬 한 덩어리 베개와도 같은 한 벌 신경이었을 뿐이고 뿐이고 하였다.

그러기에 나는 빈대가 무엇보다도 싫었다. 그러나 내 방에서는 겨울에도 몇 마리씩의 빈대가 끊이지 않고 나왔다. 내게 근심이 있었다면 오직 이 빈대를 미워하는 근심일 것이다. 나는 빈대에게 물려서 가려운 자리를 피가 나도록 긁었다. 쓰라리다. 그것은 그윽한 쾌감에 틀림없었다. 나는 혼곤히 잠이 든다.

나는 그러나 그런 이불 속의 사색 생활에서도 적극적인 것을 궁리하는 법이 없다. 내게는 그럴 필요가 없었다. 만일 내가 그런 좀 적극적인 것을 궁리해내었을 경우에 나는 반드시 내 아내와 의논하여야 할 것이고 그러면 반드시 나는 아내에게 꾸지람을 들을 것이고 — 나는 꾸지람이 무서웠다느니 보다도 성가셨다. 내가 제법 한 사람의 사회인의 자격으로 일을 해보는 것도, 아내에게 사설 듣는 것도, 아는 가장 게으른 동물처럼 게으른 것이 좋았다. 될 수만 있으면 이 무의미한 인간의 탈을 벗어버리고도 싶었다.

나에게는 인간 사회가 스스로웠다. 생활이 스스로웠다. 모두가 서먹서먹할뿐이었다.

7. 아내는 하루에 두 번 세수를 한다. 나는 하루에 한 번도 세수를 하지 않는다. 나는 밤중 3시나 4시 해서 변소에 갔다. 달이 밝은 밤에는 한참씩 마당에 우두커니 섰다가 들어오곤 한다. 그러니까 나는 이 십팔 가구의 아무와도 얼굴이 마주치는 일이 거의 없다. 그러면서도 나는 이 십팔 가구의 젊은 여인네 얼굴을 거반 다 기억하고 있었다. 그들은 하나같이 내 아내만 못하였다.

11시쯤 해서 하는 아내의 첫 번 세수는 좀 간단하다. 그러나 저녁 7시쯤 해서 하는 두 번째 세수는 손이 많이 간다. 아내는 낮에보다도 밤에 더 좋고 깨끗한 옷을 입는다. 그리고 낮에도 외출하고 밤에도 외출하였다.

아내에게 직업이 있었던가? 나는 아내의 직업이 무엇인지 알 수 없다. 만일 아내에게 직업이 없었다면, 같이 직업이 없는 나처럼 외출할 필요가 생기지 않을 것인데 – 아내는 외출한다. 외출할 뿐만 아니라 내객이 많다. 아내에게 내객이 많은 날은 나는 온 종일 내 방에서 이불을 쓰고 누워 있어야만 된다. 불장난도 못한다. 화장품 냄새도 못 맡는다. 그런 날은 나는 의식적으로 우울해 하였다. 그러면 아내는 나에게 돈을 준다. 50전짜리 은화다. 나는 그것이 좋았다. 그러나 그것을 무엇에 써야 옳을지 몰라서 늘 머리맡에 던져두고 두고 한 것이 어느 결에 모여서 꽤 많아졌다. 어느 날 이것을 본 아내는 금고처럼 생긴 벙어리를 사다 준다. 나는 한 푼씩 한 푼씩 고 속에 넣고 열쇠는 아내가 가져갔다. 그 후에도 나는 더러 은화를 그 벙어리에 넣은 것을 기억한다. 그리고 나는 게을렀다. 얼마 후 아내의 머리 쪽에 보지 못하였던 누깔잠이 하나 여드름처럼 돋았던 것은 바로 그 금고형 벙어리의 무게가 가벼워졌다는 증거일까. 그러나 나는 드디어 머리맡에 놓았던 그 벙어리에 손을 대지 않고 말았다. 내 게으름은 그런 것에 내 주의를 환기시키기도 싫었다.

아내에게 내객이 있는 날은 이불 속으로 암만 깊이 들어가도 비 오는 날만큼 잠이 오지는 않았다. 나는 그런 때 아내에게는 왜 늘 돈이 있나 왜 돈이 많은가를 연구했다.

내객들은 장지 저쪽에 내가 있는 것은 모르나 보다. 내 아내와 나도 좀 하기 어려운 농을 아주 서슴지 않고 쉽게 해 내던지는 것이다. 그러나 아내를 가운데 서너 사람의 내객들은 늘 비교적 점잖다고 볼 수 있는 것이 자정이 좀 지나면 으레 돌아들 갔다. 그들 가운데는 퍽 교양이 얕은 자도 있는 듯싶었는데 그런 자는 보통 음식을 사다 먹고 논다. 그래서 보충을 하고 대체로 무사하였다.

8. 나는 우선 내 아내의 직업이 무엇인가를 연구하기 착수하였으나 좁은 시야와 부족한 지식으로는 이것을 알아내기 힘이 든다. 나는 끝끝내 내 아내의 직업이 무엇인가를 모르고 말려나 보다.

아내는 늘 진솔버선만 신었다. 아내는 밥도 지었다. 아내가 밥 짓는 것을 나는 한 번도 구경한 일은 없으나 언제든지 끼니때면 내 방으로 내 조석을 날라다주는 것이다. 우리 집에는 나와 내 아내 외의 다른 사람은 아무도 없다. 이 밥은 분명히 아내가 손수 지었음에 틀림없다.

그러나 아내는 한 번도 나를 자기 방으로 부른 일이 없다.

나는 늘 윗방에서 나 혼자서 밥을 먹고 잠을 잤다. 밥은 너무 맛이 없었다. 반찬이 너무 엉성하였다. 나는 닭이나 강아지처럼 말 없이 주는 모이를 납죽납죽 받아먹기는 했으나 내심 야속하게 생각한 적도 더러 없지 않다. 나는 안색이 여지없이 창백해가면서 말라 들어갔다. 나날이 눈에 보이듯이 기운이 줄어들었다. 영양부족으로 하여 몸뚱이 곳곳이 뼈가 불쑥불쑥 내어밀었다. 하룻밤 사이에도 수 십차를 돌쳐눕지 않고는 여기저기가 배겨서 나는 배겨낼 수가 없었다.

9. 그렇기 때문에 나는 내 이불 속에서 아내가 늘 흔히 쓸 수 있는 저 돈의 출처를 탐색해보는 일변 장지 틈으로 새어나오는 아랫방의 음식은 무엇일까를 간단히 연구하였다. 나는 잠이 잘 안 왔다.

깨달았다. 아내가 쓰는 돈은 그 내게는 다만 실없는 사람들밖에 보잊 않는 까닭 모를 내객들이 놓고 가는 것에 틀림없으리라는 것을 나는 깨달았다. 그러나 왜 그들 내객들은 돈을 놓고 가나. 왜 내 아내는 그 돈을 받아야 되나 하는 예의 관념이 내게는 도무지 알 수 없는 것이었다.

그것은 그저 예의에 지나지 않는 것일까. 그렇지 않으면 혹 무슨 대가일까. 내 아내가 그들의 눈에는 동정을 받아야만 할 한 가없은 인물로 보였던가?

이런 것을 생각하노라면 으레 내 머리는 그냥 혼란하여버리고 버리고 하였다. 잠들기 전에 획득했다는 결론이 오직 불쾌하다는 것뿐이었으면서도 나는 그런 것을 아내에게 물어보거나 할 일이 참 한 번도 없다. 그것은 대체 귀찮기도 하려니와 한잠 자고 이러나는 나는 사뭇 딴사람처럼 이것도 저것도 다 깨끗이 잊어버리고 그만두는 까닭이다.

내객들이 돌아가고, 혹 밤 외출에서 돌아오고 하면 아내는 경편한 것으로 옷을 바꾸어 입고 내 방으로 나를 찾아온다. 그리고 이불을 들추고 내 귀에는 영 생동생동한 몇 마디 말로 나를 위로하려 든다. 나는 조소도 고소도 홍소도 아닌 웃음을 얼굴에 띠 아내의 아름다운 얼굴을 쳐다본다. 아내는 방그레 웃는다. 그러나 그 얼굴에 떠도는 일발의 애수를 나는 놓치지 않는다.

아내는 능히 내가 배고파하는 것을 눈치챌 것이다. 그러나 아랫방에서 먹고 남은 음식을 나에게 주려 들지 않는다. 그것은 어디까지든지 나를 존경하는 마음일 것임에 틀림없다. 나는 배가 고프면서도 적이 마음이 든든한 것을 좋아했다. 아내가 무엇이라고 지껄이고 갔는지 귀에 남아 있을 리가 없다. 다만 머리맡에 아내 놓고 간 은화가 전등불에 흐릿하게 빛나고 있을 뿐이다.

고 금고형 벙어리 속에 고 은화가 얼마큼이나 모였을까. 나는 그러나 그것을 쳐들어보지 않았다. 그저 아무런 의욕도 기운도 없이 그 단춧구멍처럼 생긴 틈바구니로 은화를 들이뜨려둘 뿐이다.

10. 왜 아내의 내객들이 아내에게 돈을 놓고 가나 하는 것이 풀 수 없는 의문인 것같이 왜 아내는 나에게 돈을 놓고 가나 하는 것도 역시 나에게는 똑같이 풀 수 없는 의문이었다. 내 비록 아내가 내게 돈을 놓고 가는 것이 싫지 않았다 하더라도 그것은 다만 고것이 내 손가락에 넣는 순간에서부터 고 벙어리 주둥이에서 자취를 감추기까지의 하잘 것없는 짧은 촉각이 좋았달 뿐이지 그 이상 아무 기쁨도 없다.

11. 어느 날 나는 고 벙어리를 변소에 갖다 넣어버렸다. 그때 벙어리 속에는 몇 푼이나 되는지는 모르겠으나 고 은화들이 꽤 들어 있었다.

나는 내가 지구 위에 살며 내가 이렇게 살고 있는 지구가 질풍신뢰의 속력으로 광대무변의 공간을 달리고 있다는 것을 생각했을 때 참 허망하였다. 나는 이렇게 부지런한 지구 위에서는 현기증도 날 것 같고 해서 한시바삐 내려버리고 싶었다.

이불 속에서 이런 생각을 하고 난 뒤에는 나는 고 은화를 고 벙어리에 넣고 넣고 하는 것조차가 귀찮아졌다. 나는 아내가 손수 벙어리를 사용하였으면 하고 희망하였다. 벙어리도 동도 사실에는 아내에게만 필요한 것이지 내게는 애초부터 의미가 전연 없는 것이었으니까 될 수만 있으면 그 벙어리를 아내는 아내 방으로 가져갔으면 하고 기다렸다. 그러나 아내는 가져가지 않는다. 나는 내 아내 방으로 가져다둘까 하고 생각하여보았으나 그 즈음에는 아내의 내객이 원체 많아서 내가 아내 방에 가볼 기회가 도무지 없었다. 그래서 나는 하는 수없이 변수에 갖다 집어넣어버리고 만 것이다.

나는 서글픈 마음으로 아내의 꾸지람을 기다렸다. 그러나 아내는 끝내 아무 말도 나에게 묻지도 하지도 않았다. 않았을 뿐 아니라 여전히 돈은 돈대로 내 머리맡에 놓고 가지 않나? 내 머리맡에는 어느덧 은화가 꽤 많이 모였다.

12. 내객이 아내에게 돈을 놓고 가는 것이나 아내가 내게 돈을 놓고 가는 것이나 일종의 쾌감 – 그 외의 다른 아무런 이유도 없는 것이 아닐까 하는 것을 나는 또 이불 속에서 연구하기 시작하였다. 쾌감이라면 어떤 종류의 쾌감일까를 계속하여 연구하였다. 그러나 그것은 이불 속의 연구로는 알 길이 없었다. 쾌감, 쾌감, 하고 나는 뜻밖에도 이 문제에 대해서만 흥미를 느꼈다.

아내는 물론 나를 늘 감금하여두다시피 하여왔다. 내게 불평이 있을 리 없다. 그런 중에도 나는 그 쾌감이라는 것의 유무를 체험하고 싶었다.

13. 나는 아내의 밤 외출 틈을 타서 밖으로 나왔다. 나는 거리에서

잊어버리지 않고 가지고 나온 은화를 지폐로 바꾼다. 5원이나 된다. 그것을 주머니에 넣고 나는 목적을 잃어버리기 이하여 얼마든지 거리를 쏘다녔다. 오래간만에 보는 거리는 거의 경이에 가까울 만치 내 신경을 흥분시지 않고는 마지않았다. 나는 금시에 피곤하여버렸다. 그러나 나는 참았다. 그리고 밤이 이슥하도록 까닭을 잊어버린 채 이 거리 저 거리로 지향 없이 헤매었다. 돈은 물론 한 푼도 쓰지 않았다. 돈을 쓰 아무 엄두도 나서지 않았다. 나는 벌써 돈을 쓰는 기능을 완전히 상실한 것 같았다.

나는 과연 피로를 이 이상 견디기가 어려웠다. 나는 가까스로 내 집을 찾았다. 나는 내 방으로 가려면 아내 방을 통과하지 않으면 안 될 것을 알고 아내에게 내객이 있나 없나를 걱정하면서 미닫이 앞에서 좀 거북살스럽게 기침을 한 번 했더니 이것은 참 또 너무 암상스럽게 미닫이가 열리면서 아내의 얼굴과 그 등 뒤에 낯선 남자의 얼굴이 이 쪽을 내다보는 것이다. 나는 별안간 내어쏟아지는 불빛에 눈이 부셔서 좀 머뭇머뭇했다.

나는 아내의 눈초리를 못 본 것은 아니다. 그러나 나는 모른 채 하는 수밖에 없었다. 왜? 나는 어쨌든 아내의 방을 통과하지 않으면 안 되니까···

나는 이불을 뒤집어썼다. 무엇보다도 다리가 아파서 견딜 수가 없었다. 이불 속에서는 가슴이 울렁거려서 암만해도 까무러칠 것만 같았다. 걸을 때는 몰랐더니 숨이 차다. 등에 식은땀이 내배인다. 나는 외출한 것을 후회하였다. 이런 피로를 잊고 엇 잠이 들었으면 좋았다. 한잠 잘 자고 싶었다.

얼마 동안이나 비스듬히 엎드려 있었더니 차츰차츰 뚝딱거리는 가슴 동기가 가라앉는다. 그만해도 우선 살 것 같았다. 나는 몸을 들쳐 반듯이 천장을 향하여 눕고 쭉 다리를 뻗었다.

그러나 나는 또다시 가슴의 동기를 피할 수 없게 되었다. 아랫방에서 아내와 그 남자의 내 귀에도 들리지 않을 만치 옅은 목소리로 소곤거리는 기척이 장지 틈으로 전하여 왔던 것이다. 청각을 더 예민하게 하기 위하여 나는 눈을 떴다. 그리고 숨을 죽였다. 그러나 그때는 벌써 아내와 남자는 앉았던 자리를 툭툭 털며 일어섰고 일어나면서 옷과 모자 쓰는 기척이 나는 듯 하더니 이어 미닫이가 열리고 구두 뒤축 소리가 나고 그리고 뜰에 내려서는 소리가 쿵하고 나면서 뒤를 따르는 아내의 고무신 소리가 두어 발국 찍찍 나고 사뿐사뿐 나나 하는 사이에 두 사람의 발소리가 대문간 쪽으로 사라졌다.

나는 아내의 이런 태도를 본 일이 없다. 아내는 어떤 사람과도 결코 소곤거리는 법이 없다. 나는 윗방에서 이불을 쓰고 누웠는 동안에도 혹 술이 취해서 혀가 잘 돌아가지 않는 내객들의 담화는 더러 놓치는 수가 있어도 아내의 높지도 안고 얕지도 않은 말소리는 일찍이 한 마디도 놓쳐본 일이 없다. 더러 내 귀에 거슬리는 소리가 있어도 나는 그것이 태연한 목소리로 내 귀에 들렸다는 이유로 충분히 안심이 되었다. 그렇던 아내의 이런 태도는 필시 그 속에 여간하지 않은 사정이 있는 듯 싶이 생각이 되고 내 마음은 좀 서운했으나 그러나 그보다도 나는 좀 너무 피곤해서 오늘만은 이불 속에서 아무 것도 연구치 않기로 굳게 결심하고 잠을 기다렸다. 잠은 좀처럼 오지 않았다. 대문간에 나간 아내도 좀처럼 돌아오지 않았다. 그러는 동안에 흐지부지 나는 잠이 들어버렸다. 꿈이 얼쑹덜쑹 종을 잡을 수 없는 거리의 풍경을 여전히 헤맸다.

나는 몹시 흔들렸다. 내객을 보내고 들어온 아내가 잠든 나를 잡아 흔드는 것이다. 나는 눈을 번쩍 뜨고 아내의 얼굴을 쳐다보았다. 노기가 눈초리에 떠서 얇은 입술이 바르르 떨린다. 좀처럼 이 노기가 풀리기는 어려울 것 같았다. 나는 그대로 눈을 감아버렸다. 벼락이 내리기를 기다린 것이다. 그러나 쌔끈 하는 숨소리가 나면서 푸스스 아내의 치맛자락 소리가 나고 장지가 여닫히며 아내는 방으로 돌아갔다. 나는 다시 몸을 돌쳐 이불을 뒤집어쓰고는 개구리처럼 엎드리고, 엎드려서 배가 고픈 가운데에도 오늘 밤의 외출을 또 한 번 후회하였다.

나는 이불 속에서 아내에게 사죄하였다. 그것은 네 오해라고 …

나는 사실 밤이 퍽이나 이슥한 줄만 알았던 것이다. 그것이 네 말마따나 자정 전인 줄은 나는 정말이지 꿈에도 몰랐다. 나는 너무 피곤하였다. 오래간만에 나는 너무 많이 걸은 것이 잘못이다. 내 잘못이라면 잘못은 그것밖에 없다. 외출은 왜 하였더냐고?

나는 그 머리맡에 저절로 모인 5원을 아무에게라도 좋으니 주어 보고 싶었던 것이다. 그뿐이다. 그러나 그것도 내 잘못이라면 나는 그렇게 알겠다. 나는 후회하고 있지 않나?

내가 그 5원 돈을 써버릴 수가 있었던들 나는 자정 안에 집에 돌아올 수 없었을 것이다. 그러나 거리는 너무 복잡하였고 사람은 너무도 들끓었다. 나는 어느 사람을 붙들고 그 5원 돈을 내어 주어야 할지 갈피를 잡을 수가 없었다. 그러는 동안에 나는 여지없이 피곤해버리고 말았던 것이다.

나는 무엇보다도 좀 쉬고 싶었다. 그래서 나는 하는 수없이 집으로 돌아온 것이다. 내 짐작 같아서는 밤이 어지간히 늦은 줄만 알았는데 그것이 불행히도 자정 전이었다는 것은 참 안된 일이다. 미안한 일이다. 나는 얼마든지 사죄하여도 좋다. 그러나 종시 아내의 오해를 풀지 못하였다 하면 내가 이렇게까지 사죄하는 보람은 어디 있나? 한심하였다.

한 시간 동안을 나는 이렇게 초조하게 굴지 않으면 안 되었다. 나는 이불을 홱 적혀버리고 일어나서 장지를 열고 아내 방으로 비칠비칠 달려갔던 것이다. 내게는 거의 의식이라는 것이 없었다. 나는 아내 이불 위에 엎드러지면서 바지 포켓 속에서 그 돈 5원을 꺼내 아내 손에 쥐어준 것을 간신히 기억할 뿐이다.

이튿날 잠이 깨었을 때 나는 내 아내 방 아내 이불 속에 있었다. 이것이 이 삼십삼 번지에서 살기 시작한 이래 내가 아내 방에서 잔 맨 처음이었다.

14. 해가 들창에 훨씬 높았는데 아내는 이미 외출하고 벌써 애 곁에 있지는 않다. 아내는 엊저녁 내가 의식을 잃은 동안에 외출한 것인지도 모른다. 아니! 아내는 엊저녁 내가 의식을 잃은 동안에 외출한 것인지도 모른다. 그러나 나는 그런 것을 조사하고 싶지 않았다. 다만 전신이 찌뿌드드한 것이 손가락 하나 꼼짝할 힘조차 없

었다. 책보보다 좀 작은 면적의 볕이 눈이 부시다. 그 속에서 수없는 먼지가 흡사 미생물처럼 난무한다. 코가 콱 막히는 것 같다. 나는 다시 눈을 감고 이불을 폭 뒤집어쓰고 낮잠을 자기에 착수하였다. 그러나 코를 스치는 아내의 체취는 꽤 도발적이었다. 나는 몸을 여러 번 여러 번 비비 꼬면서 아내의 화장대에 늘어선 고 가지각색의 화장품 병들과 고 병들이 마개를 뽑았을 때 풍기던 냄새를 더듬느라고 좀ㅁ처럼 잠은 들지 않은 것을 어찌하는 수도 없었다.

견디다 못하여 나는 그만 이불을 걷어차고 벌떡 일어나서 내 방으로 갔다. 내 방에는 다 식어빠진 내 끼니가 가지런히 놓여있는 것이다. 아내는 내 모이를 여기다 주고 나간 것이다. 나는 우선 배가 고팠다. 한 숟갈을 입에 떠 넣을 때 그 촉감은 너무도 냉회와 같이 싸늘하였다. 나는 숟갈을 놓고 내 이불 속으로 들어갔다. 하룻밤을 비워 때린 내 이부자리는 여전히 반갑게 나를 맞아준다. 나는 내 이불을 뒤집어쓰고 이번에는 참 늘어지게 한잠 잤다. 잘 –

내가 잠을 깬 것은 전등이 켜진 뒤다. 그러나 아내는 아직도 돌아오지 않았나 보다. 아니! 들어왔다 또 나갔는지도 알 수 없다. 그러나 그런 것을 삼고하여 무엇 하냐?

정신이 한결 난다. 나는 지난 밤일을 생각해보았다. 그 돈 5원을 아내 손에 쥐어주고 넘어졌을 때에 느낄 수 있었던 쾌감을 나는 무엇이라고 설명할 수가 없었다. 그러나 내객들이 내 아내에게 돈 놓고 가는 심리며 내 아내가 내게 돈 놓고 가는 심리의 비밀을 나는 알아낸 것 것 같아서 여간 즐거운 것이 아니다. 나는 속으로 빙그레 웃어보았다. 이런 것을 모르고 오늘까지 지내온 내 자신이 어떻게 우스꽝스러워 보이는지 몰랐다. 나는 어깨춤이 났다.

따라서 나는 또 오늘 밤에도 외출하고 싶었다. 그러나 돈이 없다. 나는 엊저녁에 그 돈 5원을 한꺼번에 아내에게 주어버린 것을 후회하였다. 또 고 벙어리를 변소에 갖다 쳐넣어버린 것도 후회하였다. 나는 실없이 실망하면서 습관처럼 그 돈 5월이 들어있던 내 바지 포켓에 손을 넣어 한번 휘둘러보았다. 뜻밖에도 내 손에 쥐어지는 것이 있었다. 2원밖에 없다. 그러나 많아야 맛은 아니다. 얼마간이고 있으면 된다. 나는 그만한 것이 여간 고마운 것이 아니었다.

15. 나는 기운을 얻었다. 나는 그 단벌 다 떨어진 코르덴 양복을 걸치고 배고픈 것도 주제 사나운 것도 다 잊어버리고 활갯짓을 하면서 또 거리로 나섰다. 나서면서 나는 제발 시간이 화살 닫듯 해서 자정이 어서 휙 지나버렸으면 하고 조바심을 태웠다. 아내에게 돈을 주고 아내 방에서 자보는 것은 어디까지든지 좋았지만 만일 잘못해서 자정 전에 집에 들어갔다가 아내의 눈총을 맞는 것은 그것은 여간 무서운 일이 아니었다. 나는 저물도록 길가 시계를 들여다보고 하면서 또 지향 없이 거리를 방황하였다. 그러나 이날은 좀처럼 피곤하지는 않았다. 다만 시간이 너무 더디게 가는 것만 같아서 안타까웠다.

경성역 시계가 확실히 자정이 지난 것을 본 뒤에 나는 집을 향하였다. 그날은 그 일각대문에서 아내와 아내의 남자가 이야기 하고 섰는 것을 만났다. 나는 모른 체하고 두 사람 곁을 지나서 내 방으로 들어갔다. 뒤이어 아내도 들어왔다. 와서는 이 밤중에 평생

안하던 쓰게질을 하는 것이다. 조금 있다가 아내가 눕는 기척을 엿
듣자마자 나는 또 장지를 열고 아내 방으로 가서 그 돈 2원을 아내
손에 덥석 쥐어 주고 그리고 - 하여간 그 2원을 오늘 밤에도 쓰지
않고 도로 가져온 것이 참 이상하다는 듯이 아내는 내 얼굴을 몇
번이고 엿보고 - 아내는 드디어 아무 말도 없이 나를 자기 방에
재워주었다. 나는 이 기쁨을 세상의 무엇과도 바꾸고 싶지는 않았
다. 나는 편히 잘 잤다.

16. 이튿날도 내가 잠이 깨었을 때는 아내는 보이지 않았다. 나는
또 내 방으로 가서 피곤한 몸이 낮잠을 잤다.

내가 아내에게 흔들려 깨었을 때는 역시 불이 들어온 뒤였다.
아내는 자기 방으로 나를 오라는 것이다. 이런 일은 또 처음이다.
아내는 끊임없이 얼굴에 미소를 띠고 내 팔을 이끄는 것이다. 나는
이런 아내의 태도 이면에 엔간치 않은 음모가 숨어 있지나 않은가
하고 적이 불안을 느끼지 않을 수 없었다.

나는 아내의 하자는 대로 아내 방으로 끌려갔다. 아내 방에는
저녁 밥상이 조촐하게 차려져 있는 것이다. 생각하여보면 나는 이
틀을 굶었다. 나는 지금 배고픈 것까지도 긴가민가 잊어버리고 어
름어름하던 차다.

나는 생각하였다. 이 최후의 만찬을 먹고 나자마자 벼락이 내려
도 나는 차라리 후회하지 않을 것을. 사실 나는 인간 세상이 너무
나 심심해서 못 견디겠던 차다. 모든 일이 성가시고 귀찮았으나 그
러나 불의의 재난이라는 것은 즐겁다. 나는 마음을 턱 놓고 조용히

아내와 마주 이 해괴한 저녁밥을 먹었다. 우리 부부는 이야기하는 법이 없었다. 밥을 먹은 뒤에도 나는 말이 없이 그냥 부스스 일어나서 내 방으로 건너가버렸다. 아내는 나를 붙잡지 않았다. 나는 벽에 기대어 앉아서 담배를 한 대 피워 물고 그리고 벼락이 떨어질 테거든 어서 떨어져라 하고 기다렸다.

5분! 10분!

그러나 벼락은 내리지 않았다. 긴장이 차츰 늘어지기 시작한다. 나는 어느덧 오늘밤에도 외출할 것을 생각하고 있었다. 돈이 있었으면 하고 생각하고 있었다.

그러나 돈은 확실히 없다. 오늘은 외출하여도 나중에 올 무슨 기쁨이 있나. 나는 앞이 그냥 아뜩하였다. 나는 화가 나서 이불을 뒤집어쓰고 이리 뒹굴 저리 뒹굴 굴렸다. 금시 먹은 밥이 목구멍으로 자꾸 치밀어 올라온다. 메스꺼웠다.

하늘에서 얼마라도 좋으니 왜 지폐가 소낙비처럼 퍼붓지 않나. 그것이 그저 한없이 야속하고 슬펐다. 나는 이렇게밖에 돈을 구하는 아무런 방법도 알지는 못했다. 나는 이불 속에서 좀 울었다. 돈이 왜 없냐면서…

그랬더니 아내가 또 내 방에를 왔다. 나는 깜짝 놀라 아마 인제서야 벼락이 내리려나 보다 하고 숨을 죽이고 두꺼비 모양으로 엎디어 있었다. 그러나 떨어진 입으로 새어나오는 아내의 말소리는 참 부드러웠다. 정다웠다. 아내는 내가 왜 우는지를 안다는 것이다. 돈이 없어서 그러는 게 아니냔다. 나는 실없이 깜짝 놀랐다.

어떻게 저렇게 사람의 속을 환하게 들여다보는구나 해서 나는 한 편으로 슬그머니 겁도 안 나는 것은 아니었으나 저렇게 말하는 것을 보면 아마 내게 돈을 줄 생각이 있나 보다. 만일 그렇다면 오죽이나 좋은 일일까. 나는 이불 속에 풀풀 말린 채 고개도 들지 않고 아내의 다음 거동을 기다리고 있으니까, 엣소 하고 내 머리맡에 내려뜨리는 것은 그 가뿐한 음향으로 보아 지폐에 틀림없었다. 그리고 내 귀에다 대고 오늘일랑 어제보다도 좀더 늦게 들어와도 좋다고 속삭이는 것이다. 그것은 어렵지 않다. 우선 그 돈이 무엇보다도 고맙고 반가웠다.

어쨌든 나섰다. 나는 좀 야맹증이다. 그래서 될 수 있는 대로 밝은 거리로 골라서 돌아다니기로 했다. 그러고는 경성역 일이등 대합실 한결 티룸에를 들렀다. 그것은 내게는 큰 발견이었다. 거기는 우선 아무도 아는 사람이 안 온다. 설사 왔다가도 곧들 가니까 좋다. 나는 날마다 여기 와서 시간을 보내리라 속으로 생각하여두었다.

제일 여기 시계가 어느 시계보다도 정확하리라는 것이 좋았다. 섣불리 서투른 시계를 보고 그것을 믿고 시간 전에 집에 돌아갔다가 큰 코를 다쳐서는 안 된다.

나는 한 복스에 아무 것도 없는 것과 마주 앉아서 잘 끓은 커피를 마셨다. 총총한 가운데 여객들은 그래도 한잔 커피가 즐거운가 보다. 얼른얼른 마시고 무얼 좀 생각하는 것같이 담벼락도 좀 쳐다보고 하다가 곧 나가버린다. 서글프다. 그러나 내게는 이 서글픈 분위기가 거리의 티룸들의 거추장스러운 분위기보다는 절실하고 마음에 들었다. 이따금 들리는 날카로운 혹은 우렁찬 기적소리가 모차르트보다도 더 가깝다. 나는 메뉴에 적힌 몇 가지 안 되는 음식 이름을 치읽고 내리읽고 여러 번 읽었다. 그것들은 아물아물한 것이 어딘가 내 어렸을 때 동무들 이름과 비슷한 데가 있었다.

거기서 얼마나 내가 오래 앉았는지 정신이 오락가락하는 중에 객이 슬며시 뜸해지면서 이 구석 저 구석 걷어치우기 시작하는 것을 보면 아마 닫을 시간이 된 모양이다. 11시가 좀 지났구나. 여기도 결코 내 안주의 곳은 아니구나. 어디 가서 자정을 넘길까. 두루 걱정을 하면서 나는 밖으로 나왔다. 비가 온다. 빗발이 제법 굵은 것이 우비도 우산도 없는 나 고생을 시킬 작정이다. 그렇다고 이런 괴이한 풍모를 차리고 이 홀에서 어물어물하는 수는 없고 예이 비를 맞으면 맞았지 하고 나는 그냥 나서버렸다.

대단히 선선해서 견딜 수가 없다. 코르덴 옷이 젖기 시작하더니 나중에는 속속들이 스며들면서 치근거린다. 비를 맞아가면서라도 견딜 수 있는 데까지 거리를 돌아다녀서 시간을 보내려 하였으나 인체는 선선해서 이 이상은 더 견딜 수가 없다. 오한이 자꾸 일어나면서 이가 딱딱 맞부딪는다.

나는 걸음을 재우치면서 생각하였다. 오늘 같은 궂은 날도 아내에게 내객이 있을라구. 없겠지 하는 생각이 드는 것이다. 집으로 가야겠다. 아내에게 불행히 내객이 있거든 내 사정을 하리라. 사정을 하면 이렇게 비가 오는 것을 눈으로 보고 알아주겠지.

부리나케 와 보니까 그러나 아내에게는 내객이 있었다. 나는 그만 너무 춥고 척척해서 얼떨결에 노크하는 것을 잊었다. 그래서 나

는 보면 아내가 좀 덜 좋아할 것을 그만 보았다. 나는 갑발자국 같
은 발자국을 내면서 덤벙덤벙 아내 방을 디디고 그리고 내 방으로
가서 쭉 빠진 옷을 활활 벗어버리고 이불을 뒤썼다. 덜덜덜덜 떨린
다. 오한이 점점 더 심해 들어온다. 여전 땅이 꺼져 들어가는 것만
같았다. 나는 그만 의식을 잃어버리고 말았다.

17. 이튿날 내가 눈을 떴을 때 아내는 내 머리맡에 앉아서 제법 근
심스러운 얼굴이다. 나는 감기가 들었다. 여전히 춥고 또 골치가
아프고 입에 군침이 도는 것이 씁쓸하면서 다리 팔이 척 늘어져서
노곤하다.

아내는 내 머리를 쓱 짚어보더니 약을 먹어야지 한다. 아내 손
이 이마에 선뜩한 것을 보면 신열이 어지간한 모양인데 약을 먹는
다면 해열제를 먹어야지 하고 속생각을 하자니까 아내는 따뜻한
물에 하얀 정제약 네 개를 준다. 이것을 먹고 한잠 푹 자고 나면
괜찮다는 것이다. 나는 널름 받아먹었다. 쌉싸름한 것이 짐작 같아
서는 아마 아스피린인가 싶다. 나는 다시 이불을 쓰고 단번에 그냥
죽은 것처럼 잠이 들어버렸다.

나는 콧물을 훌쩍훌쩍하면서 여러 날을 앓았다. 앓는 동안에 끊
이지 않고 그 정제약을 먹었다. 그러는 동안에 감기도 나았다. 그
러나 입맛은 여전히 소태처럼 썼다.

나는 차츰 또 외출하고 싶은 생각이 났다. 그러나 아내는 나더
러 외출하지 말라고 이르는 것이다. 이 약을 먹고 그리고 가만히
누워 있으라는 것이다. 공연히 외출을 하다가 이렇게 감기가 들어

서 저를 고생을 시키는 게 아니냐다. 그도 그렇다. 그럼 외출을 하
지 않겠다고 맹서하고 그 약을 연복하여 몸을 좀 보해 보리라고 나
는 생각하였다.

나는 날마다 이불을 뒤집어쓰고 밤이나 납이나 잤다. 유난스럽
게 밤이나 낮이나 졸려서 견딜 수가 없는 것이다. 나는 이렇게 잠이
자꾸만 오는 것은 내가 몸이 훨씬 튼튼해진 증거라고 굳게 믿었다.

나는 아마 한 달이나 이렇게 지냈나 보다. 내 머리와 수염이 좀
너무 자라서 훗훗해서 견딜 수가 없어서 내 거울을 좀 보리라고 아
내가 외출한 틈을 타서 나는 아내 방으로 가서 아내의 화장대 앞에
앉아보았다. 상당하다. 수염과 머리가 참 산란하다. 오늘은 이발을
좀 하리라 생각하고 겸사겸사 고 화장품 병들 마개를 뽑고 이것저
것 맡아보았다. 한동안 잊어버렸던 향기 가운데서는 몸이 배배 꼬
일 것 같은 체취가 전해 나왔다. 나는 아내의 이름을 속으로만 한
번 불러보았다.

"연심이!"

하고…

오래간만에 돋보기 장난도 하였다. 거울 장난도 하였다. 창에
든 볕이 여간 따뜻한 것이 아니었다. 생각하면 5월이 아니냐.

나는 커다랗게 기지개를 한번 펴보고 아내 베개를 내려 베고 벌
떡 자빠져서는 이렇게도 편안하고 즐거운 세월을 하느님께 흠씬 자
랑하여주고 싶었다. 나는 참 세상의 아무 것과도 교섭을 가지지 않
는다. 하느님도 아마 나를 칭찬할 수도 처럼할 수도 없는 것 같다.

그러나 다음 순간 실로 세상에도 이상스러운 것이 눈에 띄었다.

그것은 최면약 아달린 갑이었다. 나는 그것을 아내의 화장대 밑에서 발견하고 그것이 흡사 아스피린처럼 생겼다고 느꼈다. 나는 그것을 열어보았다. 똑 네 개가 비었다.

나는 오늘 아침에 네 개의 아스피린을 먹은 것을 기억하고 있었다. 나는 잤다. 어제도 그제도 그끄제도 – 나는 졸려서 견딜 수가 없었다. 나는 감기가 다 나았는데도 아내는 내게 아스피린을 주었다. 내가 잠이 든 동안에 이웃에 불이 난 일이 있다. 그때에도 나는 자느라고 몰랐다. 이렇게 나는 잤다. 나는 아스피린으로 알고 그럼 한 달 동안을 두고 아달린을 먹어온 것이다. 이것은 좀 너무 심하다.

별안간 아득하더니 하마터면 나는 까무러칠 뻔 하였다. 나는 그 아달린을 주머니에 넣고 집을 나섰다. 그리고 산을 찾아 올라갔다. 인간 세상의 아무 것도 보기가 싫었던 것이다. 걸으면서 나는 아무쪼록 아내에 관계되는 일은 일체 생각하지 않도록 노력하였다. 길에서 까무러치기 쉬우니까. 나는 어디라도 양지가 바른 자리를 하나 골라서 자리를 잡아가지고 서서히 아내에 관하여서 연구할 작정이었다. 나는 길가에 도랑창, 편 구경도 못한 진 개나리꽃, 종달새, 돌멩이도 새끼를 까는 이야기. 이런 것만 생각하였다. 다행히 길가에서 나는 졸도하지 않았다.

거기는 벤치가 있었다. 나는 거기 정좌하고 그리고 그 아스피린과 아달린에 관하여 연구하였다. 그러나 머리가 도무지 혼란하여 생각이 체계를 이루지 않는다. 단 5분이 못가서 나는 그만 귀찮은 생각이 버쩍 들면서 심술이 났다. 나는 주머니에서 가지고 온 아달린을 꺼내 남은 여섯 개를 한꺼번에 질겅질겅 씹어 먹어버렸다. 맛이 익살맞다. 그리고 나서 나는 벤치 위에 가로 기다랗게 누웠다. 무슨 생각으로 내가 그따위 짓을 했다? 알 수가 없다. 그저 그러고 싶었다. 나는 게서 그냥 깊이 잠이 들었다. 잠결에도 바위틈을 흐르는 물소리가 졸졸 하고 귀에 언제까지나 어렴풋이 들려왔다.

내가 잠을 깨었을 때는 날이 환히 밝은 뒤다. 나는 거기서 일주일을 잔 것이다. 풍경이 그냥 노랗게 보인다. 그 속에서도 나는 번개처럼 아스피린과 아달린이 생각났다.

아스피린, 아달린, 아스피린, 아달린, 마르크스, 맬서스, 마도로스, 아스피린, 아달린.

아내는 한 달 동안 아달린을 아스피린이라고 속이고 내게 먹였다. 그것은 아내 방에서 이 아달린 갑이 발견된 것으로 미루어 증거가 너무나 확실하였다.

무슨 목적으로 아내는 나를 밤이나 낮이나 재웠어야 됐다?

나흘 밤이나 낮이나 재워놓고 그리고 아내는 내가 자는 동안 에 무슨 짓을 했다?

나를 조금씩 죽이려던 것일까?

그러나 또 생각하여 보면 내가 한 달을 두고 먹어온 것은 아스피린이었는지도 모른다. 아내는 무슨 근심되는 일이 있어서 밤 되면 잠이 잘 오지 않아서 정작 아내가 아달린을 사용한 것이나 아닌지. 그렇다면 나는 참 미안하다. 나는 아내에게 이렇게 큰 의혹을 가졌다는 것이 참 안됐다.

18. 나는 그래서 부리나케 거기서 내려왔다. 아랫도리가 홰홰 내저

어가면서 어찔어찔한 것을 나는 겨우 집을 향하여 걸었다. 8시 가까이였다.

나는 내 잘못 든 생각을 죄다 일러바치고 아내에게 사죄하려는 것이다. 나는 너무 급해서 그만 또 말을 잊었다.

그랬더니 이건 참 너무 큰일났다. 나는 내 눈으로는 절대로 보아서 안 될 것을 그만 딱 보아버리고 만 것이다. 나는 얼떨결에 그만 냉큼 미닫이를 닫고 그리고 현기증이 나는 것을 진정시키느라고 잠깐 고개를 숙이고 눈을 감고 기둥을 짚고 섰자니까 일 초 여유도 없이 홱 미닫이가 다시 열리더니 매무새를 풀어헤친 아내가 불쑥 내밀면서 내 멱살을 잡는 것이다. 나는 그만 어지러워서 게가 그냥 나둥그러졌다. 그랬더니 아내는 넘어진 내 위에 덮치면서 내 살을 함부로 물어뜯는 것이다. 아파 죽겠다. 나는 사실 반항할 의사도 힘도 없어서 그냥 납죽 엎뎌 있으면서 어떻게 되나 보고 있자니까 뒤이어 남즉 나오는 것 같더니 아내를 한아름에 덥석 안아가지고 방 안으로 들어가는 것이다. 아내는 아무 말 없이 다소곳이 그렇게 안겨 들어가는 것이 내 눈에 여간 미운 것이 아다. 밉다.

아내는 너 밤 새워가면서 도적질하러 다니느냐, 계집질하러 다니느냐고 발악이다. 이것은 참 너무 억울하다. 나는 어안이 벙벙하여 도무지 입이 떨어지지를 않았다.

너는 그야말로 나를 살해하려던 것이 아니냐고 소리를 한번 꽥 질러보고도 싶었으나 그런 긴가민가한 소리를 섣불리 입밖에 내었다가는 무슨 화를 볼른지 알 수 있나. 차차리 억울하지만 잠자코 있는 것이 우선 상책인 듯 싶이 생각이 들길래 나는 이것은 또 무슨 생각으로 그랬는지 모르지만 툭툭 털고 일어나서 내 바지 포켓 속에 남은 돈 몇 원 몇십 전을 가만히 꺼내서는 몰래 미닫이를 열고 살며시 문지방 밑에다 놓고 나서는 나는 그냥 줄달음박질을 쳐서 나와버렸다.

여러 번 자동차에 치일 뻔하면서 나는 그대로 경성역을 찾아갔다. 빈자리와 마주 앉아서 이 쓰디쓴 입맛을 거두기 위하여 무엇으로나 입가심을 하고 싶었다.

커피 - 좋다. 그러나 경성역 홀에 한 걸음을 들여놓았을 때 나는 내 주머니는 돈이 한 푼도 없는 것을 그것을 깜빡 잊었던 것을 깨달았다. 또 아득하였다. 나는 어디선가 그저 맥없이 머뭇머뭇하면서 어쩔 줄을 모를 뿐이었다. 얼빠진 사람처럼 그저 이리 갔다 저리 갔다 하면서 ···

나는 어디로 어디로 들입다 쏘다녔는지 하나도 모른다. 다만 몇 시간 후에 내가 미쓰코시 옥상에 있는 것을 깨달았을 때는 거의 대낮이었다.

나는 거기 아무 데나 주저앉아서 내 자라온 스물여섯 해를 회고하여보았다. 몽롱한 기억 속에서는 이렇다는 아무 제목도 불거져 나오지 않았다.

나는 또 내 자신에게 물어보았다. 너는 인생에 무슨 욕심이 있느냐고. 그러나 있다고도 없다고도, 그런 대답은 하기가 싫었다. 나는 것의 나 자신의 존재를 인식하기조차도 어려웠다.

허리를 굽혀서 나는 그저 금붕어나 들여다보고 있었다. 금붕어는 참 잘들 생겼다. 작은 놈은 작은 놈 대로 큰 놈은 큰 놈 대로

다 싱싱하니 보기 좋았다. 내리비치는 5월 햇살에 금붕어들은 그릇 바탕에 그림자를 내려뜨렸다. 지느러미는 하늘하늘 손수건을 흔드는 흉내를 낸다. 나는 이 지느러미 수효를 헤아려보기도 하면서 굽힌 허리를 좀처럼 펴지 않았다. 등어리가 따뜻하다.

나는 또 회탁의 거리를 내려다보았다. 거기서는 피곤한 생활이 똑 금붕어 지느러미처럼 흐늑흐늑 허비적거렸다. 눈에 보이지 않는 끈적끈적한 줄에 엉켜서 헤어나지들을 못한다. 나는 피로와 공복 때문에 무너져 들어가는 몸뚱이를 끌고 그 회탁의 거 속으로 섞여 들어가지 않을 수도 없다 생각하였다. 나서서 나는 또 문득 생각하여보았다. 이 발길이 지금 어디로 향하여 가는 것인가를…

그때 내 눈앞에는 아내의 모가지가 별가처럼 내려 떨어졌다. 아스피린과 아달린.

우리들은 서로 오해하고 있느리라. 설마 아내가 아스피린 대신에 아달린의 정량을 나에게 먹여왔을까? 나는 그것을 믿을 수는 없다. 아내가 그럴 대체 까닭이 없을 것이다. 그러면 나는 날밤을 새면서 도적질을 계집을 하였나? 정말이지 아니다.

우리 부부는 숙명적으로 발이 맞지 않는 절름발이인 것이다. 내가 아내나 제 거동에 로직을 붙일 필요는 없다. 변해할 필요도 없다. 사실은 사실대로 오해는 오해대로 그저 끝없이 발을 절뚝거리면서 세상을 걸어가면 되는 것이다. 그렇지 않을까?

그러나 나는 이 발길이 아내에게로 돌아가야 옳은가 이것만은 분간하기가 좀 어려웠다. 가야 하나? 그럼 어디로 가나?

이때 뚜우 하고 정오 사이렌이 울었다. 사람들은 모두 네 활개

를 펴고 닭처럼 푸드덕거리는 것 같고 온갖 유리와 강철과 대리석
과 지폐와 잉크가 부글부글 끓고 수선을 떨고 하는 것 같은 찰나.
그야말로 현란을 극한 정오다.

나는 불현 듯이 겨드랑이가 가렵다. 아하. 그것은 내 인공의 날
개가 돋았던 자국이다. 오늘은 없는 이 날개. 머릿속에서는 희망과
야심의 말소된 페이지가 딕셔너리 넘어가듯 번뜩였다.

나는 걷던 걸음을 멈추고 그리고 어디 한번 이렇게 외쳐보고 싶
었다.

날개야 다시 돋아라.

날자 날자. 날자. 한 번만 더 날자꾸나.

한 번만 더 날아보자꾸나.

[해독] 이 글의 주역은 이상이고 상대역은 연심(금홍)이다. 이상은
날개를 잃고 하늘에서 땅으로 추락하여 "박제"가 된 천재이고 연심
은 하늘에서 뭇 수벌을 상대하는 "여왕벌"이다. 둘 다 하늘이 무대
였다. 이 글에서 하늘은 완전함의 상징이다. 박제는 자아의 상실이
다. 이상이 표현한 대로 자신의 "위조"이다. 이 글에서 이상은 자신
을 박제처럼 속이 거세된 사람으로 위조한다. 마지막에는 자아를
회복하려 한다. 여왕벌은 난교의 상징이다. 그러나 이 설정의 배경
은 황금비율이다. 앞서 언급했듯이 이상의 날개는 황금비율이고
여왕벌의 족보 역시 황금비율이다.

본문에서 이상이 살고 있는 마을에는 동네의 이름이 없다. 다만

三十三번지라고만 알려준다. 十八가구가 "어깨를 맞대고" 밀집한
이름 없는 이 가난한 동네를 그려보면 〈그림 9-2〉와 같다.

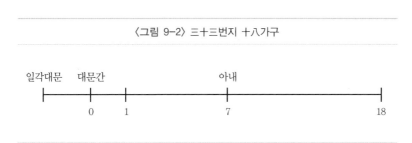

〈그림 9-2〉 三十三번지 十八가구

일부 연구에 의하면 이 동네는 종로구 관철동에 실재한 장소일
수 있다고 한다. 그러나 몇 가지 의문점이 있다. 먼저 일각대문이
다. "십팔 가구를 대표하는 대문이라는 것이 일각이 져서 외따로
떨어지기는 했으나 있다." 대문간도 있다. 그리고 18가구가 있는데
그 가운데 7번째가 이상이 아내와 함께 사는 곳이다. "대문간에서
세어서 똑 ― 일곱째 칸이다." 18가구는 "어깨를 맞대고 늘어서서
창호가 똑같고 아궁이 모양이 똑같다." 그 구조가 "흡사 유곽이라
는 느낌"이다. 일본식 유곽은 방이 붙어있다. 이곳은 일본말로 花
家 또는 花街에 어울린다. "십팔 가구에 각기 별러 든 송이송이 꽃
들"이 그 표현이다. 본문에서 일곱 가지 모순이 발견된다.

첫째, 가난한 동네라서 번듯한 대문이 없이 일각대문이다. 일각
대문에는 대문간이 없다. 그런데 이상은 본문에서 두 번이나 "대문
간"을 말하고 있다. 이것은 거짓이다. 이 동네에 대문간은 있어서
는 안 되는 공간이다. 무슨 속셈일까.

둘째, 이 건축물은 남향이어야 한다. 오전이나 오후 모두 햇빛이 들기 때문이다. "아침결에 책보만 한 해가 들었다가 오후에 손수건만 해지면서 나가버린다." 4월의 풍경이다. 그런데 이상은 '동쪽' 창문을 열면 햇살이 든다고 말한다. "그 동쪽으로 난 들창을 열어놓고 열어놓으면 들이비치는 볕살." 동쪽과 서쪽은 옆집과 붙어있기 때문에 이 표현은 성립하지 않는다. 18가구가 모두 "어깨를 맞대고 늘어서" 있고 "똑같은 창호"이므로 이것은 불가능하다. 이것도 거짓이다.

셋째, 설사 三十三번지 十八가구가 남향이 아니라 동향이어서 '동쪽'으로 햇빛이 들어온다 하여도 그것은 오전뿐이다. 그런데 아내가 외출하면 아내 방의 "동쪽 창문을 열고" 들어오는 햇빛과 놀다가 "오후에 손수건만 해지면서 볕이 나갔는데" 아내는 외출에서 돌아오지 않는다. 동쪽 창문에 오후에 햇빛이 든다는 것은 자연현상에 어긋난다. 다른 의도가 숨어 있다.

넷째, 동남쪽이라 해도 모순임은 마찬가지이다. 어깨가 붙어있는 가구가 "동쪽"으로 창을 낼 수 없기 때문이다.

다섯째, 이상의 방에는 빈대가 끓는다. 얇은 장지 하나를 사이에 둔 아내의 방에는 그런 기미가 없다. 이상은 빈대의 공격으로 밤새도록 "피가 나도록 긁적거리는데" 아내나 내객은 아무 불평이 없다. 빈대의 특성상 이것 역시 거짓이다. 당시 열악한 주거환경을 고려하면 더욱 그렇다. 또한 이 글의 시기는 4월인데 이때는 빈대의 극성 계절이 아니다.

여섯째, 이 동네로 이사 온 이후 아내는 한 번도 이상과 잠을 잔 적이 없다. 이상이 돈을 주어야 비로소 아내는 자신의 방에 이상을 불러 함께 갔다. 이상은 아내라고 부르는데 아내는 이상을 남편이라고 부른 적이 없다. 이상한 관계이다.

일곱째, 이상이 자정(12시) 이후에 귀가하면 아내가 잘해 준다. 그러나 12시 이전에 귀가하면 행패를 부린다. 그 전에는 내객이 11시 이전에 물러갔는데 그리고 이상은 뒷방에서 움직이지 않고 기거했는데 언제부터인가 12시까지 나가 있으라고 그런다. 돈을 주어 내보낸다. 기괴한 모습이다.

이 모순은 본문의 三十三번지 十八가구의 의미를 해독하지 않으면 풀리지 않는다. 그러려면 먼저 '날개'의 의미를 캐야 한다. 미리 이야기하자면 이 글은 시「二十二年」을 소설로 확대한 것이다. 이 시는 다른 제목으로 발표된 바 있다. 그것이 〈전편〉이 해독한 『오감도』의 「詩第五號」이다. 이 시와 본문 '날개'의 연결점을 찾기 위해 이 시를 다시 보면 "目大不覩 翼殷不逝"라는 표현이 있다. "큰 눈으로도 보이지 않고 큰 날개로도 날지 못한다." 시리우스B는 육안으로 보이지 않고 시리우스A에 붙들려 공전하므로 다른 곳으로 날아갈 수도 없다.

〈전편〉에서 해독한 대로 이 시는 이상 자신이 시리우스B임을 말하고 있다. 시리우스B는 시리우스A의 짝별이며 서로 공전한다. 시리우스는 큰개자리에 속한다. 이상은 개띠이다. 시리우스A는 밤하늘에서 육안으로 보면 가장 밝은 별이다. 이른 아침에 '동쪽에서' 해가 뜨기 전에 먼저 뜨는데 곧 해의 광채에 가려서 보이지 않는다. 그러나 가끔 보일 때가 있다. 이런 경우 흡사 두 개의 태양을 보는 착각을 일으킨다. 이것이 '두 개의 태양현상'이다. 이상이 본문에서 "그런 생활 속에 한 발만 들여놓고 흡사 두 개의 태양처럼 마주쳐다보면서 낄낄거리는 것이오."라고 말하는 의미가 여기에 있다.

이상은 아내의 기둥서방이므로 태양이 될 수 없다. 그는 보이지도 않는 시리우스B이다. "두 개의 태양"이란 하늘의 태양과 자신의 아내 곧 시리우스A를 가리킨다. "이 三十三번지 十八가구 가운데서 내 아내가 내 아내의 명함처럼 제일 작고 제일 아름다운 것을 안 까닭이다. 십팔 가구에 각기 별러 든 송이송이 꽃들 가운데서도 내 아내는 특히 아름다운 한 떨기의 꽃으로 이 함석지붕 밑 볕 안 드는 지역에서 어디까지든지 찬란하였다." 볕 안 드는 지역에서 찬란한 것은 시리우스A밖에 없다. 그 아내에게 붙들려 기생하는 이상은 "그런 한 떨기 꽃을 지키고 – 아니 그 꽃에 매어달려 사는 나라는 존재가 도무지 형언할 수 없는 거북살스러운 존재가 아닐 수 없었던 것은 물론이다." 시리우스A에 붙들린 시리우스B의 거북살스런 모습이다.

〈그림 9-3〉이 보이는 것처럼 별은 온도와 절대밝기로 분류된다. 먼저 온도에 따른 분류를 보면 이상 시절에는 O, B, A, F, G, K, M로 분류하였다.[전편의 그림 2-29 참조] 이것을 Oh, Be A Fine Girl Kiss Me라고 외우기 쉬운 문장으로 만들고 곡을 붙여 노래로도 부른다. O부류의 온도가 제일 높은 청색 계통이다. O부류에서 M부류까지 보라, 남색, 파랑, 노랑, 주황, 빨강의 스펙트럼이다. 이 스펙트럼(spectral class)에는 초록이 빠졌다. 시리우스A와 시리우스B는 모두 A부류에 속한다. 시리우스B는 백색왜성white dwarfs 부류의 하

〈그림 9-3〉 별의 분류

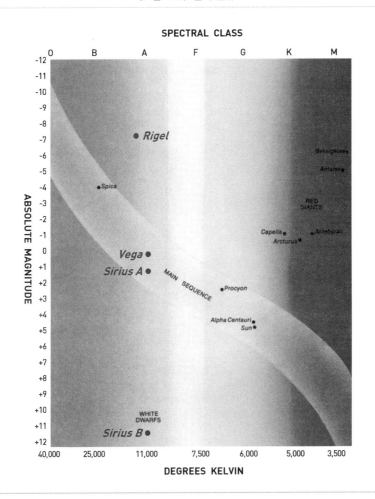

출처: Friedman, *The Amazing Universe*, p.88.

나이다.

절대밝기는 별의 고유 광도이다. 그러나 밝은 별도 거리가 멀면 우리가 볼 때 밝기가 떨어진다. 반대로 절대밝기는 낮아도 거리가 가까우면 우리 눈에 밝게 보인다. 거리를 감안한 밝기가 실시밝기이다. 절대밝기는 0을 기준으로 숫자가 커질수록 절대밝기가 떨어진다. 대체로 절대밝기가 6보다 크면 육안으로 보이지 않는다.

〈그림 9-3〉을 보면 시리우스A의 절대밝기는 1.4이고 시리우스B의 절대밝기는 11.2이다. 같은 큰개자리에 속하는 별 가운데 시리우스의 이웃인 B부류에 속하는 별에 엡실론ε과 이오타ι가 있다. 엡실론의 절대밝기는 −4.7이고 이오타의 절대밝기는 −5.5이다. 광도의 숫자는 측정치마다 조금씩 오차가 있다. 숫자가 작을수록 절대밝기는 더 높다. 이오타의 절대밝기가 제일 높고 시리우스B의 절대밝기가 제일 낮다. 그러나 실시밝기로는 시리우스A가 제일 밝고 엡실론의 실시밝기가 두 번째로 밝다. 시리우스B는 육안으로 보이지 않는다. 〈그림 9-3〉에는 오리온 별자리의 리겔Rigel도 보인다. 그의 절대밝기는 −6.7이다. A부류에 속한다.

〈그림 9-4〉에서 시리우스A(SA)의 절대밝기 1.4와 시리우스B(SB)

〈그림 9-4〉 큰개별자리의 황금비율(9.8/6.1)

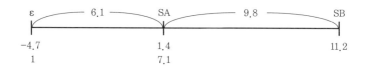

의 절대밝기 11.2의 차이는 9.8이다. 이것을 0.5퍼센트의 오차범위
에서 황금비율 1.61로 나누면 6.1이다. 시리우스A에서 왼쪽으로
황금비율만큼 떨어진 (6.1 떨어진) 곳을 보면 우연하게도 그 자리
에 엡실론별ε이 있다. 엡실론의 자리를 1로 정하면 시리우스A의
자리는 7.1이다. 엡실론을 중국에서는 활과 화살의 7번째 별[弧矢七]
이라고 불렀는데 시리우스A에서 거꾸로 세면 7번째이다. 시리우
스의 이웃에 고물자리Puppis는 활(弧)을 갖고 있는데 그 화살(矢)이
7번을 겨냥하고 있다. 고물자리는 전편에서 해독한 시 「광녀의 고
백」에 등장한다.

〈그림 9-3〉에서 A부류와 B부류만 떼어 〈그림 9-5〉처럼 만들
수 있다. 여기에 같은 A부류에 속하며 큰개를 데리고 다니는 사냥
꾼 오리온자리의 리겔(R)을 추가하였다. 여기서 같은 큰개자리의
이오타ι와 시리우스A의 차이는 6.9이다. 여기에 황금률 1.61을 곱
하면 11.1의 숫자를 얻게 되는데 시리우스A에서 오른쪽으로 이 거
리만큼 떨어진 이 위치의 숫자는 12.5이다. 이곳을 SC라 부르자.

〈그림 9-5〉 큰개자리의 주요 별들의 절대밝기와 황금비율(11.1/6.9)

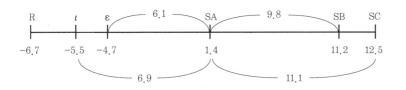

〈그림 9-6〉 큰개자리의 주요 별들의 절대밝기와 황금비율

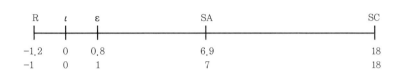

이상 당시 시리우스에는 두 번째 짝별이 있다고 알려져 있었다. 시리우스B보다 절대밝기가 더욱 낮은 두 번째 짝별이다.

다시 강조하지만 이 별자리는 두 번의 황금비율을 보인다. 〈그림 9-6〉은 〈그림 9-5〉의 기준점을 이오타로 옮긴 것이다. 그 결과 끝의 SC의 위치가 18이 된다. 리겔(R)까지는 −1.2이다. 산스크리트어의 사냥꾼은 루브다카Lubdhaka이고 한때 초신성이었던 시리우스를 가리킨다. 루파슈카는 사냥꾼이 입는 상의인데 "환상 속에 떠올으는 내 자신은 언제든지 광채 나는 루파슈카를 입엇고 퇴폐적으로 보인다."라고 이상은 스스로 동일시하였다.[11] 그는 한때 빛나는 시리우스였다.

SA를 중심으로 좌우가 황금비율이다. 아래 숫자는 근사치이다. 〈그림 9-6〉과 〈그림 9-2〉의 33번지를 비교하면 흥미롭다. 리겔(R)은 어원이 거인의 다리라는 뜻인데 거인 사냥꾼의 허벅지(다리)에 자리한다. 이것이 일각대문이다. 일각대문은 기둥을 한 개(한 다

11)「공포의 기록」

리) 또는 두 개 세운 문(두 다리)이다. 그리스 문자 이오타 ι는 영어의
i에 해당하며 종종 수학에서 허수로도 쓰인다. 허수는 실존하지 않
는다. 이것이 바로 일각대문에 있어서는 안 되는 대문간을 상징한
다. 이상이 있지도 않은 대문간을 억지로 집어넣은 이유이다. 1번
가구의 엡실론 ε은 어원을 보면 '아가씨'를 의미하는데 "십팔 가구
에 각기 별러 든 송이송이 꽃들 가운데서도" 두 번째로 밝다. 엡실
론에서 세면 7번 가구에서 이상과 아내가 산다. 7번 가구의 SA는
가장 밝은 시리우스A인데 바로 이상의 아내이고 "내 아내는 특히
아름다운 한 떨기의 꽃으로 이 함석지붕 밑 볕 안 드는 지역에서
어디까지든지 찬란하였다." 이 三十三번지는 十八가구가 전부이
다. 18번째 가구를 이상은 가장 밝기가 떨어져 보이지 않는 시리우
스의 두 번째 짝별(SC)에 비유하였다. 이상 사후 이 별은 존재하지
않는 것으로 판명되었다. 아예 안 보이게 된 것이다.

〈그림 9-3〉의 시리우스 주변에 직녀성Vega이 있다. 절대밝기가
0.58이다. 4월이 되면 여기에서 유성우와 먼지가 발생한다. 그것을
시리우스A(아내)에게는 내객으로 시리우스B(이상)에게는 빈대로 표
현하였다. 본문에서도 4월에 내객이 많고 빈대도 등장한다고 4월
을 강조한다. 사실 빈대는 겨울에 더 많이 나타나는데 말이다.

시리우스A와 시리우스B는 공전하는데 가까워졌다 멀어졌다 한
다. 이상이 아내와 가까워졌다 멀어졌다 하는 모습이다. 그 원근의
비결은 돈에 있다. 시리우스A와 시리우스B 사이에서도 원근의 비
밀은 중력에 있다. 돈이 중력을 상징한다. 시리우스A와 시리우스B
가 멀어졌다 가까워졌다 공전하는 것처럼 이상은 5번 외출을 한다.

5원 외출→2원 외출→금액미상의 외출→잔돈 외출→무일푼 외출. 외출할 때마다 돈이 줄어든다. 마지막에 아내에게 줄 돈이 없어지자 이상은 중력에서 풀려나 아내에게 돌아가지 않으려고 한다.

〈그림 9-3〉의 별의 분류에서 온도는 프리즘▽의 스펙트럼으로 분석한다. 7번 가구에서 사는 이상은 어깨가 넓은 프리즘▽이고 아내는 골반이 넓은 프리즘△이다.[전편의 시 『▽의 遊戲』 참조] 〈그림 9-3〉의 Spectral Class에는 초록이 없다. 그 없는 초록을 중심으로 △은 파장이 긴 3가지 색깔 노주빨 순서이고 ▽은 짧은 파장의 3가지 색깔 보남파 순서이다. 이를 두고 이상은 △은 왼쪽 다리가 짧은 절름발이BOITEUSE이고 ▽은 오른쪽 다리가 짧은 절름발이BOITEUX라고 불렀다.[전편의 시 『BOITEUX・BOITEUSE』 참조] 합치면 □=▽+△ = 3+3 = 三十三이다. 이상은 한자의 十을 더하기 + 로도 사용하였다.[전편의 시 『BOITEUX・BOITEUSE』 참조]

다른 방식으로 보아도 마찬가지이다. 이상은 일찍이 프리즘을 ▽=3+1과 △=1+3으로 형상화하였다.[전편의 시 『선에 관한 각서 2』 참조] 한문으로 표현하면 ▽=三十一과 △= 一十三이다. 합치면 □=▽+△=三十一十一十三인데 十一는 소거될 수 있으므로 □=▽+△ = 三十三이다.

시리우스는 별의 분류에서 O, B 다음에 세 번째인 A에 속한다. A는 밝기에 따라 다시 0에서 9까지 세분하는데 시리우스는 0 다음에 1에 속한다. 천문학의 표현에 의하면 A1이다. 이것은 31이라고 쓸 수 있다. 한문으로 말하면 三十一이다. 곧 3+1로서 △이다. 고대에도 시리우스는 △로 표시하였다. 고대 표기와 현대 표기가 같은 것은 우연이다.

거리 이름을 지을 때 그곳과 인연 있는 인물을 사용하는 경우가 많다. 이러한 세 가지 이유로 十八가구가 사는 이 번지의 이름은 이상(▽)과 아내(△)를 합쳐 □을 의미하는 三十三번지이다.

뒤에서 해독할 『종생기』에서 이상은 자신이 1937년 3월 3일에 요절한다고 예언한다. 영어로 표현하면 3 March, 37. 즉 3,337이다. 자연수 33,337, 3,337, 337, 37, 7은 素數이다. 이상이 엎혀사는 33번지의 7번째 가구는 337이다. 이상이 좋아하는 소수이다.

종합하면 이 글은 이상이 개띠인 자신이 속하는 하늘의 큰개자리를 지상으로 내려놓아 자신의 생활을 그린 것이다. 그 동네가 三十三번지이고 가구 수가 十八개이다. 첨언하자면 하늘, 곧 우주의 크기는 적색편이의 숫자로 표현되는데 최대숫자가 z=1089이다.[전편을 참조] 우주 전체의 번지수이다. 그런데 1089=33²이니 하늘의 33번지와 그것이 지상으로 하강한 땅의 33번지의 곱이다.

한편 우주를 표현하는 10진법의 숫자를 2진법으로 줄인 시 「진단 0:1」의 숫자 합은 495인데 이를 뒤집은 시 「오감도 시제4호」에서는 숫자가 594가 된다. 495+594=1089이다.[전편을 참조] 이때 594=33×18이다. 33번지 18가구 해독에 재미를 추가한다. 올바른 숫자를 뒤집어 역도병이 되었듯이 하늘을 날던 날개가 땅으로 추락하여 신세가 뒤집어진 박제의 모습이기도 하다.

이 글의 제목인 '날개'는 하늘에서 펄펄 날라야 하는 자신이 땅에 갇혀 있음을 한탄하고 있다. "나는 이렇게 부지런한 지구 위에서는 현기증도 날 것 같고 해서 한시바삐 내려버리고 싶었다." 내려서 날개를 펴서 하늘을 나르리라. "날자 날자. 날자. 한 번만 더 날자꾸나. 한 번만 더 날아보자꾸나." 1억 2천만 년 전 적색거성이 화려하게 폭발하였던[古事를 有함] 초신성으로 돌아가련다.[전편의『烏瞰圖』「詩第五號」를 참조] 초신성처럼 나는 일찍이『朝鮮と建築』의 표지 도안응모에 유일하게 1등과 3등을 동시에 수상한 화려했던 사람이다. 그것도 20세의 청년으로. 선전에도 입선하였다. 경성고등공업학교 건축학과도 1등으로 졸업한 수재이다. 나는 천재이다. 그러나 "박제"가 된 천재이다. '뒷방에 누워' 큰 눈으로도 보이지 않고 目大不觀 '아내에게 감금되어' 큰 날개로도 날 수 없는 翼殷不逝의 시리우스B의 처지. 시리우스A의 중력에 붙들린 시리우스B의 신세이다. 하늘에 올라 1억 2천만 년 전 찬란했던 "古事를 有함." 황금비율의 주인공이 되고 싶은 것이다. 이러한 배경을 염두에 두고 본문을 여러 조각으로 분해하여 해독해 본다.

1번. 앞으로 드러나겠지만 1번은『날개』의 서문에 해당한다. 말하자면『날개』전문의 요약이다. "박제"는 시리우스B의 또 다른 표현이다. 시리우스B가 발견된 것은 19세기이다. 그 이래 "강아지the Pup"라는 애칭이 붙었다. 시리우스A가 큰개자리에 있으니 강아지는 시리우스B에게 어울리는 이름이다. 〈전편〉의『오감도』의「詩第五號」에서 밝힌 대로 시리우스B는 원래 시리우스A보다 더 큰 별이었는데 대폭발로 모든 외피는 우주로 날리고 내부로 쪼그라져 초신성을 거쳐 시리우스A의 중력에 붙들려 그 주위를 도는 이제는 눈에도 보이지 않는 작은 별(강아지)이 된 것이다. 백색왜성이다. 이것을 시 『AU MAGASIN DE NOUVEAUTES』에서는 "거세된 襪子"
에도 비유하였다. "박제"는 외피가 아니라 내부가 "거세"되어 쪼그
라든 모습이다. 이 글에서 이상은 속(내부)을 모두 비운(거세한) 글자
그대로 박제이다.

이상은 19세기 도덕의 소유자이다. "20세기를 생활하는데 19세
기의 도덕성밖에는 없으니 나는 영원한 절음발이로다."[12] 19세기
는 "도스토예프스키의 정신"이고 20세기는 "위고의 빵"이다. 정신
과 육체의 대조이다. 속(정신)을 모두 비워 박제(육체)만이 남은 지금
이상은 "연애"가 유쾌하단다. 20세기에 폐결핵의 그가 할 수 있는
일이란 연애뿐이다. 그것도 상식을 초월한 연애이다. 당시는 자유
연애 시대였다. "육신이 흐느적흐느적"거린다는 것이 바로 20세기
식 자유연애이고 "정신이 맑아진다"는 것은 19세기 식 이상의 모습
이다. 19세기 이상이 20세기를 살려니 "패러독스"가 필요하다. 연
애하는 상대는 19세기와는 담을 쌓고 지성과는 어울리지 않게 정신
이 왔다 갔다 하는 육체만 남은 "정신분일"의 여자이다. 실제 여러
번 가출하였다. "레리오드"이다. 이런 여인은 반밖에 소유할 수 없
다. 나도 한 발만 들여놓았는데 하늘의 태양과 더불어 또 하나의
태양으로 모시고 살고 있다. 이러한 나의 행태는 아마도 인생이 지
루해진 탓일 것이다. 이제 19세기하고는 굿바이하련다. 그러니 20
세기 생활을 싫어하는 이답게 "정신분일자"도 탐식해보는 것도 괜
찮으리라. 베버지는 이러한 여자를 "고무줄 미덕과 사해동포주의"

---

12) 『실화』

의 소유자라고 불렀다.[13] 한 발만 소유를 허락하는 사해동포주의
여자이다. 이런 여자와 연애하려면 맨 정신으로는 어려우니 "패러
독스"가 필요하고 자신을 부정해야 한다. 그것이 내부의 "위조"이
다. 그것을 표현하려니 작품을 분칠할 수밖에 없다.

결국 19세기는 봉쇄하고 20세기를 개봉하라. 그러려면 "도스토
예프스키의 정신"과 결별하고 "위고의 빵"을 맞아들여라. 그러나
그 속임수에 넘어가는 화를 자초하지 말라. 20세기의 육신이 아무
생각 없이 면도해야지 다람쥐 쳇바퀴 같은 일상의 "테이프"에서 자
칫 벗어나서 다른 생각, 가령 19세기 정신에 한눈을 팔면 살을 베
어 피를 흘릴 수 있으니 화를 자초하지 말아야 한다. 상처가 곧 아
문다 해도 말이다. 19세기 정신은 이제 "굿바이"이다. 처음에는 적
응이 되지 않지만 감정도 무디어지니 20세기 생활도 별 것 아니다.
나는 나의 뛰어나지만 "불행한 실천"으로 세상을 보는 안목이 패러
독스로 고착되었다.

"여왕벌"은 숱한 수벌을 거느린다. 나의 아내 연심이처럼 말이
다. 앞서 본 대로 1마리 여왕벌 조상의 개체수는 피보나치수열과
일치한다.[14]

　　　여왕벌　　1, 1, 2, 3, 5, 8, 13, 21, ···

---

13) Singh, *The Code Book*, p.63.
14) 꿀벌 세계에서 여왕벌은 수벌 없이도 수벌을 생산한다. 단성생식이다. 여왕벌에게는
　　 부모가 있지만 수벌에게는 어머니만 있으므로 여왕벌 1마리에 대하여 2대 위에 2마
　　 리, 3대 위에 3마리, 4대 위에 5마리, 5대 위에 8마리 등이다.

```
수벌     0,  1,  1,  2,  3,  5,  8,  13,  …
전체     1,  2,  3,  5,  8,  13,  21,  34,  …
```

피보나치수열은 아름답다는 뜻이다. 그러나 여왕벌은 수벌의 주검으로 그 아름다운 자리를 지키니 미망인이다. 나의 아내의 난잡한 성과 같다. 이제 아름답지만 난잡한 아내인 여왕벌과도 굿바이할 때가 된 것 같다. 나는 다시 시리우스B를 버리고 예전의 모습으로 돌아가련다. 예전의 19세기의 날개를 다시 달고 싶다.

2번. 앞서 미리 소개했듯이 삼십삼 번지 십팔 가구는 밤하늘의 큰개자리를 비유한 것이다. 별자리는 해가 뜬 낮에는 보이지 않는다. "해가 들지 않는다. 해가 드는 것을 그들이 모른 체하는 까닭이다. 턱살 밑에다 철줄을 매고 얼룩진 이부자리를 널어 말린다는 핑계로 미닫이에 해가 드는 것을 막아 버린다. 침침한 방 안에서 낮잠을 잔다." 낮잠을 자는 것은 별들이다. 그래서 해가 드는 것도 모른 체한다. 일부러 보이지 않는다. 그러나 저녁이 되면 여기저기에서 별들이 나타난다. "조용한 것은 낮뿐이다. 어둑어둑하면 그들은 이부자리를 걷어 들인다. 전등불이 켜진 뒤의 십팔 가구는 낮보다 훨씬 화려하다." 모든 빛이 사라진 밤하늘이 화려하다. 여기에 별들이 시냇물처럼 무리를 이루어 여러 "내"가 흐른다. 비눗내 같은 미리내도 곧 나타날 것이다. 그것은 흡사 "비웃내"처럼 퍼져나갈 것이다.

3번. 큰개자리에서 시리우스A가 제일 빛난다. 나는 시리우스A에 붙들린 시리우스B이다. 시리우스B의 별명은 '강아지'이다. 이

상 스스로도 "나는 가장 게으른 동물처럼 게으른 것이 좋았다. 될
수 있으면 이 무의미한 인간의 탈을 벗어버리고도 싶었다."라고 말
하며 "나는 닭이나 강아지처럼 말없이 주는 모이를 넙죽넙죽 받아
먹[는다]."라고 자조한다. 뒤에서 해독할 『실화』에서는 정지용을
인용하여 "나는 이국종 강아지"라고 외친다. "나는 아내 이외에는
아무도 만나지 않는다." 강아지는 주인 이외에 아무하고 친하지 않
는다. "한 떨기 꽃을 지키고 아니 ─그 꽃에 매달린 나라는 존재가
도무지 형언할 수 없는 거북살스러운 존재이다." 주인을 지키고 매
달려 사는 존재란 강아지뿐이다. "달 밝은 밤 3시나 4시에 밖에 나
가 우두커니 달을 쳐다보는" 것도 강아지이다. 또 강아지는 주인이
던진 공을 물어다 주인에게 준다. 이 글에서 이상도 여러 차례 아
내가 던져주는 돈을 다시 돌려준다.

4번. 나의 방은 아내의 뒷간이다. 강아지는 개집에서 산다. 그곳
이 뒷간이다. 개집에 명함이 있을 리 없다. 햇빛이 들지 않아 나라
는 존재는 보이지도 않는다. 그것이 내 운명의 상징인 것은 이 방이
7번째 방이고 나의 성 李의 획수도 7이다. 시리우스A의 자리이다.
그러나 나의 이름의 箱이 별채라는 뜻대로 나는 뒷간 신세이다. 나
는 아무에게 눈에 띄지 않으니 부지런할 필요도 없고 불행하다고
생각할 필요도 없다. 19세기의 모든 정신과 생각은 내려놓은 지 오
래다. 박제처럼 속을 비웠다. 모든 세속적인 계산을 떠났다. 그저
강아지처럼 매일매일 게으르면 된다. 『날개』의 원문을 보면 제목
옆에 이상이 손수 그린 삽화가 있다. 영문인데 철자가 모두 정상적
으로 왼쪽에서 오른쪽으로 쓰여졌다. 가령 ALLONAL이 그렇다.

〈그림 9-7〉『날개』원문

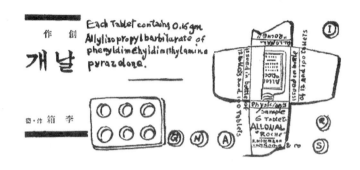

출처: 『2010 이상의 방 – 육필원고·사진전』, 14쪽.

그러나 자신의 영문 이름 RI SANG 가운데 명名은 왼쪽에서 오른쪽
으로 GNAS, 성姓은 위에서 I 아래로는 R로 기재하였다. 이같은 변
칙은 글의 제목에서도 드러나는데 오른쪽에서 왼쪽으로 읽으면 '날
개'이지만 삽화의 영문처럼 왼쪽에서 오른쪽으로 읽으면 '개날'이
된다. 합치면 이상의 '일상 IRSANG'이 '개날'이라고 읽을 수 있다.
개 같은 날이라는 뜻이다.

　5번. "동쪽"에서 시리우스가 떠오르면 아내의 방이 환해진다.
시리우스는 예로부터 삼각형△으로 상징하였다. 이상의 돋보기는
삼각형 16개가 모여 만들어진다.[〈전편〉의 「선에 관한 각서2」를 참조] 수많
은 색깔을 만들어낸다. 나는 돋보기를 갖고 논다. 젊은 아내 방에
웬 돋보기? 수많은 색깔은 수많은 냄새로 연상된다. 시각에서 "臭
覺의 味覺과 味覺의 臭覺."[〈전편〉의 「선에 관한 각서1」을 참조] 냄새도 원자

로 구성되어 있다. 돋보기가 싫증나면 거울을 갖고 논다. 강아지에게 거울을 보여준 적이 있는가. 이상은 외로운 것이다. 친구가 필요한 것이다. 거울을 보고 친구를 얻는다.

6번. 아내는 화려한데 나는 해도 들지 않는 건넛방에서 잠만 자고 옷도 검으니 큰 눈을 뜨고 보려 해도 보이지 않는 존재이다. "目大不覩." 아내에게 "내객"이 있듯이 나에게도 내객이 있다. "빈대"이다. 시리우스의 이웃에 직녀성Vega에서는 4월이면 유성우가 수없이 쏟아진다. 지금이 4월이다. 나에게는 빈대이고 아내에게는 내객이다. 나는 동물이다. 동물은 시간 개념이 없다. 19세기의 정신에서 20세기의 동물이 되었다. 동물 가운데 강아지이다.

7번. 아내에게 내객이 오면 아내가 나에게 돈을 준다. 화장품 냄새도 못 맡고 불장난도 못하는 데 대한 대가이다. 동물은 돈을 모른다. 아내가 벙어리저금통을 사다 주어 그 속에 차곡차곡 모았다. 그러면 무엇 하나. 열쇠는 아내가 가져간 걸. 아내는 일부를 헐어 자신의 비녀를 샀다. 주었다 빼앗는 수법이다. 이상은 그런 것조차 생각하기 귀찮다.

아내의 일과에서 이상은 특별히 11시, 19시, 24시를 강조한다. 그 시간 차이는 8시간, 5시간이다. 5와 8의 차이는 3이고 5와 8을 합치면 13이 되는데 3, 5, 8, 13은 피보나치수열이다. 피아노의 흰색 건반과 검은색 건반의 수치와 일치한다. 5개의 검은색 건반은 밤이고 8개의 흰색 건반은 낮이다. 합쳐서 한 옥타브가 되는데 8/5=1.6은 황금비율에 근접한다. 아내가 아름답다는 뜻이다. "아내를 가운데 서너 사람의 내객들은 늘 비교적 점잖다고 볼 수 있는 것이 자정이 좀 지나면 으레 돌아들 갔다." 자정에 돌아가는 내객은 황금비율처럼 점잖은 사람이라고 평가한다. 이 글에서 핵심 시각은 자정이다. 이상이 이 글에서 24시를 일부러 고집하는 이유가 여기에 숨어있다.

8번. 아내가 신는 "진솔버선"은 때 묻은 버선이다. 깨끗한 버선과 달리 그것은 행선지를 묻어오지 않는다. 나의 검은 옷처럼 흔적을 알 수 없다. 그래서 나는 아무리 애를 써서 추적해도 아내의 행선지(직업)를 알 수 없다. 더욱이 아내는 나를 자기 방에 부른 적이 없다. 그러니 버선만 보아서는 그 행선지를 더더욱 알 수 없다. 나는 강아지처럼 혼자서 먹이를 주는 대로 받아먹는다. 너무 맛이 없다. 무엇보다 잠자리가 배겨서 힘이 든다. 영양실조로 에너지가 부족하기 때문이다. 시리우스B가 에너지를 소실하여 창백한 것이 나를 닮았다.

9번. 강아지는 시간 개념도 없고 돈 개념도 없다. 아무리 생각해도 알 수 없다. 강아지처럼 한잠 자고 나면 깨끗이 잊어버린다. 강아지가 기억하려고 애쓴다고 기억하는 것을 본 적이 있는가. 내객이 돌아간 후 아내는 강아지를 보러 온다. 한 번쯤 웃어주면 그뿐이다. 남은 음식도 주지 않는 것으로 보아 그 강아지에게는 과분한 것이기도 하겠지만 나는 아내가 나를 존중하는 마음일 것이라 애써 생각한다. 주지 않는 음식은 배고파도 입에 대지 않는 잘 훈련받은 강아지는 소중한 강아지가 아니면 안 된다. 아내는 남은 음식을 주지 않는 이유를 말했겠지만 내 귀에는 들어오지 않는다. 벙어리저금통 속의 은전에도 관심이 없다. 나에게 그것은 그저 빛나는 색깔일 뿐이다.

10번. 저금통은 은전을 받을 때에만 소리를 낼 뿐 내뱉지 않으니 벙어리이다. 침묵하니 돈의 출처를 묻지 않는다. 그것은 흡사 내객이 누구인지 묻지 않는 것과도 같다. "광대한 우주를 질풍신뢰의 속력으로 달리는 지구를 허망하게 생각하는" 나에게 돈 따위는 하찮은 것이다. 제대로 훈련받은 강아지는 주어도 돌려준다.

11번. 나에게 의미 없는 돈을 아내에게 돌려주려고 했지만 기회가 없어서 아내 대신 변소에게 주어버리고 말았다. 4월에는 유성우가 내리는 계절이어서 아내에게도 내객이 많아 좀처럼 볼 기회가 없었던 탓이다. 나에게는 벙어리보다 풍성한 밥그릇이 더 절실했다. 『지주회시』에서 금융사기업자는 양돼지였다. 그가 벙어리저금통이고 주었다가 빼앗는다. 이상은 그의 협박에도 불구하고 그와 결별하였다. 여기서는 변소에다 결별한다. 무엇보다도 나는 오늘만 살기 때문에 저금이 필요 없다. "그는 하루치씩만 잔뜩 산(生)다. … 오늘 다음에 오늘이 있는 것. 내일 조금 전에 오늘이 있는 것. 이런 것은 영 따지지 않기로 하고 그저 얼마든지 오늘 오늘 오늘 오늘 하릴없이 눈 가린 마차 말의 동강난 시야다."

12번. 그럼에도 나는 그 돈의 금액이나 용도보다 정체가 궁금해서 못 견디겠다. 내객이 아내에게 돈을 줄 때의 "느낌"은 무엇일까. 나에게도 내객이 있는데 빈대이다. 가려워서 피가 나도록 긁으면 "쾌감"을 "느꼈다." 내객들도 그런 느낌일 것이다. 아내가 그들의 가려운 데를 긁어주어 그들도 시원한 쾌감을 느낄 것이다. 그 쾌감을 시험하고 싶었다. 무엇보다 그 벙어리의 무게가 준 것이 아내가 좋아하는 비녀와 바꾼 것이라는 것을 알았을 때 돈의 용도에 대한 아내의 "쾌감"을 시험하고 싶었는지 모른다.

13번. 평소에는 장지 건너편에서 이상이 듣든지 말든지 아내는 개의치 않고 내객과 큰 소리로 말했다. 완전 강아지 취급이다. 내객도 이상의 존재를 모르니 큰소리로 말한다. 이상은 개집에 누워 있는 강아지일 뿐이다. 이상은 아내가 준 은화를 지폐로 바꿔 외출을 한다. 아내가 없는 틈이었으니 상의한 외출이 아니다. 그런데 귀가해보니 자정 이전이었다. 아내의 눈총이 무서웠다. 여기서 이상은 외출을 후회하면서 "네 말마따나 자정 전인 줄은 나는 정말이지 꿈에도 몰랐다."고 혼자 말한다. 언제 아내가 자정 이후에 귀가하라고 말했던가? 이 글이 비논리적인 허구임을 나타낸다. 아내의 아름다움을 나타내는 5, 8, 13의 비율을 맞추려고 자정을 강조하기 위함이다. 외출의 목적이 5원을 쓰는 것이었는데 강아지가 돈 쓰는 것을 보았나? 나는 주인인 아내에게 그 5원을 도로 주었다. 던진 공을 물어다 주는 강아지처럼. 사랑의 쾌감을 얻기 위하여. 그런 강아지를 대견하다고 쓰다듬어주듯이 아내가 나를 데리고 잤다. 아내는 나마저도 돈을 주어야 품어준다. 이상한 부부이다. 멀어졌던 시리우스A와 시리우스B가 가까워졌다. 돈이 중력이다.

14번. 돈으로 쾌감을 알게 된 나는 다시 그것을 얻기 위하여 외출을 하고 싶었다. 그러나 돈이 있어야지. 그런데 난데없는 2원이 바지 주머니에서 잡힌다. 이것도 수상하다. 이 글은 이 2원의 출처에 대하여 전혀 밝히지 않는다. 별안간 튀어나왔다. 다시 한 번 이 글은 비논리적인 허구이다. 그 이유는 따로 있다. 뒤에 가면 아내가 돈을 주어 이상을 밖으로 내보내는데 금액이 미상이다. 5번 외

출에서 오직 1차와 2차 외출에서만 5원과 2원이라고 금액을 밝힌
다. 그것도 2원의 출처도 밝히지 않은 채. 그리고 3원도 아니고 1원
도 아니고 2원이다. 2와 5는 고립된 숫자이다. 후일 이것을 불가촉
수untouchable number라고 부르게 된다. 다른 수의 진약수로 표현할
수 없고 다른 수로 합성할 수도 없는 유일한 두 개의 수이다. 반대
로 220과 284는 친구수이다. 2와 5는 이상이 세상과 유리되었음을
의미하는 숫자이다. 그가 세상에서 돈도 쓸 줄 모를 정도로. "문을
닫자. 생명에 뚜껑을 덮었고 사람과 사람이 사귀는 버릇을 닫았고
그 자신을 닫았다. 온갖 벗에서 – 온갖 관계에서 – 온갖 희망에서
– 온갖 욕(慾)에서 – 그리고 온갖 욕에서 – 다만 방 안에서만 그는
활발하게 발광할 수 있었다."[15] "아무도 오지 말아, 안 들일 터이
다. 네 이름을 부르지 말라. 칠면조처럼 심술을 내기 십다. 나는
이 속에서 전부를 살라버릴 작정이다."[16]

과학도로서 이상이 숫자에 의미를 부여하는 것은 그리 놀랄 일
은 아니다. 음악가인 바흐 역시 숫자에 의미를 부여하였다. 특별
히 14에 집착하였다. BACH의 철자 순서를 합치면 14이다. 그의
이름의 두문자 J와 S의 철자 순서까지 합치면 41인데[17] 이것을 거
울에 비추면 14이다. 바흐가 『푸가 12번』에서 주제를 변주한 렉투
스를 거울에 비추어 뒤집힌 인베르수스를 작곡하였다. 이상 역시
시 「진단 0:1」의 숫자들을 거울에 비추어 시 『오감도』 「시제사호」

---

15) 『지주회시』
16) 「불행의 실천」
17) 옛 독일어 철자에는 I와 J의 구분이 없었다.

의 뒤집힌 숫자로 표현하였다. 바흐는 음악협회의 가입도 자기 차
례에서 2년을 더 기다렸다가 14번째 하였다. 이름과 성의 철자 순
서를 모두 합치면 158이다. 이것을 수학의 指根digital roots에 따라
합치면 역시 14(=1+5+8)이다. 더욱 줄이면 5(=1+4)이다. 5는
바흐에게는 運指法에 기초인 다섯 손가락을 의미하는 동시에 이상
에게는 이 글에서 표현한 대로 고립된 수이다. 앞서 본 대로 재미
있는 점 하나. 『날개』의 삽화를 다시 보면 이상이 자신의 이름을
영어로 RI SANG으로 표기한다. 철자 순서를 합치면 68인데 지근
으로는 역시 14이다. 영문성을 LEE 또는 YI가 아닌 RI로 일부러
표기한 이유가 아닐까? 바흐를 흉내내어 14를 얻지만 그와 달리
고립된 수 5를 만들려고.

15번. 이번에는 자정을 넘겨 귀가하였다. 그 자정을 지키느라고
애썼다. 자정은 내게 무조건 지켜야 할 계율이다. 아내의 아름다운
피보나치 시간배정을 깨뜨리지 않기 위해. 그리고 아내에게 2원을
돌려주었다. 아내는 다시 나를 데리고 잤다. 아내에게 나는 강아지
가 아니라 내객이 된 것이다. 이것이 나의 쾌감이다. "나는 이 기쁨
을 세상의 무엇과도 바꾸고 싶지는 않았다. 나는 편히 잘 잤다."
시리우스B와 시리우스A가 다시 가까워진 것이다. 그것은 돈이라
는 중력의 작용이다.

16번. 아내가 자진해서 지폐를 준다. 돈이 없어서 울었던 내 속
을 꿰뚫어보고 자정 넘어서 들어오라는 부탁까지 한다. 그건 문제
없다. 나는 경성역 휴게실에서 시간을 보내기로 한다. "이따금 들
리는 날카로운 혹은 우렁찬 기적소리가 모차르트보다도 더 가깝

다.” 20세기 소리가 19세기 음악보다 가깝게 느껴진다. 여기에 더하여 19세기가 더 그리워서 “나는 메뉴에 적힌 몇 가지 안 되는 음식 이름을 치읽고 내리읽고 여러 번 읽었다. 그것들은 아물아물한 것이 어딘가 내 어렸을 때 동무들 이름과 비슷한 데가 있었다.” 그러나 그곳도 11시가 좀 넘자 문을 닫는 기색이다. 어디든지 19세기는 없다. 어디로 가서 자정을 넘기나. 더욱이 밖에는 비가 내리니 추워서 견딜 수 없다. 자정 전이지만 비가 와서 내객이 없으리라고 지레 생각하고 귀가하여 보아서는 안 될 장면을 보았다. 나는 아내와 내객이 있는 방을 가로 질러 “갑발” 자국을 남기며 뒷방으로 갔다. 도자기의 갑발은 강아지 발자국처럼 생겼다. 그리고 추위와 공복으로 정신을 잃고 말았다. 강아지가 감기몸살에 걸린 것이다.

17번. 5월의 봄에는 “개나리”가 지고 지열의 상승으로 “종달새”의 비상 높이도 점점 높아진다. “도랑창”은 돌돌돌 흐른다. 돌은 고대어로 얼[靈·魂]을 뜻하니[18] 얼과 얼이 만나면 지적인 아이brainchild를 만든다. “돌이 새끼 까는 이야기”이다.[19] 앞서 해독한 「월원등일랑」에서도 “돌과 돌이 맞비비어 오랜 동안엔 역시 아이가 생겨나 보다.”의 의미이다. 이상은 자신이 잠든 사이 이웃에 불이 났는데 잠자느라고 몰랐다고 하는데 어떻게 알았나? 이상은 아내와 대화하는 법이 없다고 하였다. 이 구도 역시 비논리적으로 거짓이다. 또 5월에 산에서 아무 것도 먹지 않고 마시지 않은 채 일주일을 지

---

18) 金思燁, 『古代朝鮮語と日本語』, 480頁.
19) 「월원등일랑」

내면 살아남기 힘들다. 다만 여기서는 시리우스B가 시리우스A와 크게 멀어져 마지막이 임박했음을 암시한다. 비로소 아내에 대한 의심을 품게 된다. 그러나 곧 그렇지 않을 것이라는 회의가 든다. 이랬다저랬다. 고치기 힘든 병이다. 『종생기』에서 스스로를 햄릿이라고 부른 이유이다. 아스피린과 아달린은 모두 병자가 먹는 약이다. 마르크스와 맬서스는 사회를 병자라고 진단한 우울한 경제학을 만든 사람들이다. 마도로스는 앞서 『지주회시』에서 보았듯이 이상이 아내에게서 벗어나려 할 때 "또 튀려는 마음 - 비뚤어진 젊음(정치) 가끔 그는 투어리스트 뷰로에 전화를 걸었다. 원양 항해의 배는 늘 방안에서만 기적도 불고 입항도 하였다."는 튀는 마음과 비뚤어진 마음을 나타낸다. 병들은 사회의 병자, 비뚤어진 마음에서 벗어나 어디론가 튀고 싶은 것이다. 이제 아내와 결별하는 것은 시간문제이다.

18번. 앞서 얘기했지만 △은 왼쪽 다리가 짧은 절름발이BOITEUSE이고 ▽은 오른쪽 다리가 짧은 절름발이BOITEUX이다.[전편의 시 『BOITEUX·BOITEUSE』 참조] 이것이 "우리 부부는 숙명적으로 발이 맞지 않는 절름발이인 것이다. 내가 아내나 제 거동에 로직을 붙일 필요는 없다. 변해할 필요도 없다. 사실은 사실대로 오해는 오해대로 그저 끝없이 발을 절뚝거리면서 세상을 걸어가면 되는 것이다."그러면서 "그렇지 않을까?"라고 반문하는 것을 보아 확신이 없다. 전처럼 아내에게 줄 돈도 없다. 중력이 사라진 것이다. 그래서 "나는 이 발길이 아내에게로 돌아가야 옳은가 이것만은 분간하기가 좀 어려웠다. 가야 하나? 그럼 어디로 가나?"예전처럼 화려했던 시절로 돌아가고 싶다. "머릿속에서는 희망과 야심의 말소된 페이지가 딕셔너리 넘어가듯 번뜩였다." 1등 졸업, 1등과 3등의 현상공모전 당선, 선전입선. 이제 보이지도 않고 目大不覩 날 수도 없는 翼殷不逝 시리우스B인 백색왜성이 되기 1억 2천만 년 전 적색거성이 화려하게 폭발하여 초신성이 되었던 시절. 날개가 필요하다. 독수리의 날개는 황금비율이다. 이상 대 연심, 박제 대 여왕벌, 황금비율의 천재 대 정신분일의 난교. 자아의 위조와 회복. 박제와 여왕봉. 굿바이하련다. 1번으로 연결된다.

KL115. 종생기 終生記

출처: 조광   1937년 5월

(두주: 이하 본문 문단 번호 1–13은 원문이 아님. 해독을 돕는 숫자임.)

1. 郤遺珊瑚 – 요 다섯 자 동안에 나는 두 자 이상의 오자를 범했는가 싶다. 이것은 나 스스로 하늘을 우러러 부끄러워할 일이겠으나 인지가 발달해가는 면목이 실로 약여하다.

죽는 한이 있더라도 이 珊瑚 채찍일랑 꽉 쥐고 죽으리라. 네 폐포파립 위에 퇴색한 망해 위에 봉황이 와 안으리라.

나는 내 종생기가 천하 눈 있는 선비들의 간담을 서늘하게 해놓기를 애틋이 바라는 일념 아래 이만큼 인색한 내 맵시의 절약법을 피력하여 보인다.

일발 포성에 부득이 영웅이 되고 만 희대의 군인 모는 아흔에 귀를 단 황송한 일생을 끝막던 날 이렇다는 유언 한마디를 지껄이지 않고 그 임종의 장면을 곧잘(무사히 후 – 한숨이 나올 만큼) 넘겼다.

그런데 우리들의 레우오치카 – 애칭 톨스토이 – 는 괴나리봇짐을 짊어지고 나선 데까지는 기껏 그럴 성싶게 꾸며가지고 마지막 5분에 가서 그만 잡았다. 자자레한 유언 나부랭이로 말미암아 70년 공든 탑을 무너뜨렸고 허울 좋은 일생에 가실 수 없는 흠집 하나 내어놓고 말았다.

나는 일개 교활한 옵서버의 자격으로 그런 우매한 성인들의 생애를 방청하여 있으니 내가 그런 따위 실수를 알고도 재범할 리가 없는 것이다.

거울을 향하여 면도질을 한다. 잘못해서 나는 생채기를 낸다. 나는 골을 벌컥 낸다.

그러나 와글와글 들끓는 여러 '나'와 나는 정면으로 충돌하기 때문에 그들은 제각기 베스트를 다하여 제 자신만을 변호하는 때문에 나는 좀처럼 범인을 찾아내기는 어렵다는 것이다.

그러기에 대저 어리석은 민중들은 '원숭이가 사람 흉내'하고 마음을 놓고 지내는 모양이지만 사실 사람이 원숭이 흉내를 내고 지내는 바 지당한 전고를 이해하지 못하는 탓이리라.

오호라 일거수일투족이 이미 아담 이브의 그런 충동적 습관에서는 탈각한 지 오래다. 반사 운동과 반사 운동 틈바구니에 끼여서 잠시 실로 전광석화만큼 손가락이 자의식의 포로가 되었을 때 나는 모처럼 내 허무한 세월 가운데 한각되어 있는 기암 내 콧잔등이를 좀 만지작만지작했다거나, 고귀한 대화와 대화 늘어선 쇠사슬 사이에도 정히 간발을 허용하는 들창이 있나니 그 서슬 퍼런 날이 자의식을 걷잡을 사이도 없이 양단하는 순간 나는 명경같이 맑아야 할 지보 두 눈에 혹시 눈곱이 끼지나 않았나 하는 듯이 적절하게 주름살 잡힌 손수건을 꺼내어서는 그 두 눈을 만지작만지작했다거나 –

내 혼백과 사대의 점잖은 태만성이 그런 사소한 연화들을 일일이 따라다니면서(보고와서) 내 통괄되는 처소에다 일러바쳐야만 하는 그런 압도적 忙殺를 나는 이루 감당해내는 수가 없다.

그러나 나는 내 지중한 산호편을 자랑하고 싶다.

"쓰레기."

"우거지."

이 구지레한 단자의 분위기를 족하는 족히 이해하십니까.

족하는 족하가 기독교식으로 결혼하던 날 네이브 앤드 아일에서 이 '쓰레기' '우거지'에 근이한 감흥을 맛보았으리라고 생각이 되는데 과연 그렇지는 않으십니까.

나는 그런 '쓰레기' '우거지' 같은 테이프를 – 내 종생기 처처에다 가련히 심어놓은 자자레한 치레를 위하여 – 뿌려보려는 것인데 –

다행히 박수하다. 以上.

*

2. 치사한 소녀는 해동기의 시냇가에 서서 '입술이 낙화 지듯 좀 파래지면서' '박빙 밑으로는 무엇이 저리도 움직이는 가고' '고개를 갸웃거리는 듯이 숙이고 있는데' '봄 운기를 품은 훈풍이 불어와서' '스커트' 아니 아니, '너무나' 아니 아니, '좀' '슬퍼' 보이는 紅髮을

건드리면 그만. 터 아니다. 나는 한 마디 가련한 어휘를 첨가할 성의를 보이자.

'나붓나붓'

이만하면 완비된 장치에 틀림없으리라. 나는 내 종생기의 서장을 꾸밀 그 소문 높은 산호편을 더 여실히 하기 위하여 위와 같은 실로 나로서는 너무나 過濫히 치사스럽고 어마어마한 세간을 장만한 것이다.

그런데 –

혹 지나치지나 않았다. 천하에 형안이 없지 않으니까 너무 금칠을 아니했다는가는 서툴리 들킬 염려가 있다. 하나 –

그냥 어디 이대로 用보기로 하자.

나는 지금 가을바람이 자못 소슬한 내 구중중한 방에 홀로 누워 종생하고 있다.

어머니 아버지의 충고에 의하면 나는 추호의 틀림도 없는 만 25세와 11개월의 '홍안 미소년'이라는 것이다. 그렇건만 나는 확실히 老翁이다. 그날 하루하루가 '인생은 짧고 예술은 기다랗다'하는 엄청난 평생이다.

나는 날마다 운명하였다. 나는 자던 잠 – 이 잠이야말로 언제 시작한 잠이더냐 – 깨면 내 통절한 생애가 개시되는데 청춘이 여지없이 탕진되는 것은 이불을 푹 뒤집어쓰고 누웠지만 역력히 목도한다.

나는 老來에 빈한한 식사를 한다. 12시간 이내에 종생을 맞이하고 그리고 할 수 없이 이리 궁리 저리 궁리 유언다운 어디 유실

되어 있지나 않나 하고 찾고, 찾아서는 그중 의젓스러운 놈으로 몇 추린다.

그러나 고독한 만년 가운데 한 句의 에피그램을 얻지 못하고 그 대로 처참히 나는 物故하고 만다.

일생의 하루 –

하루의 일생은 대체(우선) 이렇게 해서 끝나고 끝나고 하는 것 이었다.

자 – 보아라.

이런 내 분장은 좀 과하게 치사스럽다는 느낌은 없을까. 없지 않다.

그러나 위풍당당 일세를 풍미할 만한 참신무비한 햄릿(망언다 사)을 하나 출세시키기 위하여는 이만한 출자는 아끼지 말아야 하 지 않을까 하는 느낌도 없지 않다.

3. 나는 가을. 소녀는 해동기.

어느 제나 이 두 사람이 만나서 즐거운 소꿉장난을 한번 해보 리까.

나는 그해 봄에도 –

부질없는 세상이 스스러워서 霜雪 같은 위엄을 갖춘 몸으로 한 심한 불우의 1월을 맞고 보내지 않으면 안 되었다.

미문, 미문, 噯呀 미문.

미문이라는 것은 적이 조처하기 위험한 수작이니라.

나는 내 감상의 굴방구리 속에 청산 가던 나비처럼 마취 혼사하기 자칫 쉬운 것이다. 조심조심 나는 내 맵시를 고쳐야 할 것을 안다.

나는 그날 그날 아침에 무슨 생각에서 그랬던지 이를 닦으면서 내 작성 중에 있는 유서 때문에 끙끙 앓았다.

열세 벌의 유서가 거의 완성되어 가는 것이었다. 그러나 그 어느 것을 집어내보아도 다같이 서른여섯 살에 자살한 어느 천재가 머리맡에 놓고 간 蓋世의 일품의 아류에서 일보를 나서지 못했다. 내게 요만한 재주밖에는 없느냐는 것이 다시없이 분하고 억울한 사정이었고 또 초조의 근원이었다. 미간을 찌푸리되 가장 고매한 얼굴은 지속해야 할 것을 잊어버리지 않고 그리고 계속하여 끙끙 앓고 있노라니까(나는 일시 일각을 허송하지는 않는다. 나는 없는 지혜를 끊이지 않고 쥐어짠다) 속달편지가 왔다. 소녀에게서다.

4. 선생님! 어제 저녁 꿈에도 저는 선생님을 만나 뵈었습니다. 꿈 가운데 선생님은 참 다정하십니다. 저를 어린애처럼 귀여워해주십니다.

그러나 백일 아래 표표하신 선생님은 저를 부르시지 않습니다.

비굴이라는 것이 무슨 빛으로 되어 있나 보시려거든 선생님은 거울을 한번 보아주십시오. 거기 비치는 선생님의 얼굴빛이 바로 비굴이라는 빛입니다.

헤어진 부인과 3년을 동거하시는 동안에 너 나거라 소리를 한 마디도 하신 일이 없다는 것이 선생님의 유일의 자만이십니다그려! 그렇게까지 선생님은 인정에 구구하신가요.

R과도 깨끗이 헤어졌습니다. S와도 절연한 지 벌써 다섯 달이나

된다는 것은 선생님께서도 믿어주시는 바지요? 다섯 달 동안 저에게는 아무 것도 없습니다. 저의 청절을 인정해주시기 바랍니다.

저의 최후까지 더럽히지 않은 것을 선생님께 드리겠습니다. 저의 희밀건 살의 매력이 이렇게 다섯 달 동안이나 놀고 없는 것은 참 무엇이라고 말할 수 없이 아깝습니다. 저의 잔털 나스르르한 목, 영한 온도가 선생님을 기다리고 있습니다. 선생님이여! 저를 부르십시오. 저더러 영영 오라는 말을 안 하시는 것은 그것 역시 가신 적 경우와 똑같은 이론에서 나온 구구한 인생 변호의 치사스러운 수법이신가요?

영원히 선생님 '한 분'만을 사랑하지요. 어서어서 저를 전적으로 선생님만의 것으로 만들어주십시오. 선생님의 '전용'이 되게 하십시오.

제가 아주 어수룩한 줄 오산하고 계신 모양인데 오산치고는 좀 어림없는 큰 오산이리라.

네 딴은 제법 든든한 줄만 믿고 있는 데 그 안전지대라는 것을 너는 아마 하나 가진 모양인데 그까짓 것쯤 내 말 한 마디에 사태가 나고 말리라. 이렇게 일러드리고 싶습니다. 또 -

3월 5일날 오후 2시에 동소문 버스 정류장 앞으로 꼭 와야 되지 그러지 않으면 큰일 나요. 내 징벌을 안 받지 못하리라.

만 19세 2개월을 맞이하는

정희 올림
이상 선생님께

물론 이것은 죄다 거짓부렁이다. 그러나 그 일촉즉발의 아슬아슬한 용심법이 특히 그중에도 결미의 비견할 데 없는 청초함이 장히 질풍신뢰를 품은 듯한 명문이다.

나는 까무러칠 뻔하면서 혀를 내어둘렀다. 나는 깜빡 속기로 한다. 속고 만다.

여기 이 이상 선생님이라는 허수아비 같은 나는 지난 밤 사이에 내 평생을 경력하였다. 나는 드디어 쭈글쭈글하게 노쇠해버렸던 차에 아침이 온 것을 보고, 이키! 남들이 보는 데서는 나는 가급적 어쭙지 않게 (잠을) 자야 되는 것이어늘, 하고 늘 이를 닦고 그러고는 도로 얼른 자 버릇하는 것이었다. 오늘도 또 그럴 셈이었다.

사람들은 나를 보고 짐짓 기이하기도 해서 그러는지 경천동지의 육중한 경륜을 품은 사람인가 보다고들 속는다. 그러니까 고렇게 하는 것이 내 시시한 자세나마 유지시킬 수 있는 유일무이의 비결이었다. 즉 나는 남들 좀 보라고 낮에 잔다.

그러나 그 편지를 받고 흔희작약, 나는 개세의 경륜과 유서의 고민을 깨끗이 씻어버리기 위하여 바로 이발소로 갔다. 나는 여간 아니 호걸답게 입술에다 치분을 허옇게 묻혀 가지고는 그 현란한 거울 앞에 가 앉아 이제 호화장려하게 개막하려 드는 내 종생을 유유히 즐기기로 거기 해당하게 내 맵시를 수습하는 것이었다.

우선 그 작소라는 뇌명까지 있는 봉발을 썰어서 상고머리라는 것을 만들었다. 五角髮은 깨끗이 도태해버렸다. 귀를 후비고 코털을 다듬었다. 안마도 했다. 그리고 비누세수를 한 다음 문득 거울을 들여다보니 품있는 데라고는 한 귀퉁이도 없어 보이는 듯하면서도 또한 태생을 어찌 어기리요, 좋도록 말해서 라파엘 전파 일원 같이 그렇게 청초한 백면서생이라고도 보아줄 수 있지 하고 실없이 제 얼굴을 미남자거니 고집하고 싶어하는 구지레한 욕심을 내심 ㅌ나식하였다.

아차! 나에게도 모자가 있다. 겨우내 꾸겨박질러두었던 것을 부득부득 끄집어내었다. 15분간 세탁소로 가지고가서 멀쩡하게 만들었다. 그리고 보니 바지저고리에 고동색 대님을 다 치고 차림차림이 제법 이색이 있다. 공단은 못 되나마 능직 두루마기에 이만하면 고왕금래 모모한 천재의 풍모에 비겨도 조금도 손색이 없으리라. 나는 내 그런 여간 이만저만하지 않은 풍모를 더욱더욱 이만저만하지 않게 모디파이어 하기 위하여 가늘지도 굵지도 않은 고다지 알맞은 단장을 하나 내 손에 쥐여주어야 할 것도 때마침 잊어버리지는 않았다.

별 수 없이 −

오늘이 즉 3월 3일인 것이다.

나는 점잖게 한 30분쯤 지각해서 동소문 지정받은 자리에 도착하였다. 정희는 또 정희대로 아주 정희답게 한 30분쯤 일찍 와서 있다.

정희의 입상은 제정 러시아적 우표딱지처럼 적잖이 슬프다. 이것은 아직도 얼음을 품은 바람이 해토머리답게 싸늘해서 말하자면 정희의 모양을 얼마간 침통하게 해 보일 탓이렸다.

나는 이런 경우에 천만뜻밖에도 눈물이 핑 눈에 그뜩 돌아야 하는 것이 꼭 맞는 원칙으로서의 의표가 아닐까 그렇게 생각하면서 저벅저벅 정희 앞으로 다가갔다.

우리 둘은 이 땅을 처음 찾아온 제비 한 쌍처럼 잘 앙증스럽게 만보하기 시작했다. 걸어가면서도 나는 내 두루마기에 잡히는 주름살 하나에도 단장을 한 번 휘젓는 곡절에도 세세히 조심한다. 나는 말하자면 내 우연한 종생을 감쪽스럽도록 찬란하게 허식하기 위하여 내 박빙을 밟는 듯한 포즈를 아차 실수로 무너뜨리거나 해서는 절대로 안 된다는 것을 굳게 굳게 명하고 있는 까닭이다.

그러면 맨 처음 발언으로는 나는 어떤 기절 참절한 경구를 내어놓아야 할 것인가. 이것 때문에 또 잠깐 머뭇머뭇하지 않을 수도 없었지만 그렇다고 바로 대고 거 어쩌면 그렇게 똑 제정 러시아적 우표딱지같이 초초하니 어쩌니 하는 수는 차마 없다.

5. 나는 선뜻

"설마가 사람을 죽이느니."

하는 소리를 저 뱃속에서부터 우러나오는 듯한 그런 가라앉은 목소리에 꽤 명료한 발음을 얹어서 정희 귀 가까이다 대고 지껄여버렸다. 이만하면 아마 그 경우의 최초의 발성으로는 무던히 성공한 편이리다. 뜻인즉, 네가 오라고 그랬다고 그렇게 내가 불쑥 올 줄은 너 꿈에도 생각하지 못했으리라는 꼼꼼한 의도다.

나는 아침 반찬으로 콩나물을 3전어치는 안 팔겠다는 것을 교묘히 무사히 3전어치만 살 수 있는 것과 같은 미끈한 쾌감을 맛본다. 내 딴은 다행히 놀아도 한 푼도 참 용하게 낭비하지는 않은 듯싶었다.

그러나 그런 내 청천에 벽력이 떨어진 것 같은 인사에 대하여 정희는 실로 대답이 없다. 이것은 참 큰일이다.

아이들이 고추 먹고 맴맴 담배 먹고 맴맴 하고 노는 그런 암팡진 수단으로 그냥 단번에 나는 어지러뜨려서는 넘어뜨려버릴 작정인 모양이다.

정말 그렇다면!

이 상쾌한 정희의 확고부동 자세야말로 엔간치 않은 출품이 아닐 수 없다. 내가 내어놓은 바 살인촌철은 그만 즉석에서 분쇄되어 가엾은 부작으로 내리떨어지고 마는 것이다 하고 나는 느꼈다.

나는 나로서 할 수 있는 가장 큰 규모의 손짓 발짓을 한번 해 보이고 이윽고 낙담하였다는 것을 표시하였다. 일이 여기 이른 바에는 내 포즈 여부가 문제 아니다. 표정도 인제 더 써먹을 것이 남아 있을 성싶지도 않고 해서 나는 겸연쩍게 안색을 좀 고쳐가지고 그리고 정희! 그럼 나는 가겠소, 하고 깍듯이 인사하고 그리고?

나는 발길을 돌쳐서 집을 향해 걷기 시작했다. 내 파란만장의 생애가 자자레한 말 한 마디로 하여 그만 회신으로 돌아가고 만 것이다. 나는 세상에도 참혹한 풍채 아래서 내 종생을 치른 것이라고 생각하면서 그렇다면 그럼 그럴 성싶기도 하게 단장도 한두 번 휘두르고 입도 좀 일기죽일기죽해보기도 하고 하면서 행차하는 체해 보인다.

5초 – 10초 – 20초 – 30초 – 1분 –

결코 뒤를 돌아보거나 해서는 못쓴다. 어디까지든지 사심 없이 패배한 체하고 걷는 체한다. 실심한 체한다.

나는 사실은 좀 어지럽다. 내 쇠약한 심장으로는 이런 자약한 체조를 그렇게 장시간 계속하기가 썩 어려운 것이다.

묘지명이라. 일세의 귀재 이상은 그 통생의 대작 종생기 1편을 남기고 서력 기원후 1937년 정축 3월 3일 미시 여기 백일 아래서 그 파란만장(?)의 생애를 끝막고 문득 졸하다. 향년 만 25세와 11개월. 오호라! 상심커다. 허탈이야 잔존하는 또 하나의 이상 구천을 우러러 호곡하고 이 한산 일편석을 세우노라. 애인 정희는 그대의 몰후 수삼인의 비첩 된 바 있고 오히려 장수하니 지하의 이상아! 바라건대 명목하라.

기리 칠칠치는 못하나마 이만큼 해가지고 이 꼴 저 꼴 구지레한 흠집을 살짝 도회하기로 하자. 고만 실수는 여상의 묘기로 겸사겸사 메꾸고 다시 나는 내 반생의 진용 후일에 관해 차근차근 고려하기로 한다. 以上.

6. 역대의 에피그램과 경국의 철칙이 다 내에 있어서는 내 위선을 암장하는 한 스무스한 구실에 지나지 않는다. 실로 나는 내 낙명의 자리에서도 임종의 합리화를 위하여 코로처럼 도색의 팔레트를 볼 수도 없거니와 톨스토이처럼 탄식해주고 싶은 쥐꼬리만 한 금언의 추억도 가지지 않고 그냥 난데없이 다리를 삐어 넘어지듯이 스르르 죽어가리라.

거룩하다는 칭호를 휴대하고 나를 찾아오는 '연애'라는 것을 응수하는 데 있어서도 어디서 어떤 노소간의 의뭉스러운 선인들이 발라먹고 내어버린 그런 유훈을 나는 헐값에 걷어 들여다가는 제련 재탕 다시 써먹는다는 줄로만 알았다가도 또 내게 혼나는 경우가 있으리라.

나는 찬밥 한 술 냉수 한 모금을 먹고도 넉넉히 일세를 위압할 만한 '고언'을 적적할 수 있는 그런 지혜의 실력을 가졌다.

그러나 자의식의 절정 위에 발돋음을 하고 올라선 단말마의 비결을 보통 야시 국구 버섯을 팔러 오신 시골 아주머니에게 서너 푼에 그냥 넘겨주고 그만두는 그렇게까지 자신의 에티켓을 미화시키는 겸허의 방식도 또한 나는 無漏히 터득하고 있는 것이다. 瞠目할지어다. 以上.

이런 흙발 같은 남루한 주제는 문벌이 버젓한 나로서 채택할 신세가 아니거니와 나는 태서의 에티켓으로 차 한 잔을 마실 적의 포즈에 대하여도 세심하고 세심한 용의가 필요하다.

휘파람 한 번을 분다 치더라도 내 극비리에 정전된 절차를 溫古하여야만 한다. 그런 다음이 아니고는 나는 희망을 잃은 황혼에서도 휘파람 한마디를 마음대로 불 수는 없는 것이다.

동물에 대한 고결한 지식?

사슴, 물오리, 이 밖의 어떤 종류의 동물도 내 에니멀 킹덤에서는 落脫되어 있어야 한다. 나는 이 수렵용으로 귀여이 가엾이 되어 먹어 있는 동물 외에 동물에 언제든지 無可奈何로 무지하다.

또 ―

그럼 풍경에 대한 방만한 처신법?

어떤 풍경을 묻지 않고 풍경의 근원, 중심, 초점이 말하자면 나 하나 '도련님'다운 소행에 있어야 할 것을 방약무인으로 강조한다. 나는 이 맹목적 신조를 두 눈을 그대로 딱 부르감고 믿어야 된다.

자진한 '우매,' '멸각'이 참 어렵다.

보아라. 이 자득하는 우매의 절기를! 몰각의 절기를.

白鷗는 宜白沙하니 莫赴春草碧하라.

이태백. 이 전후 만고의 으리으리한 '華族.' 나는 이태백을 닮기도 해야 한다. 그렇기 위하여 오언 절구 한 줄에서도 한 자 가량의 태연자약한 실수를 범해야만 한다. 현란한 문벌이 풍기는 가히 범할 수 없는 기품과 세도가 넉넉히 고시를 한 절쯤 서슴지 않고 생채기를 내어놓아도 다들 어수룩한 체들 하고 속느니 하는 교만한 미신이다.

곱게 빨아서 곱게 다리미질을 해놓은 한 벌 슈미즈의 곱박 속는 청절처럼 그렇게 아담하게 나는 어떠한 跌蹉에서도 거뜬하게 얄미운 미소와 함께 일어나야만 하는 것이니까 –

오늘날 내 한 씨족이 분명치 못한 소녀에게 섣불리 딴죽을 걸려 넘어진다기로서니 이대로 내 宿望의 호화 유려한 종생을 한 방울 하잘 것 없는 오점을 내는 제 投匙해서야 어찌 초지의 만일에 용납할 수 있는 면목이 족히 서겠는가, 하는 허울 좋은 구실이 永日 밤보다도 오히려 한 뼘은 내 前程에 대두하기 시작하는 것이었다.

7. 완만 착실한 서술!

나는 과히 눈에 띌 성싶지 않은 한 지점을 재재바르게 붙들어서 거기서 공중 담배를 한 갑 사(주머니에 넣고) 피워 물고 정희의 뻔한 걸음을 다시 뒤따랐다.

나는 그저 일상의 다반사가를 간과하듯이 범연하게 휘파람을 불고, 내, 구두 뒤축이 아스팔트를 디디는 템포 음향, 이런 것들의 귀찮은 조절에도 깔끔히 정신차리면서 넉넉잡고 3분, 다시 돌친 걸음은 정희 어깨를 나란히 걸을 수 있었다. 부질없는 세상에 제 심각하면 침통하면 또 어쩌겠느냐는 듯싶은 서운한 눈의 위치를 동소문 밖 신개지 풍경 어디라고 정치 않은 한 점에 두어두었으니 보라는 듯한 부득부득 지근거리는 자세면서도 또 그렇지도 않을 성싶은 내 묘기 중에도 묘기를 더한층 허겁지겁 연마하기에 골똘하는 것이었다.

일모창산 –

날은 저물었다. 아차! 아직 저물지 않은 것으로 하는 것이 좋을까 보다.

날은 아직 저물지 않았다.

그러면 아까 장만해둔 세간 기구를 내세워 어디 차근차근 살림살이를 한번 치러볼 천우의 호기가 내 앞으로 다다랐나 보다. 자 –

태생은 어길 수 없어 비천한 '티'를 감추지 못하는 딸 –

(전기 치사한 소녀 운운은 어디까지든지 이 바보 이상의 호의에서 나온 곡해다. 모파상은 지방덩어리를 생각하자. 가족은 미만 14세의 딸에게 매음시켰다. 두 번째는 미만 19세의 딸이 자진했다. 아 – 세 번째는 그 나이 스물두 살이 되던 해 봄에 얹은 낭자를 내리고 게다 다홍 댕기를 들여 늘어뜨려 편발처자를 위조하여는 대거하여 강행으로 매끽하여버렸다.)

비천한 뉘 집 딸이 해빙기의 시냇가에 서서 입술이 낙화 지듯

좀 파래지면서 박빙 밑으로는 무엇이 저리도 움직이는가고 고개를
갸웃거리는 듯이 숙이고 있는데 봄 방향을 품은 훈풍이 불어와서
스커트, 아니 너무나, 슬퍼 보이는, 아니, 좀 슬퍼 보이는 홍발을
건드리면 -

좀 슬퍼 보이는 홍발을 나붓나붓 건드리면 -

여상이다. 이 개기름 도는 가소로운 무대를 앞에 두고 나는 나
대로 나답게 가문이라는 자자레한 '투'는 어떤 일이 있더라도 잊어
버리지 않고 채석장 희멀건 단층을 건너다보면서 탄식 비슷이

'지구를 저며내는 사람들은 역시 자연 파괴자리라'는 둥,

'개미집이야말로 과연 정연하구나'라는 둥,

'작년에 났던 초목이 올해에도 또 돋으려누, 귀불귀란 무엇인
가'라는 둥 -

치레 잘 하면 제법 의젓스러워도 보일 만한 가장 한산한 과제로
만 골라서 점잖게 방심해 보여놓는다.

정말일까? 거짓말일까. 정희가 불쑥 말을 한다. 한 소리가 '봄
이 이렇게 왔군요'하고 윗니는 좀 사이가 벌어져서 보기 흉한 듯하
니까 살짝 가리고 곱다고 자처하는 아랫니를 보이지 않으려고 했
지만 부지불식간에 그렇게 내어다보인 것을 또 어쩝니까 하는 듯
싶이 가증하게 내어보이면서 또 여간해서 어림이 서지 않는 어중
간 얼굴을 그 위에 얹어 내세우는 것이었다.

좋아, 좋아, 좋아, 그만하면 잘되었어.

나는 고개 대신에 단장을 끄덕끄덕해 보이면서 창졸간에 그만
정희 어깨 위에다 손을 얹고 말았다.

그랬더니 정희는 적이 해괴해하노라는 듯이 잠시는 묵묵하더니 –

정희도 문벌이라든가 혹은 간단히 말해 에티켓이라든가 제법 배워서 짐작하노라고 속삭이는 것이 아닌가.

꿀꺽!

넘어가는 내 지지한 종생, 이렇게도 실수가 허해서야 물화적 전생애를 탕진해가면서 사수하여온 산호편의 본의가 대체 어디 있느냐? 내내 울화가 복받쳐 혼도할 것 같다.

홍천사 으슥한 구석방에 내 종생의 竭力이 정희를 이끌어 들이기도 전에 나는 밤 쓸쓸히 거짓말깨나 해놓았나 보다.

나는 내가 그윽히 음모한 바 천고불역의 탕아, 이상이 자자레한 문학의 빈민굴을 교란시키고자 하던 가지가지 진기한 연장이 어느 겨를에 빼물르기 시작한 것을 여기서 깨단해야 되나 보다. 사회는 어떠쿵, 도덕이 어떠쿵, 내면적 성찰 추구 적발 징벌은 어떠쿵, 자의식 과잉이 어떠쿵, 제 깜냥에 번지레한 칠을 해 내건 치사스러운 간판들이 미상불 우스꽝스럽기가 그지 없다.

8. '毒花'

족하는 이 꼭두각시 같은 어휘 한마디를 잠시 맡아가지고 계셔 보구려?

예술이라는 허망한 아궁이 근처에서 송장 근처에서보다도 한결 더 썰썰 기고 있는 그들 해반주룩한 死都의 혈족들 땟국내 나는 큼에 가 끼기어서, 나는 –

내 계집의 치마 단속곳을 가가리 찢어놓았고, 버선 켤레를 걸레를 만들어놓았고, 검던 머리에 곱던 양자, 영악한 곰의 발자국이 질컥 디디고 지나간 것처럼 얼굴을 망가뜨려놓았고, 지기 친척의 돈을 뭉청 떼어먹었고, 좌수터 유래 깊은 상호를 쑥밭을 만들어놓았고, 겁쟁이 취체역은 고랑때를 먹여놓았고, 대금업자의 수금인을 졸도시켰고, 사장과 취체역과 사돈과 아범과 애비와 처남과 처제와 또 애비와 애비의 딸과 딸이 허다 중생으로 하여금 서로서로 이간을 붙이고 붙이게 하고 얼버무려져 싸움질을 하게 해놓았고 사글셋방 새 다다미에 잉크와 요강과 팥죽을 엎질렀고, 누구누구를 임포텐스를 만들어놓았고 –

'독화'라는 말의 콕 찌르는 맛을 그만하면 어렴풋이나마 어떻게 짐작이 서는가 싶소이까.

잘못 빚은 蒸편 같은 시 몇 줄 소설 서너 편을 꿰어차고 조촐하게 등장하는 것을 아 무엇인 줄 알고 깜박속고 섣불리 손뼉을 한부던 쳤다는 죄로 제 계집 간음당한 것보다도 더 큰 망시을 일신에 짊어지고 그러고는 앙탈 비슷이 시치미를 떼지 않으면 안 되는 어디까지든지 치사스러운 예의 절차 – 마귀(터주)의 소행(덧났다)이라고 돌려버리자?

'독화'

물론 나는 내일 새벽에 내 길든 노상에서 無慮 애게 필적하는 한 숨은 탕아를 해후할는지도 마치 모르나, 나는 신바람이 난 무당처럼 어깨를 치켰다 젖혔다 하면서도 風磨雨洗의 고행을 얼른 그렇게 쉽사리 그만두지는 않는다. 아 – 어쩐지 전신이 몹시 가렵다.

나는 무연한 중생의 뭇 원한 탓으로 악역의 범함을 입나 보다. 나는 은근히 속으로 앓으면서 토일렛 정한 대야에다 양손을 정하게 씻은 다음 내 자리로 돌아와 앉아 차근차근 나 자신을 반성 회오 – 쉬운 말로 자자레한 셈을 좀 놓아보아야겠다.

9. 에티켓? 문벌? 양식? 번신술?

그렇다고 내가 찔끔 정희 어깨 위에 얹었던 손을 뚝 뗀다든지 했다가는 큰 망발이다. 일을 잡치리라. 어디까지든지 내 뺨의 홍조만을 조심하면서 좋아, 좋아, 좋아, 그래만 주면 된다. 그러고나서 피차 다 알아들었다는 듯이 어깨에 손을 얹은 채 어깨를 나란히 흥천사 경내로 들어갔다. 가서 길을 별안간 잃어버린 것처럼 자분참 산 위로 올라가버린다. 산 위에서 이번에는 정말 포즈를 할 일 없이 무너뜨렸다는 것처럼 정교하게 머뭇머뭇해준다. 그러나 기실 말짱하다.

풍경 소리가 똑 알맞다. 이런 경우에는 제법 번듯한 識字가 있는 사람이면 –

아 – 나는 왜 늘 항례에서 비켜서려 드는 것일까? 잊었느냐? 비싼 월사를 바치고 얻은 고매한 학문과 예절을,

현역 육군 중좌에게서 받은 秋霜熱日의 훈육을 왜 나는 이 경우에 버젓하게 내세우지 못하느냐?

창연한 古刹 遺漏 없는 장치에서 나는 정신차려야 한다. 나는 내 쟁쟁한 이력을 솔직하게 써먹어야 한다. 나는 고개를 숙이고 담배를 한 대 피워 물고 도장에 들어가는 소, 죽기보다 싫은 서투르

고 근질근질한 포즈 체모 독주에 어지간히 성공해야만 한다. 그랬더니 그만두 한다. 당신의 그 어림없는 몸치렐랑 그만두세요. 저는 어지간히 식상이 되었습니다 한다.

그렇다면?

내 꾸준한 노력도 일조일석에 수포로 돌아가는 것이 아닌가.

대체 정희라는 가련한 '石女'가 제 어떤 재간으로 그런 음흉한 내 간계를 요만큼까지 간파했다는 것이다.

일시에 기진한다. 맥은 탁 풀리고는 앞이 팽 돌다 아찔하는 것이 이러다가 까무러치려나 보다고 극력 단장을 의지하여 버텨보노라니까 噫라! 내 기사회생의 종생도 이번만은 회춘하기 장히 어려울 듯싶다.

10. 이상! 당신은 세상을 경영할 줄 모르는 말하자면 병신이오. 그다지도 '미혹'하단 말씀이오? 건너다 보니 절터지요? 그렇다 하더라도 카라마조프의 형제나 사십년을 좀 구경 삼아 들러보시지요.

아니지! 정희! 그게 뭐냐 하면 나도 살고 있어야 하겠으니 너도 살자는 사기, 속임수, 일보러 만들어내어놓은 미신, 중에도 가장 우수한 무서운 주문이오.

이상! 그러지 말고 시험 삼아 한 발만 한 발자국만 저 개흙밭에다 들여놓아보시지요.

이 악보같이 스무스한 담소 속에서 비칠비칠하노라면 나는 내게 필적하는 천의무봉의 탕아가 이 目睫 간에 있는 것을 느낀다. 누구나 제 내어놓았던 협수룩한 포즈를 걷어 치우느라고 허겁지겁

들 할 것이다. 나도 그때 내 슬하의 이렇게 유산되는 자손을 느끼면서 萬載에 드리우는 이 극흉 극비 종가의 符籍을 앞에 놓고서 적이 불안하게 또 한편으로는 적이 안일하게 운명하는 마지막 낙백의 이 내 종생을 애오라지 방불히 하는 것이다.

나는 내 분묘 될 만한 조촐한 터전을 찾는 듯한 그런 서글픈 마음으로 정희를 재촉하여 그 언덕을 내려왔다. 등 뒤에 들리는 풍경 소리는 진실로 내 심통함을 돕는 듯하다고 寫字하면 정경을 한층 더 반듯하게 매만져놓는 한 도움이 되리라. 그럼 진실로 풍경 소리는 내 등 뒤에서 내 마지막 심통함을 한층 더 들볶아 놓는 듯하더라.

11. 미문에 견줄 만큼 위태위태한 것이 절승에 酷似한 풍경이다. 절승에 혹사한 풍경을 미문으로 번안 모사해 놓았다면 자칫 실족 익사하기 쉬운 웅덩이나 다름없는 것이니 斂位는 아예 가까이 다가서서는 안 된다. 도스토예프스키 – 나 고르키 – 는 미문을 쓰는 버릇이 없는 채했고 또 황량, 아담한 경치를 '취급'하지 않았으되 이 의뭉스러운 어른들은 오직 미문은 쓸 듯 쓸 듯, 절승 경개는 나올 듯 나올 듯, 해만 보이고 끝끝내 아주 활짝 꼬랑지를 내보이지는 않고 그만둔 구렁이 같은 분들이기 때문에 그 기만술은 한층 더 진보된 것이며, 그런 만큼 효과가 또 절대하여 천 년을 두고 ask 년을 두고 내리내리 부질없는 위무를 바라는 중속들을 잘 속일 수 있는 것이다. 그러나 – 왜 나는 미끈하게 솟아 있는 근대 건축의 위용을 보면서 먼저 철근 철골, 시멘트와 細沙, 이것부터 선뜩하니

감응하느냐는 말이다.

씻어버릴 수 없는 숙명의 호곡, 몽고레안푸렉게[蒙古痣] 오뚝이처럼 쓰러져도 일어나고 쓰러져도 일어나고 하니 쓰러지나 섰으나 마찬가지 의지할 얄팍한 벽 한 조각 없는 고독, 枯槁, 獨介, 楚楚.

나는 오늘 대오한 바 있어 미문을 피하고 절승의 풍광을 격하여 소조하게 왕생하는 것이며 숙명의 슬픈 투시벽은 깨끗이 벗어놓고 溫雅悠遠, 외오로우납 따뜻한 그늘 안에서 失命하는 것이다.

意料하지 못한 이 한 '종생' 나는 요절인가 보다. 아니 中世摧折인가 보다. 이길 수 없는 육박, 눈 먼 까마귀의 罵詈 속에서 탕아 중에도 탕아 술객 중에도 술객, 이 난공불락의 관문의 괴멸, 구세주의 최후 然히 방방곡곡이 餘毒은 삼투하는 장식 중에도 허식의 표백이다. 出色의 표백이다.

12. 乃夫가 있는 불의. 내부가 없는 불의. 불의는 즐겁다. 불의의 酒價落落한 풍미를 족하는 아시나이까. 윗니는 좀 잇새가 벌어지고 아랫니만이 고운 이 漢鏡같이 결함의 미를 갖춘 깜쪽스럽게 새침을 뗄 줄 아는 얼굴을 보라. 7세까지도 옥잠화 속에 감춰두었던 장분만을 바르고 그 후 분을 바른 일도 세수를 한 일도 없는 것이 유일의 자랑거리. 정희는 사팔뜨기다. 이것은 무엇으로도 대항하기 어렵다. 정희는 근시 육도다. 이것은 무엇으로도 대항할 수 없는 선천적 훈장이다. 좌난시 우색맹 아 ─ 이는 실로 완벽이 아니면 무엇이랴.

속은 후에 또 속았다. 또 속은 후에 또 속았다. 미만 14세에 정

희를 그 가족이 강행으로 매춘시켰다. 나는 그런 줄만 알았다. 한 방울 눈물 –

그러나 가족이 강행하였을 때쯤은 정희는 이미 자진하여 매춘한 후 오래오래 후다. 다홍 댕기가 늘 정희 등에서 나부꼈다. 가족들은 불의에 올 재앙을 막아줄 단 하나 값나가는 다홍 댕기를 기탄없이 믿었건만 –

그러나 –

불의는 귀인답고 참 즐겁다. 간음한 처녀 – 이는 불의 중에도 가장 즐겁지 않을 수 없는 영원의 밀림이다.

그럼 정희는 게서 멈추나?

나는 자기 소개를 한다. 나는 정희에게 분모를 지기 싫기 때문에 잔인한 자기 소개를 하는 것이다.

나는 벼를 본 일이 없다. 자전거를 탈 줄 모른다. 생년월일을 가끔 잊어버린다. 구십 노조모가 二八少婦로 어느 하늘에서 시집온 10대조의 고성을 내 손으로 헐었고 녹엽 천 년의 호두나무 아름드리 근간을 내 손으로 베었다. 은행나무는 우너통한 가문을 골수에 지니고 찍혀 넘어간 뒤 장장 4년 해마다 봄만 되면 毒矢 같은 싹이 엄돋는 것이다.

는 그러나 이 모든 것에 견뎠다. 한번 석류나무를 휘어잡고 나는 폐허를 나섰다.

조숙 난숙 감 썩는 골머리 때리는 내. 생사의 기로에서 莞爾而笑, 剽悍無雙의 瘦軀 음지에 창백한 꽃이 피었다.

나는 미만 14세에 적에 수채화를 그렸다. 수채화와 破瓜. 보아라 木箸같이 야윈 팔목에서는 삼동에도 김이 무럭무럭 난다. 김 나는 팔목과 잔털 나스르르한 매춘하면서 자라나는 회충같이 매혹적인 살결. 사팔뜨기와 내 흰자위 없는 짝짝이 눈. 옥ㅈ마화 속에서 나오는 奇術 같은 석일의 화장과 화장 전폐, 이에 대항하는 내 자전거 탈 줄 모르는 아슬아슬한 천품. 다홍댕기에 불의와 불의를 방임하는 속수무책의 내 나태.

심판이여! 정희에 비교하여 내게 부족함이 너무나 많지 않소이까?

비등 비등? 나는 최후까지 싸워보리라.

흥천사 으슥한 구석방 한 간 방석 두 개 화로 한 개. 밥상 술상 —

접전 수십함. 좌충우돌. 정희의 허전한 관분을 나는 노사의 힘으로 들이친다. 그러나 돌아오는 반발의 흉기는 갈 때보다도 몇 배나 더 큰 힘으로 나 자신의 손을 시켜 나 자신을 살상한다.

지느냐. 나는 그럼 지고 그만두느냐.

나는 내 마지막 무장을 전장에 내어세우기로 하였다. 그것은 즉 酒亂이다.

한 몸을 건사하기조차 어려웠다. 나는 게울 것만 같았다. 나는 게웠다. 정희 스카트에다.

그러고도 오히려 나는 부족했다. 나난 일어나 춤추었다. 그리고 마지막 한 벌 힘만을 아껴 남기고는 나머지 있는 힘을 다하여 난간을 잡아 흔들었다. 정희는 나를 붙들고 말린다. 말리는데 안 말리는 것도 같았다. 나는 정희 스커트를 잡아 졌혔다. 무엇인가 철썩 떨어졌다. 편지다. 내가 집었다. 정희는 모른 체 한다.

속달(S와도 절연한 지 벌써 다섯 달이나 된다는 것은 선생님께서도 믿어주시는 바지요? 하던 S에게서다).

정희 노하였소. 어젯밤 태서관 별장의 일! 그것은 결코 내 본의는 아니었소. 나는 그 요구를 하려 정희를 극소까지 데리고 갔던 것은 아니오. 내 불만을 용서하여주기 바라오. 그러나 정희가 뜻밖에도 그렇게까지 다소곳한 태도를 보여주었다는 것으로 적이 자위를 삼겠소. 정희를 하루라도 바삐 나 혼자만의 것으로 만들어달라는 정희의 열렬한 말을 물론 나는 잊어버리지는 않겠소. 그러나 지금 형편으로는 '아내'라는 저 추물을 처치하기가 정희가 생각하는 바와 같이 그렇게 쉬운 일은 아니오. 오늘(3월 3일) 오후 8시 정각에 금화장 주택지 그때 그 자리에서 기다리고 있겠소. 어제 일을 사과도 하고 싶고 달이 밝을 듯하니 송림을 거닙시다. 거닐면서 우리 두 사람만의 생활에 대한 설f계도 의논하여봅시다.

3월 3일 아침 S

내가 속달을 띄우고 나서 곧 뒤이어 받은 속달이다.

모든 것은 끝났다. 어젯밤에 정희는 –

그 낮으로 또 나를 만났다. 공포에 가까운 변신술이다. 이 황홀한 전율을 즐기기 위하여 정희는 무고의 이상을 징발했다. 나는 속고 또 속고 또또 속고 또또또 속았다.

나는 물론 그 자리에 혼도하여 버렸다. 나는 죽었다. 나는 황천

을 헤매었다. 명무베는 달이 밝다. 나는 또다시 눈을 감았다. 태허
에 소리 있어 가로대 너는 몇 살이뇨? 만 25세와 11개월이올시다.
요사로구나. 아니올씨다. 노사올씨다.

13. 눈을 다시 떴을 때는 거기 정희는 없다. 물론 8시가 지난 뒤였
다. 정희는 그리 갔다. 이리하여 나의 종생은 끝났으되 나의 종생
기는 끝나지 않았다. 왜?

　정희는 지금도 어느 빌딩 걸상 위에서 드로어즈의 끈을 푸는 중이
요. 지금도 태서관 별장 방석을 베고 드로어즈의 끈을 푸는 중이
요. 지금도 어느 송림 속 잔디 벗어놓은 외투 위에서 드로어즈의
끈을 盛히 푸는 중이니까다.

　이것은 물론 내가 가만히 있을 수 없는 재앙이다.

　나는 이를 간다.

　나는 걸핏하면 까무러친다.

　나는 부글부글 끓는다.

　그러나 지금 나는 이 철천의 원한에서 슬그머니 좀 비켜서고 싶
다. 내 마음의 따뜻한 평화 따위가 다 그리워졌다.

　즉 나는 시체다. 시체는 생존하여 계신 만물의 영장을 향하여
질투할 자격도 능력도 없는 것이라는 것을 나는 깨닫는다.

　정희, 간혹 정희의 훗훗한 호흡이 내 묘비에 와 슬쩍 부딪는 수
가 있다. 그런 때 내 시체는 홍당무처럼 화끈 달면서 구천을 꿰뚫
어 슬피 호곡한다.

　그 동안에 정희는 여러 번 제(내 때꼽재기도 묻은) 이부자리를

찬란한 일광 아래 널어 말렸을 것이다. 누누한 이 내 昏睡 덕으로 부디 이 내 시체에서도 생전의 슬픈 기억이 창궁 높이 훨훨 날아가 나 버렸으면 −

나는, 지금 이런 불쌍한 생각도 한다. 그럼 −

− 만 26세와 30개월을 맞이하는 이상 선생님이여! 허수아비여!

자네는 노옹일세. 무릇이 귀를 넘는 해골일세. 아니, 아니.

자네는 자네의 먼 조상일세. 以上.

11월 20일 동경서

[해독] 『종생기』는 제목 그대로라면 유서인데 이상의 일생을 어떤 형식을 빌려 적었다. 그 형식이 매우 복잡하게 짜여서 해독이 필요하다. 이 글에서는 매일이 종생이며 스스로 예언한 최후도 종생이다. 이중, 삼중, 다중의 종생이다. 유서는 여러 번 고쳐 쓸 수 있지만 그럴 때마다 여러 번 죽는 것은 아니다. 여기서는 여러 번 죽는 것으로 보아 거짓이며 참이 공존한다. 이처럼 모순에 가득 찬 그의 일생의 기록이다. 이상한 가역반응이다. 어떻게 기록할 것인가. 이상의 관심은 "글의 형태"에 있다고 하였다. 어떠한 형식으로 다중의 종생을 기록할 것인가. 이제 드러나겠지만 이상은 "거짓말의 모순"의 형식을 빌렸다.

그 형식을 들여다보자. 먼저 호언과 허담이다. "나는 몇 편의 소설과 몇 줄의 시를 써서 내 쇠망해가는 심신 위에 치욕을 배가하였다. 이 이상 내가 이 땅에서의 생존을 계속하기가 자못 어려울 지경에까지 이르렀다. 나는 하여간에 허울 좋게 말하자면 망명해야겠다. 어디로 갈까. 나는 만나는 사람마다 동경으로 가겠다고 호언했다. 그뿐 아니라 어느 친구에게는 전기기술에 관한 전문 공부를 하러 간다는 등 학교 선생님을 만나서는 고급 단식 인쇄술을 연구하겠다는 등 친한 친구에게는 내 5개 국어에 능통할 작정일세 어쩌구 심하면 법률을 배우겠소까지 허담을 탕탕하는 것이다. 웬만한 친구는 보통들 속나 보다. 그러나 이 헛선전을 안 믿는 사람도 더러는 있다. 여하간 이것은 영영 빈 털털이가 되어버린 이상의 마지막 공포에 지나지 않는 것만은 사실이겠다."[20] 이 허담은 동경에서 친구에게 보낸 편지에 담은 자신의 심정에서도 확인된다. "과거를 돌아보니 회한뿐입니다. 저는 제 자신을 속여 왔나 봅니다. 정직하게 살아왔거니 하던 제 생활이 지금 와보니 비겁한 회피의 생활이었나 봅니다. 정직하게 살겠습니다. 고독과 싸우면서 오직 그것만 생각하며 있습니다."[21] 거짓으로 살아왔으나 앞으로는 정직하게 살겠다는 고백이다. 이 거짓의 절정은 뒤에서 해독할 『실화』에 나타난다. "나는 임종할 때 유언까지도 거짓말을 해줄 결심입니다."

스스로 허풍쟁이 거짓말쟁이라고 고백한 이상이 거짓말하겠다고 공언한 『종생기』는 "허담"일까 참일까. 거짓 또는 참으로 증명할 수 있을까. 이 질문은 "어느 크레타 사람이 크레타 사람들은 죄다 거짓말쟁이다라고 한 말은 참이다."의 모순과 같다. 마찬가지로 다

20) 『봉별기』
21) 「사신(九)」

음과 같이 표현할 수 있다. "유언을 거짓으로 쓰겠다던 『종생기』가 거짓이라는 명제는 참이다." 이것을 괴델이라면 다음과 같이 살짝 비튼다. "『종생기』가 거짓이라는 명제는 증명할 수 없다." 첫째, 증명하면 모순이다. 뒤집어 말하면 이 명제가 모순이면 『종생기』는 거짓이며 동시에 참이다. 둘째, 증명할 수 없으면 『종생기』가 거짓이라는 명제는 참이다. 이것이 〈전편〉에서 소개한 괴델의 불완전성의 요지이다. 다시 말하면 이 글에는 참과 거짓이 병존한다. 참으로 증명이 안되고 거짓으로도 증명이 안되는 증명의 모순이다. 생각해보면 인생은 누구에게나 참과 거짓의 모순 덩어리이다. 그럼에도 이 글에서 이상은 여덟 가지 단서를 남겼다.

첫째, 이 글의 마지막을 보면 이상은 1936년 11월 20일에 자신의 나이가 26세 30개월이라고 밝혔다. 음력의 계산이다. 이상은 음력 1910년 8월 20일생이다. 따라서 26세 3개월이라고 해야 참이다. 26세 30개월은 거짓처럼 보인다. 그래서 지금까지 이상 연구가들은 30을 3의 오기라고 해설하였다. 이것은 오기가 아니다. 26년 30개월을 11진법으로 전환하면 24년 28개월이다. 1935년에는 12개월이 있고 1936년에는 윤달을 포함하여 13개월이 있다. 따라서 만 24세이면 1934년 8월 20일이고 여기서 다시 12개월이 지난 1935년 8월 20일에 만 25세가 된다. 여기에 13개월을 더하면 1936년 8월 20일에 만 26세가 되고 다시 3개월이 지나면 11월 20일이 되니 정확하게 26세 3개월이 된다. 곧 26세 30개월(10진법)＝26세 3개월(11진법). 26세 30개월은 거짓이면서 참이다.

둘째, 11진법을 택한 이유는 거짓과 참을 교묘하게 나타낼 수 있는 유일한 진법인 동시에 이 글을 쓴 11월 20일의 11이 강조된다. 11을 강조한 또 하나의 흔적이 본문에 있다. "어머니 아버지의 충고에 의하면 나는 추호의 틀림도 없는 만 25세와 11개월의 '홍안 미소년'이라는 것이다."가 그것이다. 이상의 탄생일로부터 헤아리면 1936년 7월(음력)이어야 한다. 결혼하고 2개월이 지난 때이다. "홍안 미소년"에게 아내와 문제가 생긴 것이다. 의처증이다. 다음에 해독할 『실화』에서 보겠지만 이때 그는 자살을 생각한다. 그러나 마음을 고쳐먹고 동경으로 떠난다. 앞서 동경에서 보낸 친구에게 자신의 심정을 담은 편지에 고백한 대로 정직하면서 정직하지 않았던 과거. 그는 살아있는 동시에 죽었음을 의미한다. 거짓이며 참이 공존하였다. 그러나 1936년 7월을 기하여 이러한 거짓과 참이 공존하는 과거를 청산하고 참되게 살겠다는 결심이다.

셋째, 11에 관하여 또 하나의 수수께끼의 셈법이 있다. "서력 기원후 1937년 정축 3월 3일 미시 여기 백일 아래서 그 파란만장의 생애를 끝막고 문득 졸하다. 향년 만 25세와 11개월." 1937년 3월 3일에 25세 11개월이라면 이상은 1911년 음력 4월 3일에 태어났어야 한다. 이것도 오기가 아니다. 4월은 시리우스가 영원(이상)의 도시 로마에 나타나는 때이다. 이상은 『얼마 안 되는 변해』에서 말한 대로 "탄생일을 연기하는 목적을" 가지고 4월에 재탄생을 꿈꾸었다. 11은 그가 재탄생을 소망하는 이상적인 숫자였다.[〈전편〉과 〈속편〉을 참조]

넷째, 이 날짜보다 1년 앞서서 1936년 3월 3일에도 그는 죽었다고 본문에서 말한다. 이것 또한 참이며 거짓이다. 이 글에서 이상은 매일 죽고 날마다 살아난다. "나는 날마다 운명하였다." 본문에서 지상에 "잔존하는 이상"과 "지하의 이상"이 그렇다. "지상의 이상"과 "지하의 이상"이 공존한다. 이것도 아니고 저것도 아닌 중간형태는 괴델의 불완전성이지만 여기서는 양자역학을 도입했음을 은근히 비치고 있다. 그것이 "와글와글 들끓는 여러 '나'와 나는 정면으로 충돌하기 때문에 그들은 제각기 베스트를 다하여 제 자신만을 변호하는 때문에 나는 좀처럼 범인을 찾아내기는 어렵다."는 본문의 문장이다. "나와 내가 충돌한다"는 표현이 주목된다. 무슨 뜻일까.

고전물리학은 빛이 파동임을 증명하였다. 양자물리학은 입자의 특성도 갖고 있음을 발견했다. 특히 전자를 비롯한 광(양)자 등이 파동이면서 동시에 입자임이 밝혀졌다. wave-particle이다. 이상이 물리학을 배웠다는 기록으로 미루어보면 그는 이것을 알았을 것이다. 그 증거가 첫째, 속편에서 해독한 시 「구두」에 있다. "공복을 중천에 쳐 올리고 헛된 산통이 육신을 떠나 단좌하고 있었다." X선을 찍는 모습인데 그 X선에서 "우박이 내리기를 기다리듯" 한다고 표현하였다. 이상은 X선이 입자(우박)라는 것을 알고 있었다. 일찍이 뉴턴은 빛이 입자들의 소나기라고 믿었다. 둘째, X선이 입자라는 사실은 콤튼이 규명하였다. 그는 그것을 당구공에 비유하였다. 이것으로 혁명적인 새 양자역학을 개척한 콤튼이 미국의 시사주간지 *Time*의 표지에 소개된 것이 1936년 1월 13일이었다. 이상은 이것을 읽었을 것이다. 우박과 당구공은 표현의 차이이다.

고전물리학은 2개의 구멍을 뚫어놓고 1개의 광자를 쏘면 2개의 구멍 중 1개의 구멍을 통과하여 그 뒤에 설치한 장막에 스펙트럼을 만들 수 없다고 믿었다. 그러나 실험결과는 반대였다. 1개의 광자가 스펙트럼을 만든다. 마치 2개의 구멍을 동시에 통과한 여러 개의 광자가 서로 충돌하여 스펙트럼을 형성하는 것과 같다. 이 현상을 설명할 길이 없어서 나온 양자역학의 설명이 1개의 광자가 어떤 알 수 없는 이유로 2개의 구멍을 동시에 모두 통과한 후 "스스로 충돌하여" 스펙트럼을 만든다는 것이다. 여기저기 동시에 나타나는 "도깨비광자ghost photon"라고 불렀다. 파인만은 이것을 물질의 마음이라고 불렀다.[22] 러셀은 어릴 때 할머니에게 물었다. "마음이 무엇입니까. What is mind? 물질이 아니란다. It's not matter. 물질은 무엇입니까. What is matter? 마음 쓰지 마라. Never mind!" 이와 달리 미시의 세계는 물질과 마음이 하나이다. 뒤집어 말하면 하나에 두 개가 동시에 존재한다. 중첩superposition 현상이다. 빛은 파동(이랬다)도 아니고 입자(저랬다)도 아니며 파동입자(이랬다저랬다)임이 밝혀진 것이다. 이것이 본문의 "와글와글 들끓는 여러 나와 나는 정면으로 충돌"이다. 다른 말로 바꾸면 "나는 여럿이다." 본문에서 "잔존하는 이상"이면서 동시에 "지하의 이상"이다. 살아 있는 나와 동시에 죽은 나이다. 나는 생존의 구멍을 통과하는 동시에 사망의 구멍도 통과한다. 이것이냐 저것이냐가 아니라 이것이면서 동시에 저것이다. 이랬다도 아니고 저랬다도 아닌 "이랬다저랬다"이다. 괴델의 불완전성이고 슈뢰딩거의 고양이이며 햄릿의 독백이

---

22) Feynman, *Six Easy Pieces*, Basic Books, 1963.

다. 본문에 "위풍당당 일세를 풍미할 만한 참신무비한 햄릿(망언다사)을 하나 출세시키기 위하여는 이만한 출자는 아끼지 말아야 하지 않을까 하는 느낌도 없지 않다."가 그것이다. 그러니 햄릿의 독백대로 "이것이냐 저것이냐 그것이 문제로다"에서 "거짓이면서 참이기도 하다." 이 역시 괴델의 불완전성이며 슈뢰딩거의 고양이이다. 이상은 햄릿을 출세시키기 위하여 그에 걸맞은 상대로 정희를 골랐다. 오필리어와 정반대이다.

다섯째, 이 글은 郤遺珊瑚-로 시작한다. 이것은 당나라 최국보의 시 『少年行』에 등장하는 遺却珊瑚鞭 다섯 자에서 세 자만 빼고 두 자를 고의로 오기한 것이다. 이상은 여러 시에서 고의로 오기하였다. elevator를 elevater, period를 reriod, parade를 parrade, dictionnaire(F)를 dictionaire, 그림을 거림으로 표현하였다. 이것들은 〈전편〉과 〈속편〉에서 해독한 대로 모두 거짓에 대한 표시이다. 그러나 고의의 오기가 해독의 열쇠가 되었으니 참이다. "발견의 관문이다." 거짓이면서 참이 병존한다. 郤遺珊瑚-도 마찬가지이다. 郤遺珊瑚-는 遺却珊瑚鞭을 고의로 오기한 것이다. 최국보의 시에서 "산호편珊瑚鞭"은 귀족의 위엄과 긍지를 상징하는데 그것을 잃어버린 것이다. 遺却. 이 글에서는 위엄과 긍지를 유지하되 그것을 잃어버린 대신 위선과 가식으로 포장한다. 위엄과 가식이 공존한다.

산호편은 달리는 말에 가하는 채찍이다. 김유신은 천관녀 집에 습관적으로 멈추는 자신의 애마에 채찍을 가하는 대신 목을 베었다. 遺却珊瑚鞭으로 시작하는 당나라 최국보의 시에는 말을 타고 가다 산호채찍을 잃어버려 말이 멈추었을 때 "소녀"를 보고 일어난 춘정을 그렸다. 산호편은 귀족의 위엄을 상징하는데 그것을 잃어버렸으니 그 위엄이 사라진 것이다. 김유신은 천관녀를 떠났지만 최국보는 버드가지(소녀)를 꺾었다. 수양버들은 주로 시냇가에서 자란다. 본문에서 이상은 '시냇가의 소녀'를 어떻게 했나. 김유신처럼 떠났을까 아니면 최국보처럼 꺾었을까. 때는 음력 3월 3일 삼짇날로서 '해동기'이다.

이상은 郤遺珊瑚—로 일부러 고쳐 쓰면서 "다섯 자 동안에 나는 두 자 이상의 오자를 범했는가 싶다." 그래서 "이것은 나 스스로 하늘을 우러러 부끄러워할 일이겠으나" 다른 한편 괴델이 보여준 대로 모순의 논리학이 발전하여 "인지가 발달해가는 면목이 실로 약여하다." 모순의 논리학을 믿고 "천재는 실수하지 않는다. 그것은 발견의 관문이다."라는 "약여한 인지의 발달"에 그 발견을 맡겨본다. 글의 초두부터 정희와 참담한 관계를 넌지시 건드리며 그것이 모순의 논리학의 문학적 예가 됨을 암시한다.

여섯째, 산호는 18세기까지 식물로 분류되었다. 그러나 천문학자 허셀에 의해 동물임이 밝혀졌다. 〈전편〉에서 보았듯이 이상은 허셀을 잘 알고 있었다. 지금도 산호를 식물이라고 잘못 알고 있는 사람이 많다. 아리스토텔레스는 산호가 식물이면서 동물이라고 믿었다. 다시 말하면 속설에 따르면 산호는 식물이면서 동물인 것이다. 동충하초? 거짓과 참이 공존한다. 이상이 산호편을 이 글의 모두에서 대뜸 들고 나온 것은 최국보의 시를 인용하여 거짓과 참, 가식과 위엄의 공존을 암시하기 위함이다.

　　일곱째, 산호편의 위엄을 지키면서 동시에 그것을 위선으로 포장한 것을 급기야 고백하였다. 10번의 "아니지! 정희! 그게 뭐냐하면 나도 살고 있어야 하겠으니 너도 살자는 사기, 속임수, 일부러 만들어 내어놓은 미신, 중에도 가장 우수한 무서운 주문이오."가 그것이다. 그도 안다. 거짓과 참이 공존하는 것이 얼마나 무서운 일인지를. 정희와 현란한 거짓, 이상의 표현대로 이른바 "변신술"로 대결하는 사이사이에 자신의 일생을 드러낸다. 『종생기』는 고도의 유서 형식을 갖춘 유서이며 자서전이다.

　　여덟째. 그 일생이라는 것이 앞서 11진법으로 해독한 26년 30개월이라는 표현에 숨겨 두었다. 11진법을 떠나서 글자 그대로 10진법을 받아드리면(이 또한 양자역학의 중첩성superposition이다.) 26세 30개월은 28세 6개월이기도 하다. 이상이 바라는 대로 1911년 4월 3일에 새로 태어나 28년 6개월이라면 1939년 10월 3일이다. 28과 6은 완전수이다. 이 완전수는 다른 형태로 비약한다. 완전수를 구성하는 약수들의 역수를 합치면 2이다. 이 시기까지 이상은 28년 6개월 자신의 일생을 2등분으로 나누었다. 1929년 2월 9일(음력)에 1등 졸업과 동시에 조선총독부에 특채. 그 해에 『조선과 건축』의 표지도안 현상모집에 1등과 3등 수상. 화려한 출발. 이어서 선전鮮展에도 입선. 태어나서 경성고공을 졸업할 때까지 17년

10개월과 1등 졸업에서 28년 6개월까지 10년 8개월이다. 황금비율이다. 그는 자신의 일생이 황금비율이 되기를 소망하였다. 그것도 완전하게 겹으로 바랐다. 그러나 그때까지 살 수 있다고 믿지 않았기에 "허수아비"로 남을 것임을 알았다. 이상은 지상에서 삶이 연기되기를 바랐다.

28년 6개월이면 28.5년이다. 흥미로운 점은 자연수 285가 네 단계를 거쳐 6996의 회문palindrome이 된다는 점이다. 69와 96은 앞서 보았듯이 소용돌이 은하 M51인데 황금비율이다. 또 69는 그의 2승과 3승에서 10진법의 숫자가 한 번씩 모두 나타나는 유일한 수이다. 〈전편〉에서 이상이 10진법을 버리라고 말하며 2진법만으로 충분하다고 하였는데 69만으로도 10개의 숫자가 응축되니 이상의 주장에 어울리는 숫자이다.

이렇게 자신의 "맹렬한" 세월을 숨겨 놓고 그 앞뒤의 세월(일생)을 정희와 거짓 대결 중간 중간 사이에 끼워 넣었다. 그것을 추려 앞서의 번호대로 정리하면 아래와 같이 *표와 **표 사이에 이상의 일생이 된다.

*본문 2번의 "어머니 아버지의 충고에 의하면 나는 추호의 틀림도 없는 만 25세와 11개월의 '홍안 미소년'이라는 것이다."와 스스로 자신의 성격을 규정한 "위풍당당 일세를 풍미할 만한 참신무비의 햄릿." 3번에서 정희의 입을 빌린 "헤어진 부인과 3년을 동거하시는 동안에 너 나가라 소리를 한 마디도 하신 일이 없다." 5번의 "묘지명이라. 일세의 귀재 이상은 그 통생의 대작 종생기 1편을 남

기고 서력 기원후 1937년 정축 3월 3일 미시 여기 백일 아래서 그 파란만장(?)의 생애를 끝막고 문득 졸하다. 향년 만 25세와 11개월. 오호라! 상심커다. 허탈이야 잔존하는 또 하나의 이상 구천을 우러러 호곡하고 이 한산 일편석을 세우노라. 애인 정희는 그대의 몰후 수삼인의 비첩 된 바 있고 오히려 장수하니 지하의 이상 아! 바라건대 명목하라." 6번의 "나는 찬밥 한 술 냉수 한 모금을 먹고도 넉넉히 일세를 위압할만한 '고언'을 적적할 수 있는 그런 지혜의 실력을 가졌다. 그러나 자의식의 절정 위에 발돋움을 하고 올라선 단말마의 비결을 보통 야시 국구 버섯을 팔러 오신 시골 아주머니에게 서너 푼에 그냥 넘겨주고 그만두는 그렇게까지 자신의 에티켓을 미화시키는 겸허의 방식도 또한 나는 無漏히 터득하고 있는 것이다. 瞑目할지어다. 以上. 이런 흙발 같은 남루한 주제는 문벌이 버젓한 나로서 채택할 신세가 아니거니와 나는 태서의 에티켓으로 차 한 잔을 마실 적의 포즈에 대하여도 세심하고 세심한 용의가 필요하다. 휘파람 한 번을 분다 치더라도 내 극비리에 정전된 절차를 溫古하여야만 한다. 그런 다음이 아니고는 나는 희망을 잃은 황혼에서도 휘파람 한마디를 마음대로 불 수는 없는 것이다. 동물에 대한 고결한 지식? 사슴, 물오리, 이 밖의 어떤 종류의 동물도 내 에니멀 킹덤에서는 落脫되어 있어야 한다. 나는 이 수렵용으로 귀여이 가엾이 되어 먹어 있는 동물 외에 동물에 언제든지 無可奈何로 무지하다. 또 - 그럼 풍경에 대한 방만한 처신법? 어떤 풍경을 묻지 않고 풍경의 근원, 중심, 초점이 말하자면 나 하나 '도련님'다운 소행에 있어야 할 것을 방약무인으로 강조한다. 나는 이 맹목적 신조를 두 눈을 그대로 딱 부르감고 믿어야 된다. 자진한 '우매,' '멀각'이 참 어렵다. 보아라. 이 자득하는 우매의 절기를! 몰각의 절기를. 白鷗는 宜白沙하니 莫赴春草碧하라. 이태백. 이 전후 만고 의 으리의리한 '華族.' 나는 이태백을 닮기도 해야 한다. 그렇기 위 하여 오언 절구 한 줄에서도 한 자 가량의 태연자약한 실수를 범해 야만 한다. 현란한 문벌이 풍기는 가히 범할 수 없는 기품과 세도 가 넉넉히 고시를 한 절쯤 서슴지 않고 생채기를 내어놓아도 다들 어수룩한 체들 하고 속느니 하는 교만한 미신이다."8번에서 "예술 이라는 허망한 아궁이 근처에서 송장 근처에서보다도 한결 더 썰 썰 기고 있는 그들 해반주룩한 死都의 혈족들 땟국내 나는 큼에 가 끼기어서, 나는 - 내 계집의 치마 단속곳을 가가리 찢어놓았고, 버 선 컬레를 걸레를 만들어놓았고, 검던 머리에 곱던 양자, 영악한 곰의 발자국이 질컥 디디고 지나간 것처럼 얼굴을 망가뜨려놓았 고, 지기 친척의 돈을 뭉청 떼어먹었고, 좌수터 유래 깊은 상호를 쑥밭을 만들어놓았고, 겁쟁이 취리자는 고랑때를 먹여놓았고, 대 금업자의 수금인을 졸도시켰고, 사장과 취체역과 사돈과 아범과 애비와 처남과 처제와 또 애비와 애비의 딸과 딸이 허다 중생으로 하여금 서로서로 이간을 붙이고 붙이게 하고 얼버무려져 싸움질을 하게 해놓았고 사글셋방 새 다다미에 잉크와 요강과 팥죽을 엎질 렀고, 누구누구를 임포텐스를 만들어놓았고 - '독화'라는 말의 콕 찌르는 맛을 그만하면 어렴풋이나마 어떻게 짐작이 서는가 싶소이 까. 잘못 빚은 蒸편 같은 시 몇 줄 소설 서너 편을 꿰어차고 조촐하 게 등장하는 것을 아 무엇인 줄 알고 깜박속고 섣불리 손뼉을 한부던 첬다는 죄로 제 계집 간음당한 것보다도 더 큰 망시을 일신에 짊어지고 그러고는 앙탈 비슷이 시치미를 떼지 않으면 안 되는 어디까지든지 치사스러운 예의 절차 - 마귀(터주)의 소행(덧났다)이라고 돌려버리자? '독화' 물론 나는 내일 새벽에 내 길든 노상에서 無慮애게 필적하는 한 숨은 탕아를 해후할는지도 마치 모르나, 나는 신바람이 난 무당처럼 어깨를 치켰다 젖혔다 하면서도 風磨雨洗의 고행을 얼른 그렇게 쉽사리 그만두지는 않는다. 아 - 어쩐지 전신이 몹시 가렵다. 나는 무연한 중생의 뭇 원한 탓으로 악역의 범함을 입나 보다." 9번의 "아 - 나는 왜 늘 항례에서 비켜서려 드는 것일까? 잊었느냐? 비싼 월사를 바치고 얻은 고매한 학문과 예절을, 현역 육군 중좌에게서 받은 秋霜熱日의 훈육을 왜 나는 이 경우에 버젓하게 내세우지 못하느냐? 창연한 古刹 遺漏 없는 장치에서 나는 정신차려야 한다. 나는 내 쟁쟁한 이력을 솔직하게 써먹어야 한다." 11번의 "미문에 견줄 만큼 위태위태한 것이 절승에 酷似한 풍경이다. 절승에 혹사한 풍경을 미문으로 번안 모사해 놓았다면 자칫 실족 익사하기 쉬운 웅덩이나 다름없는 것이니 斂位는 아예 가까이 다가서서는 안 된다. 도스토예프스키 - 나 고르키 - 는 미문을 쓰는 버릇이 없는 채했고 또 황량, 아담한 경치를 '취급'하지 않았으되 이 의뭉스러운 어른들은 오직 미문은 쓸 듯 쓸 듯, 절승 경개는 나올 듯 나올 듯, 해만 보이고 끝끝내 아주 활짝 꼬랑지를 내보이지는 않고 그만둔 구렁이 같은 분들이기 때문에 그 기만술은 한층 더 진보된 것이며, 그런 만큼 효과가 또 절대하여 천 년을 두고 천년을 두고 내리내리 부질없는 위무를 바라는 중속들을 잘 속일 수 있는 것이다. 그러나 – 왜 나는 미끈하게 솟아 있는 근대 건축의 위용을 보면서 먼저 철근 철골, 시멘트와 細沙, 이것부터 선뜩하니 감응하느냐는 말이다. 씻어버릴 수 없는 숙명의 호곡, 몽고레안푸렉게[蒙古痣] 오뚝이처럼 쓰러져도 일어나고 쓰러져도 일어나고 하니 쓰러지나 섰으나 마찬가지 의지할 얄팍한 벽 한 조각 없는 고독, 枯槁, 獨介, 楚楚. 나는 오늘 대오한 바 있어 미문을 피하고 절승의 풍광을 격하여 소조하게 왕생하는 것이며 숙명의 슬픈 투시벽은 깨끗이 벗어놓고 溫雅悠適, 외오로우나 따뜻한 그늘 안에서 失命하는 것이다. 意料하지 못한 이 한 '종생' 나는 요절인가 보다. 아니 中世摧折인가 보다. 이길 수 없는 육박, 눈 먼 까마귀의 罵詈 속에서 탕아 중에도 탕아 술객 중에도 술객, 이 난공불락의 관문의 괴멸, 구세주의 최후 然히 방방곡곡이 餘毒은 삼투하는 장식 중에도 허식의 표백이다. 出色의 표백이다." 12번의 "나는 벼를 본 일이 없다. 자전거를 탈 줄 모른다. 생년월일을 가끔 잊어버린다. 구십 노조모가 二八少婦로 어느 하늘에서 시집온 10대조의 고성을 내 손으로 헐었고 녹엽 천 년의 호두나무 아름드리 근간을 내 손으로 베었다. 은행나무는 원통한 가문을 골수에 지니고 찍혀 넘어간 뒤 장장 4년 해마다 봄만 되면 毒矢 같은 싹이 엄돋는 것이다. 나는 그러나 이 모든 것에 견뎠다. 한번 석류나무를 휘어잡고 나는 폐허를 나섰다. 조숙 난숙 감 썩는 골머리 때리는 내. 생사의 기로에서 莞爾而笑, 剽悍無雙의 瘦軀 음지에 창백한 꽃이 피었다. 나는 미만 14세에 적에 수채화를 그렸다. 수채화와 破瓜. 보아라 木筆같이 야윈 팔목에서는 삼동에도 김이 무럭무럭 난다.

김 나는 팔목과 잔털 나스르르한 매춘하면서 자라나는 회충같이 매혹적인 살결. 사팔뜨기와 내 흰자위 없는 짝짝이 눈. 옥잠화 속에서 나오는 奇術 같은 석일의 화장과 화장 전폐, 이에 대항하는 내 자전거 탈 줄 모르는 아슬아슬한 천품. 다홍댕기에 불의와 불의를 방임하는 속수무책의 내 나태."**

이렇게 기록한 일생을 본문에서 제외하면 남는 것은 정희와 대결이다. 거짓과 참이 공존하는 배우를 등장시켜 모순(거짓과 참)의 긴장관계를 조성한 것이다. 그 주역은 이상이고 상대역은 정희이다. 이상은 스스로 19세기 사람이라고 불렀다. 20세기에 살기가 힘든 것이다. "완전히 20세기 사람이 되기에는 내 혈관에는 너무나 많은 19세기의 엄숙한 도덕성의 피가 흐르고 있소."[23] 앞서 해독한 『날개』에서도 이 내용의 중요성을 강조하였다. 정희는 20세기 사람이다. 『날개』의 여주인공처럼 성애가 난잡한 탕녀이다. "탕아 중에도 탕아"인 이상에 어울리는 "탕녀 중에도 탕녀"인 정희. "술객 중에도 술객"인 이상 대 "술객 중에도 술객"인 정희. 속임수가 만만치 않은 상대이다. 거짓의 표본이다. "번신술"의 귀재이다. 어떠한 번신인가. 이상은 일단 정희를 "紅髮"이라고 표현하였다. 일본인들은 서양인을 紅毛라고 불렀다. 이상도 『산촌여정』에서 활동사진을 "홍모 오랑캐의 요술"이라고 표현하며 "고답적이고도 탕아적인 매력"을 비할 데가 없다고 탄식한다. 이상은 정희를 가식의 표본으로 서

---

23) 「私信 7」

양인(오랑캐)으로 "변신"시켰다. 스스로는 한복을 입은 한국인으로 분장하였다. 서양인 대 한국인. 가식을 감춘 것이다.

이 글은 시작부터 황금비율을 깔고 있으니 최국보의 遺卻珊瑚鞭 5글자 가운데 3글자만 올바르게 인용한 것이다. 4글자도 아니고 2글자도 아닌 3글자이다. 이것은 의도적인 것이니 3과 5의 차이는 2이고 3과 5의 합은 8이 되는데 2, 3, 5, 8은 피보나치수열이다. 이 규칙이 계속되면 황금비율에 접근한다. 앞서 해독한 『날개』에서도 아내의 아름다움을 3, 5, 8, 13으로 표현한 바 있는데 이 표현은 하루 24시간 배분의 황금비율에서 나왔다. 이때 8/5=1.6이고 13/8=1.625이므로 이 사이가 황금비율이다.

여기에 더하여 이상은 정희를 황금비율의 호적수로 묘사하였는데 이것 역시 시간 배분의 황금비율로 표현한다. 정희가 편지를 보낸 날짜는 1936년 음력 윤3월 3일이다. 그리고 편지 말미에 자신의 나이가 만 19세 2개월이라고 적었다. 이것이 해독의 열쇠이다. 당시에 생일은 음력생일이었다. 윤달에 태어난 사람은 정확히 1년이 못 되어 음력생일을 맞이할 수 있다. 20세기에 어울리지 않는 이상과 어울리는 정희의 대결. 음력을 기준으로 20세기는 음력 1월 1일에 시작된다. 1900년 음력 1월 1일로부터 이상이 태어난 1917년 음력 8월 20일까지 3,888일이다. 이것을 0.5퍼센트 오차 허용범위 내에서 황금비율의 근사치 1.626으로 나누면 2,391일이 된다. 이 날은 1917년 윤2월 19일이다. 1936년에는 윤2월이 없고 윤3월이 있다. 따라서 1917년 윤2월 19일에 태어난 사람은 1936년 2월 19일이 만 19세가 되는 날이다. 이때로부터 윤3월 3일까지 1개월 15일이 되니 2개월이다. 1917년 윤2월 19일에 태어난 정희는 1936년 윤3월 3일에 만 19세 2개월이다.

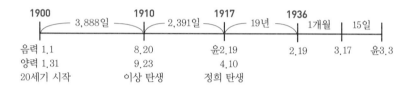

이상은 정희를 자신에게 황금비율의 호적수로 글의 초두에서 설정하였다. 적수이지만 理想型이라는 뜻이다. 앞서 표현한 대로 "고답적이고도 탕아적인 매력"의 紅髮 소유자이다. 그러나 결과는 참담하다. 정희는 탕녀였고 거짓의 표본임이 드러났다. 理想은 현실과 멀었다. 19세기 도덕으로 20세기를 살아가기가 어렵다. 이제 본문을 분해하여 해독한다.

1번. 이것이 이 글의 서론이며 요약이다. 여기서 주역은 산호편이고 상대역은 쓰레기 또는 우거지이다. 산호편은 참이고 쓰레기는 거짓이다. "郤遺珊瑚 - 요 다섯 자 동안에 나는 두 자 이상의 오자를 범했는가 싶다. 이것은 나 스스로 하늘을 우러러 부끄러워할 일이겠으나 인지가 발달해가는 면목이 실로 약여하다." "극유산호-"은 遺郤珊瑚鞭에서 유와 극의 자리를 바꾸었고 편을 -로 대체하였다. 이중거짓으로 채찍을 버렸다는 뜻이다. 특히 鞭자를 버림으로서 그것을 강조하였다. 그러면서 "죽는 한이 있더라도 이 珊瑚 채찍일랑 꽉 쥐고 죽으리라. 네 폐포파립 위에 퇴색한 망해 위에 봉황이 와 안으리라." 산호편의 위엄을 버리지 않았음을 강조한다. 언제부터? 1936년 7월부터. 그러므로 버리면서 버리지 않는 이 모순을 해결하는 방법은 25세 11개월 이전에는 날마다 죽어야 한다. 다시 말하면 25세 11개월인 1936년 7월까지는 산호편의 위엄을 버렸는데 그 이후는 버리지 않았다는 뜻이다. 그 이전에는 매일 살고 매일 죽음으로써 삶과 죽음이 공존한다. 참과 거짓이 공존한다. 양자역학이다. "이것은 나 스스로 하늘을 우러러 부끄러워할 일이겠으나 인지가 발달해가는 면목이 실로 약여하다."의 내용이다. 참을 버리고 거짓을 택했지만 인지가 발달하여 양자역학으로 설명하니 참이기도 하다. 친절하게도 부기하여 "와글와글 들끓는 여러 '나'와 나는 정면으로 충돌하기 때문에 그들은 제각기 베스트를 다하여 제 자신만을 변호하는 때문에 나는 좀처럼 범인을 찾아내기는 어렵다는 것이다." 어느 것이 참이며 어느 것이 거짓인가. 어느 내가 범인이며 어느 내가 범인이 아닌가. 본문에서 정희와 만나서 그것을 보여준다.

그럼에도 어떤 사람은 얌전히 죽는데 톨스토이 같은 사람은 그 내용도 모르고 임종에서 참이며 진리 운운하며 지껄이고 죽었으니 나는 그런 짓을 하지 않겠다. 나는 이 유언장에 참과 거짓을 함께 거느리겠다. 사실 누구에게나 인생은 참과 거짓의 혼합이다.

거울 속의 나는 거짓이고 거울 밖의 내가 참이다. 그러나 거울을 사이에 두고 거짓이 참을 흉내 내는가 아니면 참이 거짓을 흉내

내는가. "그러기에 대저 어리석은 민중들은 '원숭이가 사람 흉내' 하고 마음을 놓고 지내는 모양이지만 사실 사람이 원숭이 흉내를 내고 지내는 바 지당한 전고를 이해하지 못하는 탓이리라." 다시 말하면 거짓과 참이 함께 흉내 내며 공존한다. 이런 생각을 하면서 "거울을 향하여 면도질을 한다." 생각이 다른 데 있으니 "잘못해서 나는 생채기를 낸다. 나는 골을 벌컥 낸다." 생각이 많아져서 "일거 수일투족이 이미 아담 이브의 그런 충동적 습관에서는 탈각한 지 오래다." 그럼에도 생각지도 않던 자의식이 일어나서 "반사 운동과 반사 운동 틈바구니에 끼어서 잠시 실로 전광석화만큼 손가락이 자의식의 포로가 되었을 때" 생채기를 낸다. 애꿎게 "모처럼 내 허무한 세월 가운데 한각되어 있는 기암 내 콧잔등이를 좀 만지작만지작했다거나, 고귀한 대화와 대화 늘어선 쇠사슬 사이에도 정히 간발을 허용하는 들창이 있나니 그 서슬 퍼런 날이 자의식을 걷잡을 사이도 없이 양단하는 순간 나는 명경같이 맑아야 할 지보 두 눈에 혹시 눈곱이 끼지나 않았나 하는 듯이 적절하게 주름살 잡힌 손수건을 꺼내어서는 그 두 눈을 만지작만지작했다거나" 한다. 그러나 이런 것은 사소한 일이다. "내 혼백과 사대의 점잖은 태만성이 그런 사소한 연화들을 일일이 따라다니면서(보고 와서) 내 통괄되는 처소에다 일러바쳐야만 하는 그런 압도적 忙殺를 나는 이루 감당해내는 수가 없다." 19세기 생각을 버려라. 그럼에도 "나는 내 지중한 산호편을 자랑하고 싶다." 참을 택하련다. "쓰레기"와 "우거지"는 나와 맞지 않는다. 이런 거짓은 당신에게나 어울린다. 성스러운 교회에서 황홀한 첫날밤을 상상하며 결혼하는 거짓이나 취하

라. 그럼에도 나의 산호편을 확실하게 드러내기 위해서 쓰레기 우거지를 무대에 등장시키련다.

2번. 쓰레기 우거지는 소녀이다. 그런데 청순가련형이어야 한다. 완벽한 배역이고 장치이다. 혹시 내 의도를 눈치 챌 사람이 없지 않으니 그마저 완벽히 속이기 위하여 이 정도 과장하지 않으면 안 될 것이다. 나같이 우유부단한 햄릿형의 인간을 묘사하기 위해서 이 정도 과장으로도 안 된다면 매일 매일 살아 있으면서 죽어야 한다. 햄릿처럼 "사느냐 죽느냐 그것이 문제로다." 살아서 죽고 죽어서 사니 매일이 종생이다. 나는 25세 11개월의 홍안의 미소년이다. 나는 "재탄생의 목적을 가지고" 1911년 4월에 태어났다. 4월은 시리우스가 로마에 나타나는 때이다. 로마는 영원의 도시이다. 미소년이라. 미문과 마찬가지로 이것은 자칫 거짓이다. 25세 11개월까지 나는 거짓으로 살았던 셈이다. 그런데 그것이 거짓인 줄 몰랐으니 나의 속에는 거짓과 참이 공존한 셈이다.

3번. 이제 연극은 시작된다. 나는 가을 소녀는 봄(해동기). 세상이 아무리 그렇더라도 나는 산호편의 위엄은 갖추어야 한다. 미문은 초보자나 사용하는 수법이다. "초학삼년 천하무적"이 되어서야 되겠는가. "무청 밭에서만 놀던 나비가 바다의 깊이를 모르고" 덤비는 짓은 삼갈 일이다. 아무리 다듬어도 유서가 이 밖에 안 되어 아쿠타가와芥川龍之介보다 못하다니 딱한 일이다. 이때 속달편지가 왔다.

4번. 소녀는 거짓말쟁이이다. 그러나 청순가련형으로 포장한다. 문장에서도 느낄 수 있다. 그래서 속기로 한다. 생각해 보면 나 역시 거짓을 보이고 있기 때문이다. 사람들이 나에게 속고 있지 않는가. "나는 드디어 쭈글쭈글하게 노쇠해버렸던 차에 아침이 온 것을 보고, 이키! 남들이 보는 데서는 나는 가급적 어쭙지 않게 (잠을) 자야 되는 것이어늘, 하고 늘 이를 닦고 그러고는 도로 얼른 자 버릇하는 것이었다. 오늘도 또 그럴 셈이었다. 사람들은 나를 보고 짐짓 기이하기도 해서 그러는지 경천동지의 육중한 경륜을 품은 사람인가 보다고들 속는다. 그러니까 고렇게 하는 것이 내 시시한 자세나마 유지시킬 수 있는 유일무이의 비결이었다. 즉 나는 남들 좀 보라고 낮에 잔다." 누가 누구를 속이나 한번 보자. 소녀는 나의 호적수이다. 대적하고 싶다. 몸단장도 "허식"으로 하고 약속 장소에 일부러 늦게 나타나니 역시 정희는 청순가련형의 거짓답게 이미 와있었다. 음력 3월 3일. 제비가 오는 날이다. 나는 오늘의 종생 – 오늘만의 생을 완벽하게 마감하기 위해 세심한 주의를 기울여야 한다. 그것은 위선이다. "내 우연한 종생을 감쪽스럽도록 찬란하게 허식하기 위하여" 첫 마디를 어떻게 꺼내나.

5번. 청순가련으로 포장한 정희가 의외로 고단수이다. 이상의 오늘의 종생이 처음부터 어긋났다. 이상은 그 자리에서 죽었다. "지하의 이상"을 위해 "잔존하는 이상"이 묘지명을 쓴다. "묘지명이라. 일세의 귀재 이상은 그 통생의 대작 종생기 1편을 남기고 서력 기원후 1937년 정축 3월 3일 미시 여기 백일 아래서 그 파란만장(?)의 생애를 끝막고 문득 졸하다. 향년 만 25세와 11개월. 오호라! 상심커다. 허탈이야 잔존하는 또 하나의 이상 구천을 우러러 호곡하고 이 한산 일편석을 세우노라." 그런데 날짜 셈법이 이상하다. 1937년 3월 3일에 향년 25세 11개월이 되려면 이상은 1911년 4월에 태어났어야 한다. 아니면 1936년 7월에 죽었어야 한다. 아니면 이 글을 쓰고 죽은 날이 1936년 3월 3일이니 1910년 4월생이어야 한다. 모두 맞는다. 이상은 4월에 재탄생하고 1936년 3월 3일에 정희로 인하여 죽고 동시에 살아 매일 이 동시성을 반복한 후 1936년 7월부터 "정직하게" 살다가 1937년 3월 3일에 마지막 죽음을 장식하는 것이다. 그것이 "잔존하는 이상"과 "지하의 이상"이다. 정희와의 절실한 관계를 표현하는데 양자역학을 원용하고 있다. 청순가련의 거짓으로 정희는 드디어 이상의 "몰후 수삼인의 비첩 된 바 있고 오히려 장수하니 지하의 이상 아! 바라건대 명목하라."가 그것이다. 그러나 이것은 혼자 생각이고 이 실수를 감추고 만회하기 위해 반격할 다른 위선의 가면을 궁리한다.

6번. "나는 찬밥 한 술 냉수 한 그릇 먹고도 넉넉히 일세를 위압할만한 '고언'을 적적할 수 있는 그런 지혜의 실력을 가졌다." 그렇다고 애써 명언을 남기지 않는다. 그것은 모두 국수 버섯을 팔러온 아주머니에게 헐값에 팔아넘겼다. 나는 귀족의 위엄을 위해서 귀족답게 아무 것도 하지 않는다. 동물? 나는 모른다. 우매해지고 싶어도 못한다. 모든 것에는 제자리가 있다. "白鷗는 宜白沙하니 莫赴春草碧하라." 나 이상이 태생이 분명하지 않은 소녀 때문에 수저를 놓아서야 되겠는가. "씨족이 분명치 못한 소녀에게 섣불리 딴죽을 걸려 넘어진다기로서니 이대로 내 宿望의 호화 유려한 종생을 한 방울 하잘 것 없는 오점을 내는 제 投匕해서야 어찌 초지의 만일에 용납할 수 있는 면목이 족히 서겠는가," 내가 누구인가. 나는 어떠한 촌철살인 명언에도 흔들리지 않는 사람이다. 나는 결코 그러한 시시한 명언을 만들지 않을 것이다. 임종에서 마저도 말이다. 그런 것은 내게는 모두 위선이다. 나는 모든 면에서 뛰어나다. 심지어 천재를 숨긴 우매한 이상으로서도 뛰어나다. 나는 이태백을 닮아야 한다. 명언에서라도 나는 서슴지 않고 생채기를 범해야 한다.

7번. 실수를 만회하기 위해 이상은 서두르지 않는다. 오히려 실수에 계면쩍어 자신과 소녀를 비교해 본다. 태생이 미천한데 한번 건드려볼까? 아서라. 나의 가문을 생각해서 그런 짓은 하지 않겠다. 이상은 마음에도 없는 대화를 늘어놓는다. 의외로 정희가 반응을 보인다. 그런데 청순가련을 버리지 않는다. 고답적이다. 에티켓, 가문, 사회, 성찰, 도덕 등. 내가 보기에 산호편의 진의는 이게 아닌데 말이다. 웃기는 일이다. 치사한 간판들이다. "천고불역의 탕아"인 내가 지금 무엇하고 있는가. 정희를 흥천사 구석방에 끌어들이기 위해 도대체 무슨 거짓을 쏟아놓고 있나. 정희의 고단수에 거꾸로 넘어가는구나.

8번. 나에게는 다른 면도 있다. 나쁘기로 말하면 누구에게도 뒤지지 않는다. 시인으로 행세하고 예의를 차려 그렇지 그것은 어디까지나 치사스러운 것이다. 마귀의 소행이다. 나보다 더한 탕아가 있을까. 중생을 속인 업보로 몸이 가려울 정도이다. 그러나 이 모든 일과 관계없다는 듯이 손을 씻기까지 하는 교활함. 위선으로 포장한 위엄. 정희를 쓰러뜨리기 위해 또 다른 무대를 준비해야겠다. 이 대결을 보노라면 영화 Bedtime Stories 또는 Dirty Rotten Scoundrels가 연상된다.

9번. 에티켓, 문벌, 양식, 변신술. 어느 것을 써먹을까. 내게는 어느 것도 맞지 않는다. 나에게는 산호편이 있다. 위엄이며 긍지이다. "나는 왜 늘 항례에서 비켜서려 드는 것일까?" 내가 받은 교육은 다 어디 간 것일까. 그걸 써 먹기 전에 정희가 먼저 선수를 친다. "그 어림없는 몸치렐랑 그만두세요. 저는 어지간히 식상이 되었습니다." 또 다시 한 방 먹었다. 정희는 나의 간계를 파악하고 있었다. 그녀는 나에게 느낌이 없는 "석녀"이다. 죽을 정도로 아찔한 것으로 보아 오늘의 종생은 제대로 마무리되기에 틀렸나 보다.

10번. 이상 그대는 무엇에 홀려 정신이 산란하냐. 거룩한 산호편(절터)만 보지 말고 현실(카라마조프 형제)도 보라. 그렇지 않다. "아니지! 정희! 그게 뭐냐 하면 나도 살고 있어야 하겠으니 너도 살자는 사기, 속임수, 일보러 만들어내어놓은 미신, 중에도 가장 우수한 무서운 주문이오." 위엄을 가장한 위선. 그런 건 모두 속임수이다. 우수하지만 무서운 속임수이다. 이상. 그러지 말고 현실에 발을 디뎌보라. 정희는 나에 필적하는 탕녀로구나. 나는 불안함을 갖고 나의 종생에 방불케 하는 숙적을 보고 있다. 나의 묘지를 보는 듯하다. 풍경소리가 내 가슴을 긁는다.

11번. 미문은 사람을 홀린다. 그것은 거짓이다. 절승도 마찬가지이다. 더 이상 나아갈 곳 없는 위험한 수작이다. 도스토예프스키도 기만술의 대가이다. 중속을 속인다. 그런데 나는 왜 그리지 못하여 가식은 외면하고 내면만 보려고 하느냐. "왜 나는 미끈하게 솟아 있는 근대건축의 위용을 보면서 먼저 철근 철골, 시멘트와 細沙, 이것부터 선뜩하니 감응하느냐는 말이다." 아무하고도 나눌 수 없는 이 고독. 그럼에도 나는 나의 외로운 숙명을 피하지 않겠다.

"나는 오늘 대오한 바 있어 미문을 피하고 절승의 풍광을 격하여 소조하게 왕생하는 것이며 숙명의 슬픈 투시벽은 깨끗이 벗어놓고 溫雅慫慂, 외로우나 따뜻한 그늘 안에서 失命하는 것이다." 결국 나는 요절하나 보다. 육박하는 거짓의 여독에 나는 쓰러진다. 방방 곡곡이 거짓으로 표백되어 있다.

12번. 거짓의 대명사가 정희이다. 정희는 "완벽"하다. 이 또한 미문이나 절승에 견줄만한 거짓이다. 나는 어떠냐고? "거짓을 방임하는 속수무책의 나태." 나도 정희에게 지기 싫어 이력을 늘어놓는다. 참과 거짓의 대결. 비등비등. 내가 최후의 수단으로 주사를 부리자 정희가 흘린 최후의 카드. S의 편지이다. 비장의 "번신술"의 카드. 나는 졌다. 그 자리에서 죽었다. 향년 25세 11개월. 그 전말이 "意料하지 못한 이 한 '종생' 나는 요절인가 보다. 아니 中世 摧折인가 보다. 이길 수 없는 육박, 눈 먼 까마귀의 罵詈 속에서 탕아 중에도 탕아 술객 중에도 술객, 이 난공불락의 관문의 괴멸, 구세주의 최후 然히 방방곡곡이 餘毒은 삼투하는 장식 중에도 허식의 표백이다. 出色의 표백이다."

13번. 물론 나는 다시 살았다. 이번의 종생은 끝났지만 종생기는 계속된다. 왜? 이번에는 졌지만 복수가 기다린다. 정희는 우아한 거짓을 반복한다. "정희는 지금도 어느 빌딩 걸상 위에서 드로어즈의 끈을 푸는 중이요. 지금도 태서관 별장 방석을 베고 드로어즈의 끈을 푸는 중이요. 지금도 어느 송림 속 잔디 벗어놓은 외투 위에서 드로어즈의 끈을 盛히 푸는 중이니까다." 가만있을 수 없다. "이것은 물론 내가 가만히 있을 수 없는 재앙이다. 나는 이를 간다. 나는 걸핏하면 까무러친다. 나는 부글부글 끓는다." 드디어 복수가 이루어졌다. 25세 11개월 되는 날 나는 죽었다. 그날이 1936년 7월 20일이다. 신혼 2개월에 일어난 의처증. "죽는 한이 있더라도 이 珊瑚 채찍일랑 꽉 쥐고 죽으리라."던 그날 나는 산호편의 위엄을 잃었다. 이 글의 부제는 失鞭이 되어야 한다. 정희의 이 부자리에 "내 때꼽재기"가 묻었다는 것이 그 증거이다. "그 동안에 정희는 여러 번 제(내 때꼽재기도 묻은) 이부자리를 찬란한 일광 아래 널어 말렸을 것이다." 복수는 이루어졌다. 그러나 나도 함께 죽었다. 그 이후 참과 거짓이 공존하는 모순의 삶이 되었다. 그것이 "자네는 자네의 먼 조상일세"로 표현되었다. 〈전편〉에서 해독하였듯이 이것은 "A는 A의 B이다."의 형식으로 모순의 무한대에 속한다. 모순된 생애. 이상 대 정희. 허수아비 대 간부. 황금비율의 생애 대 거짓의 생애. 깨진 황금비율의 산호편. 失鞭. 생애의 모순. 자살을 시도하지만 실패. 동경으로 떠난다.

위에서 이 글을 13개의 문단으로 나누었지만 이 글은 3장으로 나눌 수 있다. 각 장은 以上으로 중간 마무리를 한다. 음악으로 치면 첫 번째 장(1번)은 서곡이다. 두 번째 장이 제1악장이다(2번-6번). 여기에서 정희는 한 마디도 하지 않는다. 아직 등장하지 않는 악기이다. 이상 혼자 북 치고 장구 친다. 세 번째 장이 제2악장인데 이상과 정희의 본격적인 대결이다(7번-13번). 모든 악기가 동원된다. 이상의 일생과 정희의 일생이 폭로된다. 마지막은 미완성인 채 以上으로 마무리된다.

『종생기』는 이상의 최후의 작품인데 자신의 이름을 以上으로 숨겨 놓았지만 그것이 李箱임은 쉽게 알 수 있다. 바흐 역시 최후의 작품『푸가 21번』의 193마디에 자신의 이름인 바흐BACH를 음표 내림B, A, C, 자연B로 숨겨놓았지만 그것이 독일표현으로는 B음, A음, C음, H음임을 쉽게 알 수 있다. 그것은 "고통스러운" 상승의 반음계였다.[24] 『푸가 21』번은 미완성이다. 『종생기』를 음악으로 쳐서 제2악장에서 끝났다고 보면 고통스런 미완성이다. 너무 고통스러워 제3악장으로 더 이상 나아가지 못했다. 대신 바흐처럼 그 끝을 자신의 이름으로 장식하였다고 여겨진다.

KL116. 실화失花

출처 : 문장	1939년 3월

1

사람이
비밀이 없다는 것은 재산 없는 것처럼 가난하고 허전한 일이다.

2

꿈 – 꿈이면 좋겠다. 그러나 나는 자는 것이 아니다. 누운 것도 아니다.

---

24) du Bouchet, P., *Bach*, Paris: Gallimanrd, 1991, 권재우 옮김, 『바흐, 천상의 선율』, 서울: 시공사, 1996, 123쪽.

앉아서 나는 듣는다. (12월 23일).

"언더 – 더 워치 – 시계 아래서 말이에요 – 파이브 타운스 – 다섯 개의 동리란 말이지요 – 이 청년은 요 세상에서 담배를 제일 좋아합니다 – 기다랗게 꾸부러진 파이프에다가 향기가 아주 높은 담배를 피워 빽 – 빽 – 연기를 품기고 앉았는 것이 무엇보다도 낙이었답니다."

(내야말로 동경 와서 쓸데없이 담배만 늘었지. 울화가 푹 – 치밀매 저 폐까지 쭉 – 연기나 들이키지 않고 이 발광할 것 같은 심정을 억제하는 도리가 없다)

"연애를 했어요! 고상한 취미 – 우아한 성격 – 이런 것이 좋았다는 여자의 유서예요 – 죽기는 왜 죽어 – 선생님 저 같으면 죽지 않겠습니다 – 죽도록 사랑할 수 있나요 – 있다지요 – 그렇지만 저는 모르겠어요."

(나는 일찍이 어리석었더니라. 모르고 연이와 죽기를 약속했더니라. 죽도록 사랑했건만 면회가 끝난 뒤 대략 20분이나 30분만 지나면 연이는 내가 '설마'하고만 여기던 S의 품안에 있었다)

"그렇지만 선생님 – 그 남자의 성격이 참 좋아요 – 담배도 좋고 목소리도 좋고 – 이 소설을 읽으면 그 남자의 음성이 꼭 – 웅얼웅얼 들려오는 것 같아요. 이 남자가 같이 죽자면 그때 당해서는 모르겠지만 지금 생각 같아서는 저도 죽을 수 있을 것 같아요. 선생님 사람이 정말 죽을 수 있도록 사랑할 수 있나요. 있다면 저도 그런 연애 한번 해보고 싶어요."

(그러나 철부지 C양이여. 연이는 약속한 지 두 주일 되는 날 죽

지 말고 우리 살자고 그럽디다. 속았다. 속기 시작한 것은 그때부
터다. 나는 어리석게도 살 수 있을 것을 믿었지. 그뿐인가 연이는
나를 사랑하느니라고까지)

"공과(功課)는 여기까지밖에 안 했어요 – 청년이 마지막에는 –
멀리 여행을 간다나 봐요. 모든 것을 잊어버리려고."

(여기는 동경이다. 나는 어쩔 작정으로 여기 왔나? 적빈이 여세
– 콕토 – 가 그랬느니라 – 재주 없는 예술가야 부질없이 네 빈곤
을 내세우지 말라고 – 아 – 내게 빈곤을 팔아먹는 재주 외에 무슨
기능이 남아 있누. 여기는 신전구(神田區) 신보정(神保町). 내가
어려서 제전(帝展). 이과(二科)에 하가키 주문하던 바로 게가 예다.
나는 여기서 지금 앓는다)

"선생님! 이 여자를 좋아하십니까 – 좋아하시지요 – 좋아요 –
아름다운 죽음이라고 생각해요 – 그렇게까지 사랑을 받은 – 남자
는 행복되지요 – 네 선생님 – 선생님 선생님."

(선생님 이상 턱에 입 언저리에 아 – 수염 숱하게도 났다. 좋게
도 자랐다)

"선생님 – 뭘 – 그렇게 생각하십니까 – 네 담배가 다 탔는데
– 아아 – 파이프에 불이 붙으면 어떻게 합니까 – 눈을 좀 뜨세요.
이 얘기는 – 끝났습니다. 네 – 무슨 생각 그렇게 하셨나요."

(아 – 참 고운 목소리도 다 있지. 10리나 먼 밖에서 들려오는
– 값비싼 시계 소리처럼 부드럽고 정확하게 윤택이 있고 피아니시
모 – 꿈인가. 한 시간 동안이나 나는 스토리 – 보다는 목소리를
들었다. 한 시간 – 한 시간같이 길었지만 10분 – 나는 졸았나? 아

니 나는 스토리 —를 다 외운다. 나는 자지 않았다. 그 흐르는 듯한 연연한 목소리가 내 감관을 얼싸안고 목소리가 갔다.)

꿈 – 꿈이라면 좋겠다. 그러나 나는 잔 것도 아니요 또 누웠던 것도 아니다.

3

파이프에 불이 붙으면?

끄면 그만이지. 그러나 S는 껄껄 아니 빙그레 웃으면서 나를 타이른다.

"상! 연이와 헤어지게. 헤어지는 게 좋을 것 같으니. 상이 연이와 부부? 라는 것이 내 눈에는 똑 부러 그러는 것 같아서 못 보겠네."

"거 어째서 그렇다는 건가."

이 S는. 아니 연이는 일찍이 S의 것이었다. 오늘 나는 S와 더불어 담배를 피우면서 마주 앉아 담소할 있다. 그러면 S와 나 두 사람은 친우였던가.

"상! 자네 EPIGRAM이라는 글 내 읽었지. 한 번 – 허허 – 한 번. 상! 상의 서푼짜리 우월감이 내게는 우스워 죽겠다는 걸세. 한 번? 한 번 – 허허 – 한 번."

"그러면(나는 실신할 만치 놀랐다) 한 번 이상 – 몇 번. S! 몇 번인가."

"그저 한 번 이상이라고만 알아두게나그려."

꿈 – 꿈이면 좋겠다. 그러나 10월 23일부터 10월 24일까지 나는 자지 않았다. 꿈은 없다.

(천사는 – 어디를 가도 천사는 없다. 천사들은 다 결혼해 버렸기 때문이다)

23일 밤 12시부터 나는 가지가지 재주를 다 피워가면서 연이를 고문했다.

24일 동이 훤하게 터 올 때쯤에야 연이는 겨우 입을 열었다. 아 – 장구한 시간?

"첫번 – 말해라."

"인천 어느 여관."

"그건 안다. 둘째번 – 말해라."

"……"

"말해라."

"N빌딩 S의 사무실."

"셋째번 – 말해라."

"……"

"말해라."

"동소문 밖 음벽정(飮碧亭)."

"넷째번 – 말해라."

"……"

"말해라."

"……"

"말해라."

머리말 책상 서랍 속에는 서슬이 퍼런 내 면도칼이 있다. 경동맥을 따면 요물은 선혈이 댓줄기 뻗치듯 하면서 급사하리라. 그러

나 –

나는 일찌감치 면도를 하고 손톱을 깎고 옷을 갈아입고 그리고 예년 10월 24일 경에는 사체가 며칠 만이면 썩기 시작하는지 곰곰 생각하면서 모자를 쓰고 인사하듯 다시 벗어 들고 그리고 방 – 연이와 반년 침식을 같이 하던 냄새나는 방을 휘둘러 살피자니까 하나 사다놓네 하고 기어이 뜻을 이루지 못한 금붕어도 – 이 방에는 가을이 이렇게 짙었건만 국화 한 송이 장식이 없다.

4

그러나 C양의 방에는 지금 – 고향에서는 스케이트를 지친다는데 – 국화 두 송이가 참 싱싱하다.

이 방에는 C군과 C양이 산다. 나는 C양더러 '부인'이라고 그랬더니 C양은 성을 냈다. 그러나 C군에게 물어보면 C양은 '아내'란다. 나는 이 두 사람 중의 누구라고 정하지 않고 내 동경 생활이 하도 적막해서 지금 이 방에 놀러 왔다.

언더 – 더 워치 – 시계 아래서의 렉처는 끝났는데 C군은 조선 곰방대를 피우고 나는 눈을 뜨지 않는다. C양의 목소리는 꿈같다. 인토네이션이 없다. 흐르는 것같이 끊임없으면서 아주 조용하다.

나는 자야겠다.

"선생님(이것은 실로 이상 옹을 지적하는 참담한 인칭대명사다) 왜 그러세요 – 이 방이 기분이 나쁘세요? (기분? 기분이란 말은 필시 조선말은 아니리라) 더 놀다 가세요 – 아직 주무실 시간도 멀었는데 가서 뭐 하세요? 네? 얘 – 기나 하세요."

나는 잠시 그 계간유수(溪間流水) 같은 목소리의 주인 C양의 얼굴을 들여다본다. C군이 ㅂ머과 같이 건강하니까 C양은 혈색이 없이 입술조차 파르스레하다. 이 오사게라는 머리를 한 소녀는 내일 학교에 간다. 가서 언더 더 워치의 계속을 배운다.

사람이 –

비밀이 없다는 것은 재산 없는 것처럼 가난하고 허전한 일이다.

강사는 C양의 ㅇ비술이 C양이 좀 횟배를 앓는다는 이유 외의 또 무슨 이유로 조렇게 파르스레한가를 아마 모르리라.

강사는 맹랑한 질문 때문에 잠깐 얼굴을 붉혔다가 다시 제 지위의 현격히 높은 것을 느끼고 그리고 외쳤다.

"조그만 것들이 무얼 안다고 –"

그러나 연이는 히힝 하고 코웃음을 쳤다. 모르기는 왜 몰라 – 연이는 지금 방년이 이십, 열여섯 살 때 즉 연이가 여고 때 수신과 체조를 배우는 여가에 간단한 속옷을 찢었다. 그리고나서 수신과 체조는 여가에 가끔 하였다.

여섯 – 일곱 – 여덟 – 아홉 – 열 –

다섯 해 – 개꼬리도 삼 년만 묻어두면 황모가 된다던가 안 된다던가 원 –

수신 시간에는 학감 선생님, 할훈(割烹)시간에는 올드 미스 선생님, 국문 시간에는 곰보딱지 선생님 –

"선생님 선생님 – 이 귀염성스럽게 생긴 연이가 엊저녁에 무엇을 했는지 알아내면 용하지."

흑판 위에는 '절조숙녀(窈窕淑女)'라는 액(額)의 흑색이 임리(淋

漓)하다.

"선생님 선생님 – 제입술이 왜 요렇게 파르스레한지 알아맞히신다면 참 용하지."

연이는 음벽정(飮碧亭)에 가던 날도 R영문과에 재학 중이다. 전날 밤에는 나와 만나서 사랑과 장래를 맹서하고 그 이튿날 낮에는 기싱과 호손을 배우고 밤에는 S와 같이 음벽정에 가서 옷을 벗었고 그 이튿날은 월요일이기 때문에 나와 같이 같은 동소문 밖으로 놀러가서 베제했다. S도 K교수도 나도 연이가 엊저녁에 무엇을 했는지 모른다. S도 K교수도 나도 바보요 연이만이 홀로 눈 가리고 아웅하는 데 희대의 천재다.

연이는 N빌딩에서 나오기 전에 WC라는 데를 잠깐 들르지 않으면 안 되었다. 나오면 남대문통 십오간 대로 GO STOP의 인파.

"여보시오 여보시오, 이 연이가 조 2층 바른편에서부터 둘째 S씨의 사무실 안에서 지금 무엇을 하고 나왔는지 알아맞히면 용하지."

그때에도 연이의 살결에서는 능금과 같은 신선한 생광(生光)이 나는 법이다. 그러나 불쌍한 이상 선생님에게는 이 복잡한 교통을 향하여 빈정거릴 아무런 비밀의 재료도 없으니 내가 재산 없는 것보다도 더 가난하고 싱겁다.

"C양! 내일도 학교에 가셔야 할 테니까 일찍 주무셔야지요."

나는 부득부득 가야겠다고 우긴다. C양은 그럼 이 꽃 한 송이 가져다가 방에 꽂아놓으란다.

"선생님 방은 아주 살풍경(殺風景)이라지요."

내 방에는 화병도 없다. 그러나 나는 두 송이 가운데 흰 것을 달래서 왼편 깃에다가 꽂았다. 꽂고 나는 밖으로 나왔다.

5

국화 한 송이도 없는 방 안을 휘 - 한 번 둘러보았다. 잘 - 하면 나는 이 추악한 방을 다시 보지 않아도 좋을 수 - 도 있을까 싶었기 때문에 내 눈에는 눈물이 고일 밖에 -

나는 썼다 벗은 모자를 다시 쓰고 나니까 그만하면 내 연이에게 대한 인사도 별로 유루(遺漏)없이 다 된 것 같았다.

연이는 내 뒤를 서너 발자국 따라 왔던가 싶다. 그러나 나는 예년 10월 24일 경에는 사체가 며칠 만이면 상하기 시작하는지 그것이 더 급했다.

"상! 어디 가세요."

나는 얼떨결에 되는 대로

"동경."

물론 이것은 허담이다. 그러나 연이는 나를 만류하지 않는다. 나는 밖으로 나갔다.

나왔으니, 자 - 어디로 어떻게 가서 무엇을 해야 되누.

해가 서산에 지기 전에 나는 이삼 일 내로는 반드시 썩기 시작해야 할 한 개 '사체'가 되어야만 하겠는데, 도리는?

도리는 막연하다. 나는 10년 간 - 세월을 두고 세수할 때마다 자살을 생각하여왔다. 그러나 나는 결심하는 방법도 결행하는 방법도 아무 것도 모르는 채다.

나는 온갖 유행약을 암송하여보았다.

그러고 나서는 인도교, 변전소, 화신상회(和信商會) 옥상, 경원선, 이런 것들도 생각해보았다.

나는 그렇다고 – 정말 이 온갖 명사의 나열은 가소롭다 – 아직 웃을 수 없다.

웃을 수는 없다. 해가 저물었다. 급하다. 나는 어딘지도 모를 교외에 있다. 나는 어쨌든 시내로 들어가야만 할 것 같았다. 시내 – 사람들은 여전히 그 알아볼 수 없는 낯짝들을 쳐들고 와글와글 야단이다. 가등(街燈)이 안개 속에서 축축해한다. 英京 倫敦이 이렇다지.

6

NAUKA社가 있는 神保町 鈴蘭洞에는 고본(古本) 야시(夜市)가 선다. 섣달 대목 – 이 영란동도 곱게 장식되었다. 이슬비에 젖은 아스팔트를 이리 디디고 저리 디디고 저녁 안 먹은 내 발길은 자못 창량(蹌踉)하였다. 그러나 나는 최후의 20전을 던져 타임스판 상용 영어 4천 자라는 서적을 샀다. 4천 자 –

4천 자면 참 많은 수효다. 이 해양만 한 외국어를 겨드랑이에 낀 나는 섣불리 배고파할 수도 없다. 아 – 나는 배부르다.

진따 – (옛날 활동사진 상설관에서 사용하던 취주악대) 진동야의 진따가 슬프다.

진따는 전원 네 사람으로 조직되었다. 대목의 한몫을 보려는 소백화점의 번영을 위하여 이 네 사람은 클라리넷과 코넷과 북과 소고(小鼓)를 가지고 선조 유신(維新) 당초에 부르던 유행가를 연주

한다. 그것은 슬프다 못해 기가 막히는 가각(街角) 풍경이다. 왜?
이 네 사람은 네 사람이 다 묘령의 여성들이더니라. 그들은 똑같이
진홍색 군복과 군모와 '꼭구마'를 장식하였더니라.

아스팔트는 젖었다. 영란동 좌우에 매달린 그 영란꽃 모양 가등
도 젖었다. 클라리넷 – 소리도 – 눈물에 젖었다. 그리고 내 머리에
는 안개가 자욱이 끼었다.

英京 倫敦이 이렇다지?

"이상은 무슨 생각을 그렇게 하십니까?"

남자의 목소리가 내 어깨를 쳤다. 법정대학 Y군. 인생보다는 연
극이 재미있다는 이다. 왜? 인생은 귀찮고 연극은 실없으니까.

"집에 갔더니 안 계시길래!"

"죄송합니다."

"엠프레스에 가십시다."

"좋 – 지요."

ADVENTURE IN MANHATTAN에서 진 아서가 커피 한 잔 맛
있게 먹더라. 크림을 타 먹으면 소설가 구보씨(仇甫氏)가 그랬다
– 쥐 오줌내가 난다고. 그러나 나는 조엘 마크리 – 만큼은 맛있게
먹을 수 있었으니 – MOZART의 41번은 「목성」이다. 나는 몰래 모
차르트의 환술을 투시하려고 애를 쓰지만 공복으로 하여 적이 어
지럽다.

"신숙(新宿)으로 가십시다."

"신숙이라?"

"NOVA에 가십시다."

"가십시다 가십시다."

마담은 루파시카. 노바는 에스페란토. 헌팅을 얹은 놈의 심장을 아까부터 벌레가 연해 파먹어 들어간다. 그러면 시인 지용(芝溶)이여! 이상은 물론 자작의 아들도 아무 것도 아니겠습니다 그려!

12월의 맥주는 선뜩선뜩하다. 밤이나 낮이나 감방은 어둡다는 이것은 고리키의 「나드네」 구슬픈 노래. 이 노래를 나는 모른다.

7

밤이나 낮이나 그의 마음은 한없이 어두우리라. 그러나 유정(俞政)아! 너무 슬퍼 마라. 너에게는 따로 할 일이 있느니라.

이런 지비(紙碑)가 붙어 있는 책상 앞에 유정에게 있어서는 생사의 기로다. 이 칼날같이 선 한 지점에 그는 앉지도 서지도 못하면서 오직 내가 오기를 기다렸다고 울고 있다.

"각혈이 여전하십니까?"

"네 – 그저 그 날이 그날 같습니다."

"치질이 여전하십니까?"

"네 – 그저 그 날이 그 날같습니다."

안개 속을 헤매던 내가 불현 듯 나를 위하여는 마코 – 두 갑, 그를 위하여는 배 10전어치를, 사가지고 여기 유정을 찾은 것이다. 그러나 그의 유령 같은 풍모(風貌)를 도회(韜晦)하기 위하여 장식된 무성한 화병에서까지 석탄산 냄새가 나는 것을 지각하였을 때는 나는 내가 무엇하러 여기 왔나는 추억해볼 기력조차도 없어진 뒤였다.

"신념을 빼앗긴 것은 건강이 없어진 것처럼 죽음의 꼬임을 받기 쉬운 경우더군요."

"이상 형! 형은 오늘이야 그것을 빼앗기셨습니까? 인제 - 겨우 - 오늘이야 - 겨우 인제."

유정! 유정만 싫다지 않으면 나는 오늘 밤으로 치러버리고 말 작정이었다. 한 개 요물에게 부상해서 죽는 것이 아니라 27세를 일기로 하는 불우의 천재가 되기 위하여 죽는 것이다.

유정과 이상 - 이 신성불가침의 찬란한 정사(情死) - 이 너무나 엄청난 거짓을 어떻게 다 주체를 할 작정인지.

"그렇지만 나는 임종할 때 유언까지도 거짓말을 해줄 결심입니다."

"이것 좀 보십시오."

하고 풀어헤치는 유정의 젖가슴은 초롱(草籠)보다도 앙상하다. 그 앙상한 가슴이 부풀었다 구겼다 하면서 단말마의 호흡이 서글프다.

"명일의 희망이 이글이글 끓습니다."

유정은 운다. 울 수 있는 외의 그는 온갖 표정을 다 망각하여버렸기 때문이다.

"유형! 저는 내일 아침 차로 동경 가겠습니다."

"……"

"또 뵈옵기 어려울거요."

"……"

그를 찾은 것을 몇 번이고 후회하면서 나는 유정을 하직하였다. 거리는 늦었다. 방에서는 연이가 나 대신 내 밥상을 지키고 앉아서 수없이 지니고 있는 비밀을 만지작만지작하고 있었다. 내 손은 연이 뺨을 때리지 않고 내일 아침을 위하여 짐을 꾸렸다.

"연이! 연이는 야옹의 천재요. 나는 오늘 불우의 천재라는 것이 되려다가 그나마도 못 되고 도루 돌아왔소. 이렇게 이렇게! 응?"

8

나는 버티다 못해 조그만 종잇조각에다 이렇게 적어 그놈에게 주었다.

"자네도 야옹의 천잰가. 암만해도 천잰가 싶으이. 나는 졌네. 이렇게 내가 먼저 지껄였다는 것부터가 패배를 의미하지."

일(一高) 휘장이다. HANDSOME BOY - 해협 오전 이시(二時)의 망토를 두르고 내 곁에 가 버티고 앉아서 동(動)치 않기를 한 시간(以上)?

나는 그동안 풍선처럼 잠자코 있었다. 온갖 재주를 다 피워서 이 미목수려한 천재로 하여금 먼저 입을 열도록 갈팡질팡했건만 급기해하에 나는 졌다. 지고 말았다.

"당신의 텁석부리는 말(馬)을 연상시키는구려. 그러면 말아 다락 같은 말! 귀하는 점잖기도 하다마는 또 귀하는 왜 그리 슬퍼 보이오? 네(이놈은 무례한 놈이다)?

"슬퍼? 응 - 슬플 밖에 - 20세기를 생활하는 데 19세기의 도덕성밖에는 없으니 나는 영원한 절름발이로다. 슬퍼야지 - 만일 슬프지 않다면 - 나는 억지로라도 슬퍼해야지 - 슬픈 포즈라도 해 보여야지 - 왜 안 죽느냐고? 헤헹! 내게는 남에게 자살을 권유하는 버릇밖에 없다. 나는 안 죽지. 이따가 죽을 것만 같이 그렇게 중속 (衆俗)을 속여주기만 하는 거야. 아 - 그러나 인제는 다 틀렸다. 봐라. 내 팔. 피골이 상접. 아야 아야. 웃어야 할 터인데 근육이 없다. 울려야 근육이 없다. 나는 형해다. 나 - 라는 정체는 누가 잉크 짓는 약으로 지워버렸다. 나는 오직 내 - 흔적일 따름이다.

NOVA의 웨이트레스 나미코는 아부라에라는 재주를 가진 노라 의 따님 콘론타이의 누이동0생이시다. 미술가 나미코 씨와 극작가 Y군은 4차원 세계의 테마를 불란서 말로 회화한다.

불란서 말의 리듬은 C양의 언더 - 워치 강의처럼 애매하다. 나 는 하도 답답해서 그만 울어버리기로 했다. 눈물이 좔좔 쏟아진다. 나미코가 나를 달랜다.

"너는 뭐냐? 나미코? 너는 엊저녁에 어떤 마치아이에서 방석을 비고 15분 동안 - 아니아니 어떤 빌딩에서 아까 너는 걸상에 포개 앉았었으냐 말해라. 헤헤 - 음벽정? N빌딩 바른편에서부터 둘째 S의 사무실(아 - 이 주책없는 이상아 동경에는 그런 것은 없습네)? 계집의 얼굴이란 다마네기다. 암만 벗겨보려무나. 마지막에 아주 없어질지언정 정체는 안 내 놓느니."

신숙의 오전 일시(一時) - 나는 연애보다도 우선 담배 한 대 피 우고 싶었다.

9

12월 23일 아침 나는 신보정 누옥(陋屋) 속에서 공복으로 하여 발열하였다. 발열로 하여 기침하면서 두 벌 편지는 받았다.

"저를 진정으로 사랑하시거든 오늘이라도 돌아와주십시오. 밤에도 자지 않고 저는 형을 기다리고 있습니다. 유정."

"이 편지 받는 대로 곧 돌아오세요. 서울에서는 따뜻한 방과 당신의 사랑하는 연이가 기다리고 있습니다. 연서(妍書)."

이날 저녁에 내 부질없는 향수를 꾸짖는 것처럼 C양은 나에게 백국(白菊) 한 송이를 주었느니라. 그러나 오전 일시 신숙역 폼에서 비칠거리는 이상의 옷깃에 백국은 간데없다. 어느 장화가 짓밟았을까. 그러나 - 검정 외투에 조화를 단, 댄서 - 한 사람 나는 이국종 강아지올시다. 그러면 당신께서는 또 무슨 방석과 걸상의 비밀을 그 농화장(濃化粧) 그늘에 지니고 계시나이까?

사람이 - 비밀 하나도 없다는 것이 참 재산 없는 것보다도 더 가난하외다그려! 나를 좀 보시지요?

[해독] 이 글에도 황금비율이 숨어 있다. 첫째, 본문의 "MOZART의 41번은 「목성」이다. 나는 몰래 모차르트의 환술을 투시하려고 애쓴[다]"에서 이상은 바흐 J.S.Bach의 철자순서를 합친 41과 연관시키려고 "애쓴다." 이상의 영문이름 SANG의 철자순서의 합도 41이니 여기에도 연관시키려고 애쓸지 모른다. 여기에 더하여 앞서 언급한 대로 성까지 포함하여 RI SANG은 68이 되는데 그의 지근指根이 14이고 바흐처럼 숫자를 뒤집으면 41이 되는 것은 이상이 성을 고의로 RI라고 표기해야 가능한 일이다. 모차르트가 최후의 교향곡의 번호를 41번으로 정한 것도 고의적이고 그 비밀의 "환술

을 투시"했다고 이상은 생각한다. 게다가 log41=1.613은 황금비율이다. 이것이 "모차르트의 환술"이다.[25] "크림을 타 먹으면 소설가 구보씨(仇甫氏)가 그랬다 – 쥐 오줌내가 난다고." 구보씨에게는 쥐 오줌 냄새겠지만 "나는 조엘 마크리 – 만큼은 맛있게 먹을 수 있었 [다]." 그 이유는 모차르트의 환술인 황금비율을 해독한 덕택이다. 그럼에도 "공복으로 하여 적이 어지럽다." 이상에게 황금비율은 넘을 수 없는 수이다. 12월 24일이 목성의 날인 목요일이지만.

둘째, 앞서 오스카 와일드의 해바라기 꽃잎이 피보나치수열과 황금비율을 상징한다고 했는데 국화 역시 마찬가지이다. 백국白菊은 국화과 식물인데 그 꽃잎 배열은 나선형의 구조로서 앞서 본 대로 대체로 왼쪽 나선형에는 21개가 오른쪽의 나선형에는 34개가 배열되어 있다. 34/21=1.619가 되어 황금비율을 보인다. 여기서도 황금비율은 달성되지 않는다. 잃어버렸기 때문이다. 와일드의 해바라기가 시들었듯이 이상의 백국도 시든다. 해바라기 꽃을 잃은 와일드가 실화가 되듯이 이상 역시 失花. 〈그림 8-4〉가 보이듯이 외국에서 비틀거리는 오스카 와일드 옷깃에 해바라기 꽃이 사라졌듯이 "신숙역 폼에서 비칠거리는 이상의 옷깃에도 백국은 간데없다. 어느 장화가 짓밟았을까." 『지주회시』에서 사기금융업자 양돼지와 결별하고, 『날개』에서 돼지저금통은 변소에 버리고, 『종생기』에서는 정희의 편지에 좌절한다. 『실화』에서도 백국을 WC에 쑤셔 넣고 급

---

25) 숫자 41은 소수와도 관계가 있다. P=N²−N+41에서 N=1, 2, 3, … 일 때 P=41, 43, 47, … 의 소수가 된다. 특히 41에서 시작하여 연속하는 정수를 나선사각형으로 배열하면 P의 소수는 대각선을 형성한다.

기야 어느 장화 밑에 찢어져 박힌다.

영어로 국화는 Chrysanthemum이다. 프랑스어로 이상은 자신의 이름을 LiChan이라고 표기한다. "CETTE DAME EST-ELLE LA FEMME DE MONSIEUR LICHAN?" 본문에서 C군과 C양은 두 송이 국화를 칭하는 동시에 이상과 그의 아내를 가리킨다. 영어의 C는 그리스어의 Γ이고 이것은 양자역학에서 광자를 가리킨다. 요약하면 국화=Chrysanthemum=(이)상=(Li)Chan=C=Γ=광자. 앞서 『종생기』에서 소개한 양자역학의 중첩superposition은 동경의 C군과 C양을 동시에 서울의 이상과 아내로 본다.[뒤에서 추가 설명] 흰 국화白菊는 애도와 슬픔을 상징하는 꽃인데 이 글에서는 시들어진 이상과 부정한 아내를 애도하는 뜻으로 사용된다. "나[이상]는 어느 틈에 고상한 국화 모양으로 금시에 수세미가 되고 말았다. 아내는 나를 버렸다."[26] 부연하자면 황금비율의 국화인 아내의 훼절한 모습이다.

이 글에서도 강조점은 19세기와 20세기의 갈등이다. 그것은 "담배"와 "연애"의 대비로 상징된다. 8번의 마지막에 정지용을 인용한 "나는 연애보다도 우선 담배 한 대 피우고 싶었다."가 그것이다. 뒤에서 안개가 담배연기를 이어받는다. 회상의 장치이며 과거형이다.

1번. "사람이 비밀이 없다는 것은 재산 없는 것처럼 가난하고

---

26) 「추악한 화물」

허전한 일이다." 비밀에 대한 이상의 생각이 등장한다. 이 경구 epigram는 비밀이 있는 사람은 말이 없고 그렇지 않은 사람은 말이 많다는 뜻이다. 재산이 많은 사람은 재산에 대해 말을 하지 않아야 한다. 그렇지 않으면 빌려달라는 사람의 등쌀에 못 견딘다. 여기서 妍은 말이 없다. "야웅"의 천재이다. 이 글의 뒤에 등장하는 해협에서 만난 제일고보 학생도 말이 없다. "자네도 야웅의 천잰가. 암만해도 천잰가 싶으이. 나는 졌네. 이렇게 내가 먼저 지껄였다는 것부터가 패배를 의미하지."

2번. 이상에게는 말을 아껴야 할 비밀이 없다. 그는 이미 글에서 드러냈다. 말을 많이 하고 난 뒤의 허전함. 가난한 주머니처럼 허전할 것이다. 가난만이 비밀이 없는 사람에게 남은 것이다. 그렇다고 가난을 팔수는 없다. "재능 없는 예술가가 제 빈고를 이용해 먹는다는 콕토우의 한 마디 말은 말기자연주의문학을 업신여긴 듯도 싶으나 그렇다고 해서 성서를 팔아서 피리를 사도 칭찬 받던 그런 치외법권성 은전을 얻기도 이제 와서는 다 틀려버린 오늘 형편이다."[27] 말 많은 이상과 달리 연은 비밀이 많아서 말없이 그것을 호주머니의 돈처럼 "만지작만지작"거린다. 그래서 이상은 아내의 정조에 대하여 의심한다.

장소는 동경이다. (여기는 신전구(神田區) 신보정(神保町). 내가 어려서 제전(帝展). 이과(二科)에 하가키 주문하던 바로 게가 예다. 나는 여기서 지금 앓는다.) 일본 근현대회화에 커다란 족적을 남긴 인물

---

27) 「작가의 호소」

은 야마구치山口長男(1902~1983)였다. 그는 서울에서 출생, 동경미술학교를 졸업, 프랑스로 건너가서 활동한 후 1931년 서울로 돌아와 동경으로 귀국하는 1940년까지 二科會 내부에서 전위적인 九室會에 참가하였다. 이상이 九人會에서 창작활동할 때이다. 야마구치는 흑색, 차색, 황토색을 입힌 기하학적 조합으로 독자적인 형태를 창조하여 국내외에서 크게 호평을 받았다. 이 글에서 이상이 제전 二科의 엽서를 주문했다는 二科會는 공식적인 전시회에 대항하여 조직된 화가단체를 가리킨다.

"이 청년은 요 세상에서 담배를 제일 좋아합니다." 요 세상이란 20세기이고 담배를 좋아하는 청년은 19세기의 이상이다. 2번의 매 문장은 담배와 연애를 대비시킨다. 이상은 담배를 피우는데 그의 여자는 연애를 한다. "언더 – 더 워치 – 시계 아래서 말이예요 – 파이브 타운스 – 다섯 개의 동리란 말이지요." 언더 더 클라크라면 몰라도 언더 더 워치라는 말은 없다. 워치watch는 손목시계이고 클라크clock는 벽시계이다. 이것은 여자가 남자 품에 안겨 손목(시계) 밑에 놓인 상태이다. 품에 안긴 시간이 본문 8번이 밝히는 "15분" 동안이다. "파이브 타운스"란 여자가 바람피운 다섯 곳을 가리킨다. 이상이 아내를 심문하는 장면이 『동해』의 「촉각」에 나온다. 다섯 번 묻는다. 종합하면 연애행각의 시간과 장소를 말한다. 이 글의 마지막이 좀 더 구체적이다. "너는 엊저녁에 어떤 마치아이에서 방석을 비고 15분 동안 – 아니아니 어떤 빌딩에서 아까 너는 걸상에 포개 앉았었느냐 말해라. 헤헤 – 음벽정? N빌딩 바른편에서부터 둘째 S의 사무실." 15분 동안 각 장소에서 사랑을 나눈 것이다.

시간과 장소를 합치면 4차원이다. "미술가 나미코 씨와 극작가 Y
군은 4차원 세계의 테마를 불란서 말로 회화한다." 4차원 연애행각
에 대한 나미코와 Y군의 담화이다.

이상이 "화이브 타운스"에 대해 C양의 이야기를 듣는 상태에서
괄호 속은 이상의 독백이다. C양의 이야기는 어떤 소설이다. 그런
데 그 내용이 이상 자신의 이야기이다. 이것은 C군이 이상이고 C양
이 아내임을 암시한다. 앞에서 해독한 양자역학이 등장한다. 그 증
거가 셋이다. 첫째, "파이브 타운스"란 본문의 3번에서 이상이 아내
를 추궁하는 연애행각 장소이다. 둘째, 4번의 "나는 C양더러 '부인'
이라고 그랬더니 C양은 성을 냈다. 그러나 C군에게 물어보면 C양
은 '아내'란다." 둘 가운데 하나가 거짓이다. 가령 종이 한 장에서
앞면이 C군의 주장이고 뒷면이 C양의 주장이라 하자. 이것은 "앞면
에 뒷면은 거짓이다. 뒷면에 앞면은 거짓이다."라고 적힌 종이를
생각하는 것과 같다. 이것은 〈전편〉에서 해독한 대로 모순의 무한
대가 된다. 에셔의 그림 『폭포』와 같이 모순이다. 성립할 수 없다.
셋째, 역시 4번에서 C양이 별안간 姊으로 둔갑한다. "강사는 C양의
입술이 C양이 좀 횟배를 앓는다는 이유 외의 또 무슨 이유로 조렇
게 파르스레한가를 아마 모르리라. 강사는 맹랑한 질문 때문에 잠
깐 얼굴을 붉혔다가 다시 제 지위의 현격히 높은 것을 느끼고 그리
고 외쳤다. '조그만 것들이 무얼 안다고 –' 그러나 연이는 히힝 하고
코웃음을 쳤다. 모르기는 왜 몰라 –." C양이 姊이다. 이상은 C양의
입을 빌려 자신의 이야기를 하는 것이다. 아내에 대한 의심. 그래서
"꿈이라면 좋겠다."라는 표현을 쓴다.

3번. 2번의 마지막 문장의 "파이프"가 3번을 연결한다. 서울에 대한 회상이다. 파이프의 연기는 언제나 회상(과거)의 암시이다. 4 차원에 대해 아내를 심문한다. 담배(19세기)가 연애(20세기)를 추궁한 다. 다섯에서 멈춘다. 이상의 여성관. "천하의 여성은 다소간 매춘 부의 요소를 품었느니라고 나 혼자는 굳이 신념한다. 그 대신 내가 매춘부에게 은화를 지불하면서는 한 번도 그네들을 매춘부라고 생각한 일이 없다."[28] 그래서 시「수염」에서 "나의 신경은 창녀보다 도 더욱 정숙한 처녀를 원하고 있다."라고 적었다. 이상은 매춘부 보다 더한 아내를 떠난다. 그 방에는 국화 한 송이 없다. 황금비율 의 국화인 아내가 훼절했음을 의미한다. 황금비율과 이상향이 사 라졌다. 그 방이 실낙원이다. "천사는 – 어디를 가도 천사는 없다. 천사들은 다 결혼해 버렸기 때문이다." 배반할 남편이 없는 여자가 천사라는 뜻이다.

4번은 다시 동경이다. 3번의 말미의 "국화"가 연결점이다. 여기 에는 국화가 싱싱하다. 몽상 속의 세계이기 때문이다. 국화를 보니 서울 생각이 난다. 서울에는 국화가 없다. 겨울이어서뿐만 아니다. 서울에서 연이는 다섯 곳에서 연애행각을 벌인다. 인천, N빌딩 S 사무실, 음벽정. 여기에 더하여 연이는 학교에서 "언더 더 워치"를 배웠다. 수신과 체조시간에 치마가 찢어졌다. 열여섯이었다. 이뿐 만이 아니다. "연이는 음벽정(飮碧亭)에 가던 날도 R영문과에 재학 중이다. 전날 밤에는 나와 만나서 사랑과 장래를 맹서하고 그 이튿

---

28)『봉별기』

날 낮에는 기싱과 호손을 배우고 밤에는 S와 같이 음벽정에 가서 옷을 벗었고 그 이튿날은 월요일이기 때문에 나와 같이 같은 동소문 밖으로 놀러 가서 베제했다. S도 K교수도 나도 연이가 엊저녁에 무엇을 했는지 모른다. S도 K교수도 나도 바보요 연이만이 홀로 눈 가리고 야옹하는 데 희대의 천재다." 엊저녁에 무엇을 한 곳이 또 한 군데 추가된다. 순서대로 학교, 인천, N빌딩 S사무실, 음벽정, 밝혀지지 않은 곳 모두 다섯 군데의 "화이브 타운스"이다. 그런데 이 문장의 내용이 조금 이상하다. 토요일: 이상과 만남. 일요일: K교수에게 기싱과 호손 강의 듣고 S를 만남. 월요일: 이상과 만남. 일요일의 영문학 강의? "화이브 타운스"?

연이는 N빌딩의 S사무실을 나설 때 WC에 들린다. 이상은 『지도의 암실』, 『휴업과 사정』, 『지주회시』, 『날개』에서는 변소, 『종생기』에서는 토일렛이라는 단어를 쓰는데 여기에서만 WC라고 부른다. WC는 백국이다. WC=White Chrysanthemum. 하얀 국화를 변소에 쑤셔 넣어버린 것이다. 정절의 황금비율은 깨졌다. 남편인 이상을 배반한 것이다. 연이는 "눈 가리고 아옹 하는데 희대의 천재이다." 이상의 동경 방에 국화가 없다. 화병조차 없다. 아내의 훼절 때문이다. C양이 이상에게 백국을 주니 이상이 그것을 옷깃에 달았다. 그러나 그것마저 곧 잃어버릴 것이다. C양이 姉이기 때문이다.

5번은 다시 서울이다. 4번의 "국화"가 연결점이다. 이상이 집을 나서 자살할 곳을 찾는데 쉽지 않다. 수세미가 된 국화이지만 죽기는 힘들다. "사체가 며칠 만에 상하기 시작하는지 그것이 더 급했다." 계절이 겨울이고 이상의 인생도 겨울이다. "해가 서산에 지기 전에 나는 이삼 일 내로는 반드시 썩기 시작해야 할 한 개 '사체'가 되어야만 하겠는데, 도리는? 도리는 막연하다. 나는 10년 간 – 세월을 두고 세수할 때마다 자살을 생각하여왔다. 그러나 나는 결심하는 방법도 결행하는 방법도 아무 것도 모르는 채다." 폐결핵으로 시들은 몸. 수세미가 된 국화. 거리가 안개로 축축하다. 영국의 윤돈(런던)이 이렇다지.

6번. 동경. 5번의 "윤돈"을 동경의 "영란" 꽃으로 연결시키면서 담배연기 대신 안개를 회상의 장치로 삼는다. N사의 S정에는 고서점이 즐비하다. 서울의 N빌딩 S사무실이 아니다. 배를 채우는 것보다 사전을 사는 것이 더 중요했다. 그것을 배부르다고 표현한다. 19세기 기싱도 그의 수필에서 배고픈데도 빵 대신 책을 산다. 이상도 19세기 사람이다. 동경에서 심지어 서커스 악단이 군국주의 의상을 한 것을 보니 슬프다. 아스팔트도 영란꽃도 슬픔에 젖었다. 명치유신은 19세기이지만 군국주의 동경은 다르다. 대신 모차르트를 듣고 그 황금비율의 환술로 위안을 삼는다. "헌팅을 얹은 놈의 심장을 아까부터 벌레가 연해 파먹어 들어간다. 그러면 시인 지용 芝溶이여! 이상은 물론 자작의 아들도 아무 것도 아니겠습니다 그려!" 식민지 사냥꾼 일제가 한국을 파먹어 들어간다. 식민지 백성인 나는 정지용의 말대로 자작의 아들도 아무 것도 아니다. "이등시민이다." 식민지는 "밤이나 낮이나" 어둡다. 나의 처지가 그렇다. 고르키의 소설의 내용처럼.

7번. 서울. 6번의 연결점인 "밤이나 낮이나" 어두운 것은 유정도 마찬가지이다. 자살할 곳을 찾지 못한 이상은 유정과 함께 죽으려고 찾아온다. 유정은 이상보다 더 시들었다. 그의 방에는 석탄산에 쩌들은 화병만 있다. 꽃이 시든 지 오래이다. "신념을 빼앗긴 것은 건강이 없어진 것처럼 죽음의 꼬임을 받기 쉬운 경우더군요." 시든 꽃을 기다리는 것은 죽음뿐이다. 유정과 같이 죽고 싶다. 이상과 유정. 둘 다 수세미가 된 꽃이다. 남은 일은 죽는 일. "한 개의 요물에게 부상해서 죽는 것이 아니라 27세를 일기로 하는 불우의 천재가 되기 위하여 죽는 것이다." 요물은 야옹의 천재. 거짓의 천재. 20세기 사람이다. 나는 불우의 천재. 거짓된 세상이기에 참으로 살기 힘들었던 19세기 사람. 이상은 이미 마음에서 아내를 지웠다. 그래서 요물 때문에 죽는 것이 아니라고 말한다. 이상은 "임종할 때 유언까지도 거짓말을 해줄 결심입니다." 하직한 후 이상은 동경으로 떠난다. 연이는 잡지 않는다.

8번. 동경. 해협을 건너는 관부연락선에서 제일고보 학생을 만난다. 말이 없다. 침묵의 천재. 야옹의 천재임에 틀림없다. 비밀이 많으리라. 나는 비밀이 없다. 풍모는 해골만 남았는데 네 말대로 나는 말이 많으니 다락처럼 높이 오르는 말이다. 높은 옥타브이다. "20세기를 생활하는 데 19세기의 도덕성밖에는 없으니 나는 영원한 절름발이로다." 그래서 슬프다. "슬퍼야지." N의 웨이트리스 나미코는 아부라에라는 재주를 가진 노라의 따님 콘론타이의 S(누이동생)이시다. 콘론타이는 亂交의 옹호자이다. 나미코와 Y군이 4차원 세계의 테마(애정행각)를 불란서 말로 회화한다. 너희들도 연이처럼 N빌딩의 S사무실 형이냐 "불란서 말의 리듬이 C양의 언더 – 워치 강의처럼" 애매한 것으로 보아서 틀림없다. 애매한 것은 비밀의 특징이다. "나는 하도 답답해서 그만 울어버리기로 했다. 눈물이 좔좔 쏟아진다. 나를 달래는 나미코." 너는 또 뭐냐? 나미코? 연이가 아니고? "너는 엊저녁에 어떤 마치아이에서 방석을 비고 15분 동안 – 아니아니 어떤 빌딩에서 아까 너는 걸상에 포개 앉았었느냐 말해라. 헤헤 – 음벽정? N빌딩 바른편에서부터 둘째 S의 사무실(아 – 이 주책없는 이상아 동경에는 그런 것은 없습네)?" 나미코로구나. 나미코건 연이건 "계집의 얼굴이란 다마네기다. 암만 벗겨보려무나. 마지막에 아주 없어질지언정 정체는 안 내 놓느니." 나는 19세기 사람이라 "연애보다도 우선 담배 한 대 피우고 싶었다."

9번. 동경. 발열로 누웠다. 두 통의 편지를 받았다. 하나는 유정. 다른 하나는 연. 유정은 수세미로 시든 19세기 사람. 연이는 생광이 나는 20세기 사람. 19세기의 향수를 꾸짖는 것처럼 "C양은 나에게 백국白菊 한 송이를 주었느니라." 그러나 이상의 옷깃에 백국은 간데없다. "어느 장화가 짓밟았을까. 그러나 – 검정 외투에 조화를 단, 댄서 – 한 사람 나는 이국종 강아지올시다. 그러면 당신께서는 또 무슨 방석과 걸상의 비밀을 그 농화장濃化粧 그늘에 지니고 계시나이까?" 장화 밑에 훼절한 아내를 마음속에 장사지내고 겉으로는 검정 장례 옷에 조화를 장식하지만 속으로는 좋아서 춤을 춘다. 나는 정지용의 강아지처럼 춤을 추는데 너는 지금도 어느 4차원에 계시나이까? 돼지저금통은 변소에, 백국도 변소에, 실화는 장화 밑바닥에. 아내에 대한 4차원 의심은 한없이 계속된다.

"사람이 – 비밀 하나도 없다는 것이 참 재산 없는 것보다도 더 가난 하외다그려! 나를 좀 보시지요?" 나는 아내의 훼절까지 빈 주머니 뒤집듯이 까발리니 더 이상의 비밀은 없다. 그러나 마음은 빈 주머니처럼 허전하니 슬프다. 이것이 되돌이표가 되어 1번으로 돌아간다. 이상 대 姸, 불우의 천재 대 야옹의 천재, 실화 대 고양이, 황금비율 대 훼절의 무한반복이다.

참고문헌

국문

김유종·김주현 엮음, 『그리운 그 이름, 이상』, 경기도: 지식산업사, 2004.

김주현 주해, 『정본 이상문학전집01시』, 서울: 소명출판사, 2005.

_____, 『정본 이상문학전집02수필』, 서울: 소명출판사, 2005.

_____, 『정본 이상문학전집03소설』, 서울: 소명출판사, 2005.

김학은, 『이상의 시 괴델의 수』, 서울: 보고사, 2014.

_____, 『續 이상의 시 괴델의 수』, 서울: 보고사, 2014.

배현자, 『이상 문학의 환상성 연구』, 연세대학교 대학원 국어국문학과 박사학위논문, 2015년 12월.

영인문학관, 『2010 이상의 방, 육필원고·사진전』, 서울: 영인문학관, 2010.

일문

金思燁, 『古代朝鮮語と日本語』, 東京: 明石書店, 1998.

영문

Bergamini, D., *Mathematics*, Time-Life Library, Time Inc., 1963.

Bulfinch, T., *The Age of Fable Stories of Gods and Heroes*, Biblo and Tannen Publishers, 1934.

du Bouchet, P., *Bach*, Paris: Gallimard, 1991.

Feynman, R., *Six Easy Pieces*, New York: Basic Books, 2011(1963).

Friedman, H., *The Amazing Universe*, National Geographic Society, Washington, D.C., 1975.

Lewis, D. B., *Eureka! Math Fun From Many Angles*, New York: Perigee Books, 1983.

MacPherson, H, *Modern Astronomy Its Rise and Progress*, Oxford: Oxford University Press, 1926.

_____, *Modern Cosmologies A Historical Sketch of Researches and*

Theories Concerning the Structure of the Universe, Oxford: Oxford University
Press, 1929.

_____, *A Century's Progress in Astronomy*, 1906.

McCormack, J., (ed.), *China and the Irish*, Thomas Lecture Series, New Island,
Dublin, 2009.

Parsons, C., *The Scientific Papers of William Parsons*, Cambridge: Cambridge
University Press, 1926.

Scaife, W.G., *From Galaxies To Turbines – Science, Technology and the Parsons
Family*, New York: Taylor & Francis, 2000.

Singh, S., *The Code Book*, New York: Doubleday, 1999.

Yourgrau, P., *A World Without Time, The Forgotten Legacy of Godel and Einstein*,
Cambridge MA: Basic Books, 2005.

찾아보기

ㄱ

가브리엘 천사 70

가역반응 248

가학성 45

각혈 64, 68, 73, 74

감실 105

갑발 220

강아지 208, 211, 212, 214, 215,
     217, 220

거림 108

거미 144, 152, 154, 157

거울 214

거지 160

경성고등공업학교 208

경성역 219

경찰서 161

계란 42

고르키 40, 297

고리대금 143

고물자리 203

고전물리학 252

고추 83

공양비 93

관목 33

관부연락선 298

광자 252, 253

괴델 250, 255

괴델의 불완전성 250, 252, 253,
     254

구두 15

구보씨 290

九室會에 292

九人會 293

국화 117, 290, 295, 297

권재형 5

그림엽서 12, 160

금융사기업자 216

금전사기 116, 142, 152, 155

금전사기꾼 144

금홍 48, 50, 60

금화살 59

기둥서방 46, 54, 62, 81, 84

기미투기 143

기싱 297

ㄴ

나미코 298

나선형 소용돌이 M51 91

나이프 100
낙타 157
난파선 64
날개 117, 196, 208, 222
남정욱 6
납화살 59
내객 205, 214
농화장 299
뉴턴 73, 252

ㄷ

달(각혈) 73, 74
담배 291, 295
대문간 197, 205
대포 59
대한민국 학술원 6
WC 296
데드마스크 102
데메테르 101
데스마스크 29
도깨비광자 253
도랑창 220
도리안 그레이의 초상 43
도스토예프스키 40, 209, 210
독수리 날개 116
돋보기 213
돌 220
동경 251
동성애 36

동성애성향자 62, 81, 84
동성연애 31
동시성 269
동아일보 5
돼지저금통 144, 290
뚱뚱이 147, 154, 161

ㄹ

레리오드 56, 158, 161
로시 6피트 천체망원경 104
로시 백작 3세 92
루브다카 204
루파슈카 204
룸펜 46
리겔 204
리트머스 96

ㅁ

마도로스 221
마르크스 221
마유미 151, 159, 165
매저키스트 45
매춘부 295
맬서스 221
모순 114, 117
모자 102
모차르트 116, 219, 289, 297
目大不覩 222
목동자리 91

몸시계 100
묘굴 105
무한대 115
무한대의 모순 156
미두시장 143
미두시세 158
미두취인소 157
미두투기 145
미망인 211
미문 114
밀감 59, 61
밀탁승 82

ㅂ
바늘 59
바흐 218, 219, 274, 289
박제 196, 209
박태원 24
반닫이 95, 153
반복창 143
방란장주인 24
배신 114, 117, 142
백국(白菊) 290, 296
백대리석 건축물 104
백부 76
백색왜성 200, 208
백합 32
밴댕이 153
버나드 쇼 31

벙어리저금통 214, 215, 216
베라 33
복화술 96, 161
불가촉수 218
비누 62
飛닭 50
비둘기별자리 12, 13
비둘기자리 160
비웃내 211
빅토리아 시대 31
빅토리아 역 33, 34
빈대 198, 205, 214

ㅅ
사과 68, 73
사과(능금) 73
사기금융업자 144, 290
사냥개별자리 12
사냥개자리 91, 92
사디즘 45
산호 255
산호편 254, 265, 267
살로메 33, 101
三十三번지 197, 198, 199, 200,
        205, 207
선전 256
성세바스티앙 35
성천 14
세바스티앙 42

소용돌이 은하 M51   12, 96, 113, 257

수태고지   70

스티븐슨   43

스펙트럼   14, 96, 253

스핑크스   29

시데하라 다이라(幣原坦)   84

시리우스   204, 206, 251

시리우스A   199, 200, 202, 205, 208, 211, 212, 217, 219, 221

시리우스B   199, 200, 202, 205, 208, 211, 217, 219, 221

시몬느   100

신용기술자   144

신용인   144

11진법   250, 256

10진법   256

十八가구   197, 198, 199, 200, 205

十八개   207

ㅇ

아내   152, 161

아달린   221

아르테미스   92

아스피린   221

아일랜드   12, 31

아쿠타가와   267

악타이온   92, 103

R공작(파슨스)   92, 104

R의학박사   93

R회관   154, 161

애국자   81

앵무   157

앵무조개   113

야마구치   293

양돼지   144, 154, 161, 216, 290

양돼지(금융업자)   155

양말   102

양자   76

양자물리학   252

양자역학   252, 253, 256, 265, 269, 291

어네스트   29

에로스   59

에셔   115, 156, 294

A취인소   154, 161

A취인점   158

엘리어트   115

M51   92, 109

여급   159

여왕벌   116, 196, 210

역도병   94, 102

연심(금홍)   48, 54, 60, 196, 210

연애   209, 291, 295

연이   299

염라대왕   77

영란꽃   297

예술지상주의   32, 113, 114

오 143, 145, 146, 151, 154, 157, 161
오렌지 59
오리온 12
오리온좌 102
오리온별자리 12
오목거울 153
오스카 와일드 27, 29, 30, 31, 32, 35, 36, 39, 40, 42, 101, 102, 113, 290
오쟁이 84
오쟁이 서방 81
옥중기 39
완전수 256
왜상 21, 23, 24
요까낭(세례 요한) 101
용두 100
우정 142
욱 143
원숭이 157
원용석 110
월원등일랑(月原橙一郎) 42, 43, 220
위고 209, 210
위조 114, 117, 196
유모차 33
유미주의 32
유성우 216
유정 298

윤달 263
은하 M51 92
음벽정 295
의처증 251
의학박사 92
의학박사R 92
二科會 292, 293
이자 152
이중성격자 46, 81
이중인격자 62, 84
이태백 270
翼殷不逝 222
인천 154, 157, 158, 295
일각대문 197, 204, 205
일상 IRSANG 213
일숫돈 143, 146, 147
일심 50
입자 252, 253

ㅈ
자연대수 115
장갑 102
장미 104
장미 6피트 천체망원경 104
장미 천체망원경(꽃나무) 105
장어 42
적색거성 208, 222
적색편이 207
전갈좌 102

전등형 20
전자 252
절뚝발이 14
절벽 104, 105
정지용 291, 297, 299
제일고보 298
중첩 291
중첩성 256
중첩 현상 253
지근(指根) 289
지비 48
지킬 박사 44
지킬 박사와 하이드 씨 43
직녀성 205, 214
진솔버선 215
진약수 218
진지함Earnest 29, 30, 34, 39
진지함의 중요성 29, 31, 33

ㅊ

차이코프스키 45
찰스 폰지 144
천문학 160
천체망원경 160
초신성 204, 208, 222
최국보 254, 263
취인점 154
친구수 218
친부모 77

ㅋ

K취인점 157
콘론타이 298
콤튼 252
쾌락주의자 81
크리스마스 154, 159
크림 레브라CREAM LEBRA 81, 82,
    84
큰개별자리 12, 13
큰개자리 160, 199, 211
키츠 33

ㅌ

탐미주의 32, 40
탕녀 264, 271
탕아 264, 270
톨스토이 265

ㅍ

파동 253
파동입자 253
파슨스 92, 160
파슨스 망원경 153
파슨스 천체망원경 11, 12, 160
파이브 타운스 296
파인만 253
폐결핵 15, 62, 65
폐병쟁이 84
폰지 155

폰지 사기 144
프랑스어 33
프리즘 33, 206
피라미드 사기 144
피보나치수열 32, 113, 116, 211,
    214, 263, 290
피학성 45

ㅎ
하이드 45, 46
해바라기 꽃 32, 113
해바라기 꽃잎 290
해부대 98
햄릿 221, 267
햄릿의 독백 253
향수 110
허경진 5
허담 248
허셀 255
헤롯 101
현진건 143
혈담 73, 74
혈액형 83
혈육 83
호소이 하지메(細井肇) 84
호언 248
홀바인 21
화수분 159
화장품 160

황 92, 102
황금비율 91, 113, 114, 115, 117,
    142, 158, 162, 163, 196, 203,
    204, 208, 214, 257, 263, 289,
    290, 291
황소별자리 12, 13
황소자리 160
회문 257
훈장 93
훼절 114, 117

김학은 金學虓

- 연세대학교 상경대학 경제학부 명예교수
- 연세대학교 상경대학 경제학부 교수
- 미국 Case Western Reserve University 경제학과 조교수
- University of Pittsburgh, Ph.D. 경제학박사
- 서울대학교 농과대학, 학사

이지연 李知娟

- KATE FARM | CEO & Founder
- Project mayyo | Art Director
- 대림미술관 / 디뮤지엄 큐레이터
- 홍익대학교 경영대학원, 문화예술, MBA
- Macquarie University, Art in Media & Cultural Studies, BA

이상의 시 괴델의 수[續續]

2016년 9월 7일 초판 1쇄 펴냄

지은이 김학은·이지연
펴낸이 김흥국
펴낸곳 도서출판 보고사

책임편집 황효은
표지디자인 손정자

등록 1990년 12월 13일 제6-0429호
주소 경기도 파주시 회동길 337-15 보고사 2층
전화 031-955-9797(대표), 02-922-5120~1(편집), 02-922-2246(영업)
팩스 02-922-6990
메일 kanapub3@naver.com / bogosabooks@naver.com
http://www.bogosabooks.co.kr

ISBN 979-11-5516-587-4 93810
ⓒ 김학은·이지연, 2016